Paradeiro

Luís Bueno

Paradeiro

Ateliê Editorial

Copyright © 2018 Luís Bueno

Direitos reservados e protegidos pela Lei 9.610 de 19 de fevereiro de 1998.
É proibida a reprodução total ou parcial sem autorização, por escrito, da editora.

Dados Internacionais de Catalogação na Publicação (CIP)
(Câmara Brasileira do Livro, SP, Brasil)

Bueno, Luís
   Paradeiro / Luís Bueno. – Cotia, SP: Ateliê Editorial, 2018.

   ISBN 978-85-7480-819-2

   1. Ficção – Literatura brasileira   I. Título.

18-22484   CDD-869.3

Índices para catálogo sistemático:
1. Ficção: Literatura brasileira   869.3

Iolanda Rodrigues Biode – Bibliotecária – CRB-8/10014

Direitos reservados à
ATELIÊ EDITORIAL
Estrada da Aldeia de Carapicuíba, 897
06709-300 – Granja Viana – Cotia – SP
Tel.: (11) 4702-5915
www.atelie.com.br | contato@atelie.com.br
facebook.com/atelieeditorial | blog.atelie.com.br

2018

Printed in Brazil
Foi feito o depósito legal

I

Esse cheiro vem de mim. As roupas já não conseguem segurar. E ele toma todo o quarto. Se alastra pelo corredor, enche a sala, os banheiros, assalta a cozinha. Ameaça passar por debaixo da porta e impregnar elevador e escadas. E no entanto parece que ninguém sente. Ele não sente. Será que imaginam que esse cheiro não vem de mim? Será que vivo entre cegos e surdos, gente insensível ao cheiro? Não sabem nem o gosto das coisas, não reconhecem mais nem mesmo sua aparência?

A morte é exatamente isso. Feder fortemente e ninguém sentir. Sob a terra, a sete palmos, apodrecer sem testemunha. Mas, meu Deus, estou ainda sobre a terra, num terceiro andar, ameaçando não caber mais em lugar nenhum, descomunalmente inchada por esse cheiro, que anuncia minha presença até onde já não estou mais. Como é possível que ninguém sinta?

Morrer, então. Ganhar o direito de decompor sozinha numa campa escura, em silêncio. Já ninguém me ouve, mesmo, apesar desse cheiro que vem de mim e que grita mais alto do que eu jamais fui capaz de gritar. Quando menina, nem precisava gritar. Terremoto era o meu apelido – e terremoto todos sentem. Fazia artes e com isso era ouvida. Lembrar não lembro, mas sei que morava num sobrado alto, na Moóca, numa avenida movimentada. Subi à janela do segundo andar, fiquei ali me equilibrando. Botei a rua toda em alarme, parei o trânsito. Alguém parece que gritou

– esse sim foi ouvido – avisando minha mãe. Ela subiu correndo as escadas e, no exato instante em que eu me desequilibrava, me agarrou pelas pernas. Como se vê, não morri. Fiquei viva. Devo ter apanhado, mas isso não importa porque as surras velhas não doem, se é que já doeram de verdade algum dia.

Naquele tempo parece que as pessoas escutavam alguma coisa. Eu era a Terremoto e todos sentiam minha presença. Só eu mesma é que não sentia, a ponto de nem sequer lembrar de nada. No final, é bobagem minha. Ninguém escuta nada. Meu pai, roubado, falido, tendo que mendigar um emprego ao meu tio. Saindo de manhã, bem cedo, no frio. Descalço. Quem o escutava naquele tempo? Ninguém também. Ele foi obrigado a dar um jeito em tudo o que tinha, sair de São Paulo e vir ser motorista de táxi em São José. Motorista de tuberculoso. Motorista de ninguém porque isso aqui era vazio, vazio. Ninguém escutava.

Minha mãe me segurou, talvez tenha me batido e eu fiquei neste mundo. Pra quê? Pra esperar o tempo de apodrecer viva, no meio de surdos? Nesse intervalo fiz pouco. Ou melhor, fiz o que tinha que ser feito. Obrigações.

2

São José dos Campos, 12/01/938

Caro Lúcio

Já estou aqui. A viagem, como você pode imaginar, foi horrível. O trem parecia mais lerdo do que de costume. Quase não saí da cabine, estreita, apertada, sem ar. Só fui uma vez ao vagão-restaurante comer e já voltei. Vinham comigo dois livros, que eu nem abri. O nervosismo, o desconforto me tiravam toda a atenção. Depois, não sei se os livros são bons. São novíssimos, comprei um dia antes de sair e não conheço bem os autores. Um é o *Ponta de Rua*, do Fran Martins, e o outro é o *Navios Iluminados*, do Ranulpho Prata. Do Ranulpho Prata eu conheço um livro sobre o Lampião, e o Fran Martins eu sei que tem um livro de contos, que eu não conheço. Você conhece? Não deixe de me dizer o que sabe.

Mas, como eu dizia, viajei mal. Não conseguia ler nem dormir direito. Tossi muito. Acho que foi a noite em que eu mais tossi na vida. Quase me arrependi do acordo que fiz com a minha família, de dar uma passada no Rio antes de me internar aqui. Mas acho que, no fim, valeu a pena. Passei no "Boletim" e o Gastão Cruls me prometeu mandar as revistas, assim que saírem, como um presente e um voto de pronto restabelecimento, como me disse o dr. Cruls, tão escritor que a gente até esquece que é médico. Também me disse para continuar mandando os artigos que eles continuam pagando mais ou menos o mesmo. No "Jornal" fiz o mesmo acordo: vou tentar continuar escrevendo e ganhando algum troco para o cigarro. Da "Acadêmica" nem falo porque é minha casa e combinei com o Murilo que vou continuar mandando os artigos e ele publica os que achar que prestam. Depois, falei com todo mundo da rodinha da livraria, e encontrei até o Schmidt. Como ninguém nega nada a um moribundo, todos garantiram me mandar livros, recortes e o que mais acharem importante para me manter ainda um pouco dentro da roda.

Passada essa semana tão boa aí no Rio, cumpri minha palavra, dada ao meu pai, à minha mãe, às minhas irmãs e a quem mais de direito, e peguei direitinho o trem. A briga para conseguir essa última semana de liberdade foi grande. Só ganhei porque ameacei não vir para cá se não pudesse, antes, passar pelo menos uns dias no Rio. Acertado isso, minha irmã, a Heloísa, que você não conhece, veio aqui para São José dos Campos ajeitar as coisas, de tal forma que, quando eu cheguei, já tinha hospedagem e tudo o mais garantido.

A única coisa que funcionou um pouco mal foi que a Heloísa confundiu o horário de chegada do trem e me deixou esperando umas duas horas na estação. Esperar é muito chato, mas no meu caso foi bom para ter certeza da minha situação.

Eram umas onze horas da manhã quando eu saí da cabine, porque já estava chegando a São José dos Campos. O pessoal dizia que era uma cidade perigosa, que o melhor a fazer quando estivéssemos lá era fechar todas as janelas: o perigo de contágio é muito grande. E foi o que todo mundo fez. Ninguém desceu na estação além dos dois ou três desafortunados que ficariam por aqui. Muitos foram para suas cabines quando se anunciou a chegada à cidade.

Até esse ponto, as coisas não me impressionaram muito. Como minha irmã não chegava, me acomodei num banco de madeira que há por lá, para esperá-la. Mais ou menos uma hora e meia depois, chegou um outro trem. Ficou bem de frente para mim a segunda classe. Embora fosse uma hora da tarde e o sol batesse diretamente sobre ele, todas as janelas estavam fechadas, e as pessoas olhavam para fora com um ar medroso. Alguns me olhavam, aquele louco parado ali, pronto a pegar a doença. Em outros, senti um olhar de compaixão, como de quem pensa que um sujeito parado ali só pode já estar doente. Uma garotinha, de uns seis ou sete anos, me apontou e falou alguma coisa para a mãe, que abaixou a mão dela, certamente dizendo que apontar era muito feio, e continuou falando. Agora quem me olhava, com piedade, era a mãe. Ninguém desceu daquele trem, que só ficou alguns minutos ali, mas a impressão que eu tive foi a de que eles tinham ficado lá, me olhando, mais de meia hora.

Eu me senti num leprosário – e talvez eu esteja mesmo numa espécie de leprosário – e tive certeza de que vou mesmo morrer. Racionalmente, é imbecil supor que eu vá ser uma exceção. Pelo menos eu morro em boa companhia: quanta gente boa essa merda dessa doença já não levou, e mais novos do que eu?

Pouco depois minha irmã chegou num carro de praça e me levou para a casa onde eu vou ficar hospedado. Para chegar lá, sobe-se uma ladeira grande, por uma rua que sai bem de frente da estação. Não prestei muita atenção à cidade: estava muito cansado e depois vou ter tempo de olhar em volta.

Meu cansaço era tão grande que eu tomei um banho, comi e me deitei lá pelas quatro e meia da tarde e só fui despertar hoje, pelas oito da manhã. Acordei ainda com uma lezeira desgraçada no corpo e só tive ânimo para escrever agora, já quase de noitinha.

Por incrível que pareça, esta carta já me cansou. Começo a desconfiar que meu caso não é tão fácil como o médico de São Paulo me garantiu. Só vou ter um pouco mais de ideia amanhã, quando for ver o médico mais famoso daqui, o dr. Nélson d'Ávila, que o de

São Paulo garantiu que faz milagres. Como eu não creio em milagres, quero ver o homem para poder avaliar melhor minha situação verdadeira.

Vou acabando aqui. Amanhã despacho a carta e, logo que for possível, mando novas notícias.

Pedro

3

A mãe levou a panela ao lume. Dali só virá o melhor. Eu gosto de estar cá ao pé da mãe. Em pouco, o cheiro bom do azeite a esquentar na panela espalha-se por todo o sítio. A mãe, de lá do fogão, gosta também de ver-me cá, ao pé dela, e conversa comigo. Conta-me tudo acerca do que faz. De como parte as cebolas, de como põe a cozer as batatas, de como amassa o pão. Eu fico caladita. Lá fora oiço meus irmãos a folgar. O sol é forte, aquece a terra e o espírito dos putos, que nem imaginam estar cá como eu, metida dentro de casa, a uma hora dessas. A mãe antes perguntava-me se eu estava bem, se não queria ir ter com os meus irmãos. "És tão miúda, não queres aproveitar o tempo bom lá fora?". Depois, habituou-se com a ideia de que eu gostava mesmo é de estar cá. Passou então a desejar também que eu cá estivesse. E assim ficamos, a gozar essa hora de fazer o almoço, conversando desse jeito: ela fala, eu fico calada. Aprendo. Quando casar-me, saberei exatamente como fazer todas essas coisas que é necessário saber fazer. O cheiro do azeite já começa, tão bom. Agora ainda melhor porque vejo que a mãe deitará as cebolas cortadas à panela. O barulho da fritura vem primeiro, o cheiro logo em seguida. Assim.

4

A vida, cada dia, cada minuto dela, é feita de obrigações. Acordar cedo, antes de todo mundo, e ir pra cozinha. Pôr a água pra ferver. Sair, chegar na padaria e comprar cinco pães. Voltar pra casa. Colocar o pacote sobre a mesa e, com a água já fervendo, coar o café. Despejar o leite na caneca e ligar o fogo. Enquanto a última água escorre lentamente do coador, ir chamar todo mundo: marido, filhos. Cada dia um está de pior humor que os outros, e já acorda reclamando, como se fosse cedo demais. Nunca viram que o pão não se materializa sozinho sobre a mesa, que o café não se passa sozinho, que alguém esquentou o leite, que a manteiga não tem pernas e precisa ser levada até a mesa. Ninguém vê nada. Só vê que tem preguiça e tem sono e tem frio e o escambau. Ninguém vê que quem acordou mais cedo, já pulando pra ninguém se atrasar, fui eu. Que quem passou o café, esquentou o leite, saiu pra comprar pão, pôs a manteiga na mesa fui eu. Eu, exatamente quem tem que fingir que não vê, pra não criar caso logo de manhã. Quem não vê acha que vê tudo, quem enxerga finge de cego. E uma cegueira que apenas começa, assim como as obrigações estão apenas no começo. Permaneço assim invisível o tempo todo, apenas cumprindo a obrigação de fazer certas coisas, certamente desimportantes, se materializarem – ou se desmaterializarem, quando é o caso. Nada do que faço alcança qualquer objetivo que não seja sua óbvia utilidade, que de tão óbvia quase deixa de ser utilidade. O que existe no mundo e é perfeitamente conhecido nem é visto. Basta ver quando a gente viaja, vai pruma cidade desconhecida, onde tudo é novo pra gente. Tem uma hora que a gente pára pra ver alguma coisa. As pessoas que moram ali às vezes param também, acompanhando a linha do olhar da gente e descobrindo algo que estava o tempo todo ali e não tinha sido visto. É por isso mesmo que até o cheiro que vem de mim, apesar de forte, apesar de ter um adocicado que logo toma conta do ambiente, permanece sem ser notado: porque faz parte de mim, apenas um elemento a mais na paisagem vista todos os dias.

5

São José dos Campos, 12/01/938

Mãe

Como a Heloísa já comunicou, pelo telefone, cumpri minha promessa e depois de uma semana, contadinha no calendário, de permanência no Rio, estou em São José dos Campos. Escrevo para despreocupar a senhora. A viagem foi normal e o único incidente foi a demora da Heloísa para me buscar na estação. Como pode ver, foi mais um pouco do excesso de zelo de mãe que queria me impedir de ver meus amigos antes de me internar aqui.

De certa forma, até a espera foi boa, já que eu fiquei conversando com um senhor, de uns cinquenta anos, muito simpático, que me falou sobre a cidade. O engraçado daqui é que, ao contrário de toda cidade pequena, a estação não fica no centro. Há na frente dela uma rua, em ladeira, que leva ao centro. Ficando de costas para a estação, à direita a gente vê uma fileira de casinhas, todas iguais, que parecem ser dos funcionários da ferrovia. Na esquina, bem defronte à estação, a senhora não é capaz de adivinhar o que tem. Um bar! E do outro lado da rua? Outro bar. Mas continue tranquila. Há outras coisas aqui também, como uma barbearia que se vê, tão bem como os bares, do lugar em que eu estava. Apesar do calor, que combina com um chope gelado, não entrei no bar e fiquei esperando, comportadamente, minha querida irmã. Acho que, em bares daquela categoria, nem chope devia ter.

Minha boa saúde atual se comprovou pela fome com que eu cheguei. Comi muito bem e depois dormi. Passei o dia todo descansando e conhecendo o local em que vou morar por enquanto.

É uma casa grande, de dois andares. O dono, um espanhol chamado Ramón Ovalle, é um homem grande e com cara de poucos amigos. Ele disse que a disciplina é rígida e não admitiria qualquer fuga dela. Há hora certa para as refeições (a refeição servida especialmente para mim ontem, fora de hora, foi exceção para alguém que chegou), para dormir, tanto de noite quanto de dia: mas posso ir ao banheiro à hora que quiser. Não é liberdade suficiente?

Seja como for, parece melhor que um hospital. Estou acostumado a pensões e é até possível me enganar, dizendo que vivo uma rotina familiar.

Vou terminando por aqui. Já está quase na hora do toque de recolher neste quartel (ai de mim! que sou anti-militarista). Amanhã, como a senhora sabe, vou ao médico e à tarde escrevo contando as notícias.

Um abraço a todos aí em casa

São José dos Campos, 14/01/938

Mãe

Esta carta vai com a outra, para completar. Ontem, na hora marcada, fui ao médico direitinho. Ele me mandou entrar, depois de uma pequena espera. Não sei se porque já eram mais de cinco horas da tarde, fim de expediente, mas não havia mais ninguém além de mim.

Dentro do consultório, pediu para que eu tirasse o paletó e a camisa. Fiquei de camiseta apenas e ele me escutou longamente. Examinou as radiografias que o Dr. Alberto fez em São Paulo. Depois, muito sério – aliás, homem sério está ali – me fez muitas recomendações. Não as repito aqui porque a Heloísa vai pôr a senhora a par de tudo. Resumindo, pode-se dizer que eu estava sendo otimista quando falei em quartel. É disciplina de soldado em guerra que vou ter que seguir. Cumpro minha promessa à senhora e ao sr. seu marido e reafirmo minhas boas intenções. Vou me comportar bem.

Mas o mais importante não é isso. É que o médico disse que somente meu pulmão direito tem escavações e, mesmo assim, não se trata de caso muito grave. Até ele foi otimista e isso me deixou também muito otimista. Quem sabe se eu for um bom menino e me comportar de forma exemplar não me livro deste fim de mundo logo.

É com essas boas notícias que me despeço, para que a carta possa seguir ainda hoje.

Um beijo, mãe, para a senhora e para a minha maninha Natália! E um abraço no pai.

Pedrinho

6

ai! que frio está fazendo! brrrrrrr quando o dia começa assim frio eu sinto um pouco de preguiça a lavrador preguiçoso levam os ratos o precioso mas não há problema porque eu não tenho mesmo nada a fazer a grande vantagem a única vantagem de ficar velha é esta os ratos já não levam e nada há de precioso a levar-se muito embora eu também não consiga ficar à toa sempre há roupa a lavar e eu lavo a de toda gente da casa fervo a roupa branca que branca deve permanecer até esgarçar até acabar até virar trapos para se limpar o chão e sou eu que faço a minha comida velho que de si cura cem anos dura não como o que os demais comem não dependo de ninguém ninguém se alimenta como eu que como pouco não como carne mantenho desde muitos anos uma disciplina prefiro sempre uma verdura com batata principalmente chicória que tem gosto amargo tudo regado a azeite a única coisa que me permito menos por prazer do sabor e mais pelo hábito e porque o cheiro dá sempre uma sensação boa de que não posso abrir mão senão eu morro o dia está frio mas preciso levantar vou levantar já levantei da cama já troquei de roupa e já lá vou lavar um bocadinho de roupa ou qualquer outra coisa só não lembro exatamente o que tenho a fazer nem mesmo me lembro do que fiz na noite passada nem ontem o dia todo estranho perceber que não se lembra é como se eu tivesse dormido não sei quanto tempo talvez um ou dois dias é como quando se faz uma operação dão-nos uma coisa qualquer para cheirar e antes de que se saiba exatamente o que acontece acorda-se numa outra sala tudo estranho leva uns instantes para lembrar o que aconteceu conosco pelo menos comigo foi assim não sei se é para todos mas penso que se esperar uns minutinhos lembro-me perfeitamente devo estar muito cansada que a roupa lavada exige muito e o sono é sempre fundo ensaio da morte é o que se diz como se para tal coisa fosse preciso ensaio

7

São três horas da tarde, é quinta-feira, o fim de semana está chegando e isso não quer dizer nada porque todos os dias são iguais. Quem olha pela janela vê um sol quase sem força, um sol de inverno que, de toda forma, quebra um pouco o frio que fez hoje de manhã. Há muitas obrigações a cumprir ainda hoje. Houve um tempo em que, a esta hora, eu fazia um café, chamava as crianças. A gente tomava um lanche. Eu fumava um cigarro ou dois. Era uma obrigação boa. Agora não tem mais ninguém em casa às três da tarde, além do meu cheiro. E eu não fumo mais. À noite vai ter gente, e tudo vai ter que estar pronto. Mas não vai. Quem vai sou eu. A esta hora a Dutra está com um movimento danado. Ir até a passarela é coisa rápida, quinze minutos. Depois, é só pular na frente de um ônibus ou de um caminhão. Nem vai doer. Não vai doer em mim, não vai doer em ninguém. Só à noite, finalmente, alguém vai notar alguma coisa. Vai chegar em casa, encontrar a porta aberta, a luz apagada, a cozinha quieta, a mesa vazia. Aí talvez alguém sinta o cheiro do apartamento sem o meu cheiro. Vou, pela última vez, entrar no quarto. A cama, as portas brancas do armário embutido, os azulejos cor de rosa do banheiro. Pegar uma blusa, que pode estar ventando lá embaixo. Vou aproveitar pra tomar um banho. Depois do banho, durante uma meia hora, o cheiro desaparece. Dá tempo de chegar lá sem sentir esse cheiro. É o único jeito de nunca mais sentir esse cheiro e, nesse não sentir, ser, pelo menos uma vez, igual a todo mundo. É preciso esfregar bastante, mas com cuidado, porque incomoda. O corpo branco, branco, sem marca de sol. Quando acabar, que roupa que eu vou pôr? Seria melhor estar bem ou mal vestida pruma ocasião dessa? Taí uma coisa que nenhum programa de televisão ensina a gente. Tem quem diga como a gente deve se vestir pra ir numa festa, ou pra ir pra praia e até como ir num enterro. Mas como é que a gente deve se vestir pra sair e não voltar? É melhor pôr uma roupa mais ou menos comum, mas de jeito nenhum velha. Preciso estar apresentável. Mas isso também não é uma festa. É um alívio, sem dúvida, e não faz sentido estar vestindo uma roupa desconfortável se eu quero andar um pouco e me aliviar. Bom, acho que esta camisa vai ser legal. É escura, talvez disfarce a sujeira. Uma calça também mais escura. Não! Tudo muito triste. Vamos usar esta calça azul, que é ao mesmo tempo escura e não tem cara de tristeza. E esta camisa vermelha, viva. Quem sabe até não disfarça melhor? Um sapato fechado, mas bem baixo. De amarrar: é muito deprimente alguém caído sem sapato na estrada. É preciso apertar bem. E esta blusa de lã, pro frio. Pronto, vamos que é melhor estar tudo terminado ainda de dia, ainda com este solzinho, que vai me esquentar e me dar coragem. De noite não, que o medo vai bater. A noite sempre me meteu medo. Andar sozinha na rua: perigos. E, de todo jeito, o melhor é mesmo acabar de dia, vendo tudo pela última vez com cuidado. Reparar em quem passa, reparar nas ruas, reparar nas árvores, que nesta época sempre estão um pouco mais tristes do que de costume. Pra que esperar o elevador? O bom agora é sentir as pernas descendo os degraus, é sentir a mão escorregando pelo corrimão, é sentir os olhos saindo da escuridão pra claridade a cada andar, quando o sensor acender a luz do corredor. É preciso sentir tudo antes de não sentir mais nada. A rua permanece sempre a mesma. Esta rua não é muito larga e parece bem estreita quando tem carro estacionado dos dois lados, o que acontece toda hora, certamente por causa do monte de prédio de apartamento que tem aqui, é engraçado como numa rua de pouco movimento como esta, onde só mora gente, o comércio que tem é só de mercadinho, açougue, farmácia, essas coisas pequenas que não chamam multidão nenhuma, tem tanto carro estacionado. É claro que também tem um colégio estadual, mas a entrada é pela Francisco José Longo. Nunca tinha pensado muito nisso. A rua só tem uma quadra, mas poucos lugares em São José devem ter tanto prédio. É muita gente junta num espaço tão pequeno. E eu não conheço ninguém, e ninguém me conhece. Os vizinhos do prédio, o seu Pedro e a dona Laís ali de frente, mais ninguém. Pensando melhor, é uma rua que tem prédios e muros. Vamos ver. Do lado de lá, começando da praça, tem o maternal do Lyons, depois tem o muro grande do colégio, depois tem a casa do seu Pedro, depois o edifício Progresso, depois este murão, dos fundos deste prédio que eu não sei o nome, depois o edifício Suely, depois já vem esse prédio baixinho que tem embaixo a lotérica, o mercadinho, a farmácia. Do lado de cá são umas duas ou três casas, depois seis prédios seguidos, depois mais duas casas, que hoje em dia viraram coisa de escritório, e depois mais um prédio. Se a gente pensar que só no edifício Progresso, alto, cheio de apartamentos pequenos de um quarto, devem morar umas quinhentas pessoas, nesta rua devem viver mais de duas mil pessoas. E duas mil pessoas ocupam muito espaço, embora não se veja a cara de ninguém. Uns têm dois carros e só uma vaga na garagem. Outros nem têm garagem. Outros recebem visitas. Outros chamaram encanadores, eletricistas, esse tipo de coisa. Não é à toa que a rua esteja tão cheia de carros e pareça tão estreita. E agora? Vou pra esquerda ou pra direita? Pra direita tem o parque. Era bom passar por dentro do parque, olhar as árvores. Mas não, o melhor é mesmo entrar à esquerda. O caminho até a passarela da Dutra é mais direto por ali. Assim eu chego lá com o sol ainda um pouco forte, não sinto medo. O muro do João Cursino está horroroso. Há muitos anos este muro era branquinho. Aí começou essa mania de pichar muro. Foi quando alguém teve essa ideia brilhante de, já que os muros vão ser pichados mesmo, que os alunos pintem com os desenhos que quiserem. Bom, os desenhos não eram bonitos, mas pelo menos eram novos, e deixaram a rua colorida. Acontece que faz mais de dez anos que isso aconteceu. Os desenhos desbotaram e ficaram mais feios, picharam em cima. Se é pra pintar o muro, por que não deixam os meninos pintarem todo ano? Quem fez estas pinturas já saiu do colégio há um tempão. Talvez nem passe mais por aqui e nem imagine que o desenho feito de farra ficou tanto tempo no muro. A faculdade de odontologia está melhor. As grades estão mais ou menos limpas. Sempre gostei deste lugar. Tem muita planta, tem sombra. Mas não vou atravessar a rua. Prefiro o lado de cá, onde bate o sol, onde tem mais barulho, mais gente: o ponto de ônibus está cheio, dá pra ver daqui. O barulho, o movimento. Sempre gostei disso também. O silêncio dentro de casa dá irritação. É lá que a gente apodrece sem que ninguém veja. Na rua o cheiro com certeza ia chamar a atenção. Ninguém ignora um morto caído no meio da rua, ainda mais fedendo como eu estou fedendo. No meio da rua é que tudo acontece, até o que pára de acontecer. Fico do lado de cá mesmo, que é mais feio, mas é mais quente e mais barulhento.

8

São José dos Campos, 17/01/938

Lúcio

 Ao contrário do que pretendia, demorei uns dias para escrever de novo. O primeiro fim-de-semana aqui me deixou desanimado, com uma preguiça que me impediu de sair da pensão. Fiquei esperando uma hora mais propícia, porque queria me alongar um pouco mais. Hoje é segunda-feira e acordei mais acordado, sentindo mais disposição para escrever. Acabou que agora já não sei mais se escrevo o que queria antes – minha primeira visita ao médico – ou o que quero agora – minha vida de doente aqui. Penso que talvez seja melhor ir por partes e conto minha consulta.
 Poderia começar daquele jeito, "era uma linda manhã de sol e o céu estava de um azul como nunca se vira", porque o dia estava bonito mesmo. O problema é que só fui ao médico à tarde e meu estilo bichado ficaria ainda mais prejudicado. Mas vamos aos fatos.
 O horário marcado por minha irmã era o das cinco e meia da tarde, fim de expediente. Ela me disse que o próprio médico preferiu assim porque o consultório, a essa hora, estaria mais calmo. Ele teria comentado que o ideal seria logo de manhã, mas que nesse período ele ia visitar os doentes nas casas e pensões e era muito difícil marcar hora certa.

Tomei um bom banho e pedimos ao sr. Ovalle que nos guardasse o jantar, pois seria impossível chegar às seis horas. Fomos caminhando. O consultório, uma casa bastante comum, não é longe. Quase nada, pelo jeito, é longe aqui.

Não tivemos que esperar mais que quinze minutos para que o próprio médico nos chamasse a entrar. É um homem de aspecto muito sério, nem alto nem baixo, com uma maneira penetrante de olhar através dos óculos pequenos. Vê-se logo que é homem prático, pois sem muito salamaleque foi entrando no assunto assim que minha irmã nos apresentou. Em frases muito secas, começou me informando que, infelizmente (o advérbio é dele), não existe nenhum remédio para tuberculose vendável em farmácia:

— E o que o sr. tem é mesmo tuberculose, não tenha dúvidas. As chapas que sua irmã me trouxe há alguns dias dizem isso com muita clareza. E dirigindo-se a ela:

— A senhorita, por favor, nos dê licença. É preciso examinar com calma o doente.

Confesso que essa palavra, pronunciada com a mesma indiferença com que se pronunciaria "o rapaz", ou "esta pessoa", ou mesmo "seu irmão", teve o efeito de uma pancada. Foi um novo choque de consciência, semelhante àquele que tive na estação, quando cheguei. Bom, assim que minha irmã saiu, ele pediu para eu me despir, ficando apenas de roupa branca. Despi-me e deitei numa pequena cama, pronto para o ataque. Foi um ataque minucioso, mas não dolorido. Por muitas e muitas vezes tive que inspirar e expirar, mais rapidamente ou mais devagar; segurar a respiração; dizer alguma palavra; simular tosse (numa das vezes, a simulação acabou causando um ataque de tosse real, por sorte pequeno); receber pequenas pancadas no peito.

Terminado esse ritual macabro, autorizou-me a pôr as roupas de novo sobre o corpo e me falou longamente, de início me apontando a chapa.

– Este aqui é seu pulmão esquerdo e este é o direito, compreende? Sua irmã me disse que o sr. é advogado recém-formado e que escreve em revistas e jornais, portanto pessoa de cultura. Com pessoas assim como o sr. me acostumei a ser franco e tentar mostrar tudo: nada é melhor para a cura do que a real consciência do perigo que se corre. Então, como o sr. pode ver, o seu pulmão esquerdo aparece limpo na chapa, o mesmo não acontecendo com o direito. Nota estas manchas? Pois elas indicam a doença. Agora, auscultando seu peito, pude confirmar as escavações. Como é fácil perceber, o sr. é mesmo um homem de sorte. Apesar da vida boêmia e da dificuldade que sua família teve para que se tratasse, seu caso não é gravíssimo, já que um dos pulmões está intacto. É deixá-lo assim.

E, pondo de lado as chapas, olhou bem no meu rosto e atirou:
– E como fazer para deixá-lo assim?

Lúcio, esse homem queria me assustar! Mas não conseguiu. Contra toda essa sua autoridade, ironizei:
– O sr. me desculpe, mas essa pergunta eu é que teria que fazer. Afinal, o médico aqui é o sr. Eu sou só o doente.

Aí eu me surpreendi: não consegui irritá-lo. O filho da puta me respondeu sorrindo:
– Vejo que sua irmã não exagerou ao descrevê-lo como um rapaz desbocado. É bom, porque passo a ter maior confiança no quadro que ela me pintou do sr.

– E o sr. poderia me informar que belo quadro foi esse?

– É evidente que sim. Mesmo sem sua resposta impertinente à minha pergunta, que era apenas retórica, eu iria começar exatamente por esse retrato. O sr. é um homem muito jovem que, embora nem tenha iniciado sua vida, adoeceu porque vivia como um boêmio na capital. Escrevia artigos, perdia-se até altas horas da madrugada em discussões literárias regadas a chope, conhaque, cachaça e Deus sabe o que mais. Já que é homem de letras, friso que usei os verbos todos no passado. Porque isso tudo acabou. Aqui, se o sr. não seguir com rigor as minhas determinações médicas, não só não se cura: nem sequer se trata comigo, que não estou para perder tempo com criançolas que querem pôr a vida latrina abaixo, compreendeu?

Tudo isto dito em voz bem afável, girando distraidamente uma caneta na mão direita. Assim que ele fez a pergunta (de novo retórica, como você pode notar), eu já ia contratacar, se não tivesse sido interrompido logo ao primeiro gesto:

– Soube também que o sr. tem ideias revolucionárias, ateias e transformistas. Numa palavra: é comunista. Como todo comunista é muito racional e tem dificuldade em acatar ordens, mesmo as de um médico, que não hesitará em chamar de intolerante e ditador, já que lacaio da burguesia ele obviamente é, vou explicar tudo com muita clareza. Depois o sr. discute, se quiser.

E prosseguiu:

– O caso é o seguinte. Como eu disse logo no princípio, as farmácias não têm qualquer remédio para matar o bacilo que penetrou seu pulmão. Há umas experiências interessantes com uns fungos, na Inglaterra, mas creio que levarão anos para dar resultado, se é que darão, e o sr. não poderia esperar tanto. Todavia, há uma boa notícia para compensar esta, péssima: o sr. tem o remédio, que é a força do seu próprio organismo. O que o sr. precisa fazer é cuidar do seu organismo para que ele possa cuidar da doença. É preciso economizar, com avareza de agiota, todas as suas energias, que seu corpo se encarregará de conduzir para resistir ao bacilo. Isso significa que sua vida mudará da água para o vinho. Na verdade, do vinho para a água. O sr. terá que comer muito e de tudo: carnes, todas as verduras, todas as frutas, todos os legumes, pão, leite, queijo, manteiga e todos os tipos de doce. Deverá dormir muito: dormir cedo e fazer repouso à tarde. Para seguir essas recomendações não precisará de maiores esforços, bastando seguir a rotina da pensão do sr. Ramón Ovalle, que receberá informações sobre sua dieta.

Neste momento o homem soltou a caneta e apoiando o cotovelo na mesa, o rosto nas mãos e os olhos em mim disse, ainda mais calmo:

— Há uma dificuldade que o sr. terá que enfrentar. Não deverá fumar nem beber. O fumo, indo direto ao pulmão, facilita o trabalho do bacilo, levando o sr. à cova muito mais rápido do que pode imaginar. A bebida já é um veneno para pessoas saudáveis. No caso do sr. é pior do que isso. O sr. não é capaz de imaginar o quanto de energia o organismo humano necessita para digerir esse veneno. Cada dose de qualquer coisa que o sr. tomar roubará dias inteiros de luta do seu corpo com o bacilo. Aí não adianta nem comer nem dormir, que o tratamento é a mesma coisa que nada. Vou avisar de novo, no caso de não ter ficado muito claro. Se eu souber que o sr. tomou qualquer bebida alcoólica, deixarei de ser seu médico. Estou explicando as razões pelas quais proíbo o sr. de beber para que não se revolte demais e queira beber só para me contrariar. Garanto que não me contraria nada. Apenas dispensa meus serviços.

Nesse ponto o lazarento sorriu um sorriso franco, como se o que ele estivesse falando fosse algo muito teórico, relativo a alguém que não estivesse ali naquela sala:

— Mas é claro que um homem não pode viver sem distrações e eu recomendo vivamente que mantenha seus hábitos de leitura. Ler é algo que se faz com o corpo quieto, sentado ou até deitado, o que é muito bom para a sua saúde. Quanto a escrever, exige esforço mental e algum esforço físico, dos quais o sr. não deve abusar. Se quiser escrever, prefira os momentos em que estiver bem descansado, pela manhã ou depois da sesta da tarde. Jamais escreva ou leia à noite. A noite foi feita para dormir. De qualquer forma, caso o sr. pense em continuar escrevendo para jornais e revistas do Rio de Janeiro, deve fazê-lo muito eventualmente. Deixe o jornalismo e a crítica literária para quando estiver bom. Sim, porque o sr. poderá ficar bom. Repito: seu caso não é dos mais graves, embora todos os casos de tuberculose sejam graves. Com muita calma, seguindo religiosamente... Esqueça essa palavra, mas siga escrupulosamente o que o tratamento exige que suas chances de cura são consideráveis.

Aí o desgraçado se calou, simplesmente. Tirou o relógio do bolso, como se eu o estivesse retendo. Então foi a minha vez de ser canalha e tentar jogar pra cima dele uma humilhaçãozinha:

– Se é só isso, doutor, quanto lhe devo?

– Não deve nada. Sua família vai se encarregar disso da forma que for mais conveniente.

É claro que na mesma hora me arrependi desse meu comportamento pequeno-burguês. Despedi-me e saí, derrotado. Na rua, disse a minha irmã que aquele médico era pior que Ivã, o Terrível. Como não poderia deixar de ser, fui mais uma vez arrasado:

– Talvez ele seja pior que Ivã, o Terrível, para ser melhor que o dr. Pasteur.

Pelo visto, ela anda culta nesses assuntos, desde que está noiva de um médico besta de São Paulo.

Mas, caro Lúcio, não desanime porque o dia ainda não acabou. No curto trajeto até em casa consegui me desligar da figura do médico e me preocupar com o meu estado. Os médicos, em geral, mentem. Aquele podia parecer prático e direto, mas poderia tentar me enganar quanto ao meu estado. Podia ser que meu caso fosse bem grave e ele tentasse me animar, de uma estranha maneira. Continuei a me considerar morto. Mas não sabia que o enterro seria adiantado. Minha irmã havia me comprado, pela primeira vez, o jornal desta progressista cidade interiorana. Olhe o que tinha impresso lá:

JOÃOZINHO – Faleceu no dia 18 o filho de nosso prezado amigo João de Oliveira Costa e sua destinta senhora, o joãozinho como éra geralmente conhecido, apezar de pequeno éra um homem, infelismente apos uma breve infermidade, zobando da ciencia faleceu rodiado dos seus, o seu sepultamento deu-se no dia seguinte, acompanhado de grande número de amigos da familia, notamos entre outros o Snr. Cel. Cursino ex-presidente do Diretório Republicano, o snr. Elizário Guinarães e outros, a morte do Joãozinho foi muito sentida, a família ilutada apresentamos lhe as nossa sentidas condolência.

A pontuação de deficiente mental vai aí completamente fiel ao texto. A ortografia de aprendiz de asno, o mesmo.

Que sorte teve o Joãozinho, que não precisa mais viver no meio dessa gente imbecil! E esse pensamento sempre me consolou. Ora, já que temos todos que morrer mesmo, que seja nesta hora em que nosso intelecto com certeza será vítima de um assassínio mais cruel do que o do corpo.

Mas a nota final, irônica, é que o papel de embrulho que traz essa e outras se chama *A Liberdade*. Se mesmo mortos não deixaremos de lutar pela liberdade, também temos que lutar pela extinção da *Liberdade*, tão perniciosa ao caráter.

Vejo que já me estendi muito além da conta e vou selar esta carta por aqui mesmo. Antes, porém, quero dizer que, aconselhado sabiamente pelo meu médico e tutor, mergulhei de novo na leitura e tenho vontade de dizer algo a respeito. Mas fica para outra. Dê notícias minhas aos amigos daí, pedindo que me escrevam. Brevemente estarei perturbando a todos com minhas cartas.

Abraços
Pedro

9

– Bia... Bia... Bibiana... Acorda.
– Tenho frio, ó pai querido! É muito cedo! Não há sol ainda lá fora.
– Sei que está frio, miúda, mas é preciso que te levantes já da cama. Vais com o pai a Leiria.
– Com este friozinho tenho preguiça de levantar-me, ó pai.
– Desculpa o pai. Sabes o que diz o povo: fiandeira preguiçosa ao domingo é aguçosa.
– Mas sou ainda miúda, não sou fiandeira. E hoje não é domingo.
– Sei bem disso, filha, mas é necessário irmos a Leiria.
– Onde fica Leiria, paizinho, é muito distante?
– Não muito, minha filha, mas ainda assim é uma boa viagem, de quatro léguas. Por isso é preciso que te levantes. Não queres andar de carroça?
– De carroça? Vamos de carroça?
– Sim, de certeza. Já alimentei e atrelei os cavalos.
– Ah! paizinho, que bom, que bom!
– Veste-te e vem tomar o pequeno almoço.
– Sim, vou já!

– Sabe bem este pão com manteiga! Ainda não arrefeceu, então a mãe o assou logo cedo. Onde está ela que não vem beijar-me?

— Sim, é verdade, a pobre de tua mãe acordou antes de nós, assou este pão, preparou o farnel para nossa viagem, mas sentiu-se mal e precisou voltar à cama.
— Vou até lá vê-la!
— Não, filha, não vá! É melhor que ela descanse um bocadinho, não? Depois, quando voltarmos de Leiria, falas com ela. Ela já estará boa.
— Mas e se ela estiver muito doente? Não seria melhor que cá ficássemos?
— Não, não está doente. E é forçoso que estejamos em Leiria hoje.
— E o que faremos lá?
— Pegaremos teus documentos.
— Documentos?
— Sim, papéis de que necessitarás.
— E necessitarei para quê?
— Cala-te um pouco, ó minha linda, e come. Precisamos sair, que já nos atrasamos com tanta conversinha!

— Pai, ainda demora muito?
— Sim, filha, um pouco ainda. A viagem toda vai tomar umas três horas. Lá chegamos pelas nove.
— Vamos por aquela estrada?
— Não, não vamos. Continuamos nesta. É esta que nos leva a Leiria.
— E esta outra, para onde vai?
— Vai para Ourém.
— E o pai conhece Ourém?
— Sim, conheço Ourém.
— E é grande a cidade?
— É menor que Leiria. Fica assim no alto dum monte. Uma estrada cheia de curvas passa pela antiga porta da cidade. Logo ao

pé dessa porta fica uma grande igreja. E a de Ourém é bonita. Mas há mais uma coisa muito bela em Ourém. És capaz de adivinhar o que é?

— Não sei... Não sei mesmo.
— Não consegues adivinhar de forma alguma?
— Hum, deixa ver, uma grande praça.
— Não, não é isso.
— Ah! paizinho, não sou boa adivinha. Não me dizes que é?
— Está bem, digo-te.
— O que é?
— Um castelo!
— Um castelo?
— Sim, bem no alto. Sobe muito quem lá quer estar. Chega cansado. Uma parte do castelo fica bem junto ao precipício, parece que o edifício vai cair, levando-nos com ele lá para baixo.
— É de lá que o rei malvado jogava a princesa se o príncipe da história não chegasse bem em tempo de salvá-la?
— Não, Bia, não. Essas histórias são todas de muito longe, são de França.
— E França fica a muito mais que quatro léguas?
— Muuuuito mais! São mais de cem léguas, mais de duzentas!
— Oh! Que longe! Nunca irei tão longe do pai e da mãe.
— Bom seria.
— Ah! paizinho, gostava de ver o castelo. Não podemos pegar esses documentos em Ourém?
— Não filha, não podemos, somente em Leiria.
— Mas aí eu fico sem ver o castelo. Que chatice!
— Olha o que fala! É muito feio seres assim malcriada.
— Desculpe-me, meu paizinho.
— Desculpo-te, minha filhinha.
— Mas eu gostava imenso de ver o castelo.

– Sim, sei disso. Afinal, o cravo segura a ferradura, a ferradura o cavalo, o cavalo o cavaleiro, o cavaleiro o castelo, o castelo todo o reino!
– O que diz, paizinho?
– É um antigo ditado. Quer dizer que um reino não pode se manter se os cravos não forem bons. Que não é apenas o rei que faz o reino, nem os castelos. Nós também, arraia-miúda, somos necessários para manter os castelos. Mas eles são importantes, seguram o reino e todas as miúdas gostavam de visitar um castelo.
– O pai falou muito difícil!
– Sim, sei disso, pequena. Mas ouve esta notícia. Levo-te para conhecer um castelo ainda hoje.
– Que bom, que bom! Então vamos a Ourém?
– Não, vamos a Leiria. Lá há também um castelo, também no alto e também no caminho há uma igreja. Aliás duas. Uma muito grande, a Sé, mais abaixo, e uma outra, menor, mais acima, junto à entrada do castelo.
– Que boa é esta viagem. Nunca viajei antes! Vamos ao castelo! Onde vivem as princesas, os príncipes e os reis. O pai vai comigo e me salva dos malvados que por lá surgirem!

– Trouxe a menina Bibiana?
– Sim, trouxe-a. Miúda, vem ter cá com o pai que o senhor da conservatória precisa ver-te. É esta.
– Percebo. Quantos anos tem ela?
– Seis anos. Estão prontos os documentos?
– Sim, cá estão. Viaja a miúda?
– Viaja para o Brasil.
– Vai longe.
– É preciso.
– Percebo. Vai com o senhor?
– Não, vai com sua tia, minha irmã.

— E os documentos de sua irmã estão todos corretos?
— Sim, ela já vive no Brasil.
— Percebo. Pode pôr a firma nesta linha?
— Onde? Nesta?
— Exatamente. Boa sorte ao senhor e boa viagem à miúda.
— Obrigado.
— Obrigado.

— Vês aquela porta ali a frente?
— Sim.
— É por ali que entramos no castelo.
— Sim.
— Vamos bem rápido, que logo chegamos.
— Sim.
— Ó filha, que tens? Não queres mais conhecer o castelo?
— Quero muito.
— Então por que estás com esse jeito de descontente?
— Não estou.
— Estás sim. Não sabes que é pecado mentir ao pai? Quem ao pai mente muito se ressente.
— O que o pai disse ao senhor da conservatória?
— Que tu estavas lá, que me desse os teus documentos.
— Não isso. O pai disse mais palavras.
— Que palavras?
— Viajar, Brasil.
— Sim, sei do que falas. No castelo comemos mais um pouco e conto-te tudo o que queres saber.

— Não queres mais um ovo?
— Obrigada. Vou terminar este pedacinho de bacalhau com côdea. Então, pai. Vou viajar?

— Sim, filha, vais para o Brasil com tua tia Cesária.
— Mas não quero ir. Preferia ficar com a mãe, e o pai, e o Nuno, e a Maria, com todos.
— Sei que preferias. Mas vais por pouco tempo.
— Mas por que vou?
— Para acompanhar tua tia. A pobre vive muito sozinha no Brasil.
— Ela não está sozinha, o tio está sempre com ela.
— Sim, mas ela sente falta de uma miúda que fique com ela. Tu não ficas com tua mãe?
— Por que ela não arranja uma filhinha, como a mãe fez?
— Ela queria muito, mas não pôde.
— E não pôde por quê?
— Por causa de uma doença.
— Mas não há miúdas no Brasil?
— Sim, de certeza que há muitas.
— Então por que não vive com uma delas?
— Porque são estranhas. Lá viverás bem, melhor do que aqui.
— Mas já vivo muito muito muito bem aqui.
— Lá viverás melhor.
— E o Brasil é mais longe do que França?
— Sim, é mais longe. Mas não vais de carroça.
— Não? Como se vai ao Brasil?
— Ao Brasil vai-se de navio. Conhecerás o mar.
— O mar?
— Sim, o mar.
— E como é o mar?
— É muita água. Muita. Imagina um rio, como esse que atravessamos hoje. Agora imagina que uma margem é tão longe da outra que só se vê água.
— Nossa!

– Imagina agora que aquelas onditas que fazem quando jogamos uma pedra à água são ondas grandes, assim do teu tamanho.
– E existe uma coisa dessas, paizinho?
– Sim, é o mar, que atravessarás com tua tia. Nós moramos em Ruge Água, mas a água ruge mais ao mar.

– Mãezinha, estás melhor? Dá cá um beijinho!
– De certeza que dou, minha miúda.
– A mãe sabia que o pai levou-me a Leiria para pegar meus documentos? Sabia que com esses documentos vou atravessar o mar, que será onde mais a água ruge? Gostava de cá ficar.

10

Aqui é que a rua fica realmente feia. Um posto de saúde do outro lado, esse negócio da Light do lado de cá. Não é Light nada, agora é Eletropaulo. Ou Eletroluf, como se dizia na época que o Maluf era o governador e a Light foi comprada pelo governo. Mas antes ainda tenho que passar pela frente de uma clínica pediátrica. Bem que eu podia estar simplesmente com uma gripe forte, a garganta ardendo. Ter sete anos e ser trazida pra esta clínica. Iam me dar um antibiótico, com sorte uma pastilha doce pra garganta. Eu não teria este cheiro, todos me olhariam como me olharam naquele dia em que subi na janela do sobrado: com pena, torcendo pra que tudo desse certo. Mas não, passo direto pela porta da clínica, prossigo. Só que não vou reto. Ainda é cedo, dá tempo de entrar nesta ruinha – nem lembro o nome dela. Do lado de cá tem casas, casas bonitas. No fim da rua tem uma pracinha. É também uma rua com apenas uma quadra. Do lado de lá só tem o muro da Light. Mas do lado de cá tem as casas. Logo ali, na terceira ou na quarta casa é que morava a Zélia. Ela vendia leite fresco, queijo, ovo. Eu vinha aqui dia sim dia não comprar leite, queijo, ovo. Parecia tudo muito saudável naquela época – e nem faz tanto tempo assim. Há quantos anos eu não venho aqui? Uns dois ou três, no máximo. Por que parece tanto tempo, justo agora que o tempo passa tão rápido? Depois de uma certa idade, um ano passa muito rápido. Você olha pra trás e vê que já faz dez anos que alguma coisa aconteceu. Eu fiz dez anos de casada assim: de repente. Voltamos a

Poços de Caldas até. Ficamos no mesmo hotel. Mas era outra coisa. A praça central da cidade, uma bem grande, bonita, cheia de árvores bem altas. Estava tendo algum tipo de festa, um monte de barraquinhas enfileiradas. Tinha um bocado de coisas de milho pra vender. Eu sempre tive um fraco por essas coisas. Milho verde, pamonha, curau, bolo de milho – tudo isso. O curau era muito bom, nunca esqueci. Cremoso, com uma camada de canela por cima, na quantidade certa. Uma beleza. Os passeios foram bons, mas foi ali, acho, que eu senti pela primeira vez que a vida passava rápido demais. Quantos anos eu tinha? Trinta? Mas dos vinte aos trinta o tempo tinha corrido muito rápido. As obrigações acumuladas, tendo que ser cumpridas, dia depois de dia, parece que aceleram ainda mais o tempo. Quanto menos tempo a gente tem pra ficar à toa, mais rápido o tempo passa. Agora eu tenho muito pouco tempo. O final da tarde já está chegando. Não deve ser a primeira vez que alguém anda por esta rua pensando que tem pouco tempo pra fazer seja lá o que for. Atrás dessas casas fica o parque. E o parque era, até 1970 e poucos um sanatório. O sanatório Ezra, dos judeus. Aqui era um fim de mundo, nem sei se tinha essa rua. Eu não morava longe, não: a rua Paraibuna era movimentada porque era saída da cidade, passagem pra Rio-São Paulo e pra estrada de Paraibuna e Caraguá, mas era fim de mundo também. Naquele tempo tinha um monte de sanatório. Perto do armazém do pai, na rua Paraibuna mesmo, tinha dois. O grande, dos protestantes, a Vila Samaritana, e o São José. Aliás, pouco depois de mudarmos pra cá, logo que meu pai pôde, virou dono de um bar na frente da Vila Samaritana. Nossa vida era encontrar tuberculoso o tempo todo. Alguns doentes – era assim que a gente chamava – vinham ao bar. Alguns eram viciados em bebida, escapavam pra tomar uma pinga. Iam com medo, com cara de criminoso, mas bebiam. Tinha um que eu nunca esqueci. Alto. Devia estar com a saúde muito ruim porque andava segurando um vidrinho – pelo menos é assim que eu lembro dele. Esse vidrinho era ligado numa borrachinha que sumia na camisa. Minha mãe me disse que era um dreno. O pulmão do camarada tava tão desgraçado, e juntava tanta água, que era preciso recolher pra jogar fora, senão ele morria afogado no seco. Não sei dizer quantas vezes eu vi esse homem. Pensando bem, talvez nem tenham sido muitas vezes. Naquele tempo o tempo andava mais devagar. O domingo demorava a chegar. Eu era menina, nem pensava nesse negócio do tempo passar e, quando pensava, era pra reclamar que ele passava devagar, parecia que eu nunca ia crescer de vez, que nunca ia poder casar, viver a minha vida. Agora, que eu já vivi, penso: será que eu vivi mesmo minha vida? Vivi a vida de muita gente. Acho que esse é um pouco o destino de todo mundo. Pode ser que um outro cara alto, magro e chupado, como eram os tuberculosos, mas judeu e não protestante como devia ser aquele que eu vi poucas vezes, por pouco tempo, que pra mim acabaram sendo muitas vezes durante muito tempo, andasse por aqui. Talvez não bebesse. Talvez fosse até um paciente calmo, que cumpria os horários de descanso e que andava por esta rua, se é que ela existia, é possível que saísse do Ezra pra dar uma volta, que também fazia parte do tratamento. Naquele tempo tuberculose era que nem aids, uma praga que matava todo mundo mesmo. A pessoa andava tossindo e pensando que a morte chegava. Que o tempo era pouco. Mas quando o tempo é suficiente? Naquele tempo os tuberculosos não cheiravam mal, não. Mas apodreciam por dentro, exatamente como eu apodreço agora. A praça é esta, é melhor voltar pra avenida. Se eu for adiante, entrar à direita, volto ao movimento, dou de cara com a MD e vai dar a impressão que eu só quis dar uma volta maior pra comprar pão. À esquerda, atravessar a pracinha, passar na frente da casa do Paulo, cair na estrada velha. De novo o movimento e, no fim, o mesmo destino. Mas vou fazer o que tinha imaginado. Volto por esta mesma rua até a Francisco José Longo e em menos de dez minutos chego lá. A Dutra me espera.

11

São José dos Campos, 19/01/938

Moa, Moa, Moacyr

Como vai essa fortaleza aí? Aqui, embora aparentemente eu seja também uma fortaleza, uma fraqueza me rói desde dentro. É, pelo menos, o que diz o médico. As saudades daí aumentam à medida que uma rotina começa a se impor. Nos primeiros dias não houve rotina: foi a chegada, a ida ao médico, o fim-de-semana – entediante, mas fim-de-semana – e não mais. Agora já é quarta--feira de uma semana que é o retrato antecipado de todas as semanas que eu vou passar aqui, até meu passamento, que espero seja breve. Tenho ficado na pensão o dia inteiro, numa vida caseira de que até Deus duvida.

Veja, por exemplo, o que aconteceu hoje. Levantei e tomei o meu café, bastante generoso. Já desci do quarto com um livro na mão e um canivete no bolso e, assim que acabei de comer, fui até a varanda da pensão, onde estão umas cadeiras de madeira, cobertas com almofadas, onde a gente fica semi-deitado. É muito confortável ler ali. Abri com o canivete o livro todo. Como o que tenho aqui é tempo, levei longos minutos nessa operação. Posso mandar encadernar como está, sem aparar as beiradas, de tão bom que ficou. Com o canivete bem afiado, fui abrindo lentamente, primeiro a parte de cima, mais fácil porque já vem meio picotada. Depois, com mais cuidado, a lateral, onde as páginas estão apenas dobradas e é quase inevitável deixar a mão escapar, fazendo um corte nada exato. Somente em uma página isso aconteceu, o que me deixou exultante. Na sexta-feira eu tinha feito a mesma operação minuciosa num outro livro, mas não fui tão bem sucedido: umas seis páginas ficaram tortas.

Quando acabei o serviço – infelizmente o livro não é tão grosso assim – li as orelhas. São orelhas artísticas, sem dúvida. Na da capa, lê-se em amarelo: Nordeste; na da contracapa: O outro nordeste. E fiquei pensando o quanto se pode aprender com as orelhas. Há, no Brasil, pelo menos dois nordestes, um, mais prestigioso, do sr. Gilberto Freyre, e "outro", que mesmo por ser outro demonstra ter menor importância, do sr. Djacir Menezes. No primeiro livro a promessa: "Não é o Nordeste dos sertões e dos chique-chiques que se estuda neste ensaio mas o das grandes matas devastadas pela coivara e sacrificadas à monocultura latifundiária". No "outro" livro a promessa: "o conhecimento e a interpretação do Brasil agreste do pastoreio, do cangaço, do padre Cícero, do 'boi santo', de Lampião."

Fiquei pensando nessa vocação litorânea do Brasil – e você aí, no litoral, enquanto eu fico neste inglório interior de São Paulo. O interior do nordeste é o "outro" nordeste. O nordeste da zona da mata, mais perto do mar, é "o" nordeste. Mas que diabo é o nordeste? O engraçado é que a propaganda do livro que estuda o nordeste começa se definindo como não sendo aquilo que o "outro" nordeste é, dando uma indicação clara de que esse "outro" nordeste é de fato o nordeste, porque é a partir dele que o "um" (não o "outro") nordeste se define. O que me confunde muito, porque nunca estive no nordeste. Só sei que, para mim, quando escuto a palavra nordeste, o que vem à mente é mesmo o "outro" nordeste, o do sertão, do cangaço e do chique-chique.

Mas voltemos à rotina. Depois dessas longas considerações, que me tomaram também alguns minutos, fui ler, na contracapa, as opiniões dos críticos sobre aquele autor. Parece que o homem está sem escrever – ou sem ser lido – há mais de dez anos, já que a opinião mais recente que botaram lá data de 1926! Eu tive prazer em ler todas aquelas opiniões, porque me ajudam a acreditar que eu vou gastar o pouco tempo que me resta (isso no atacado, porque no varejo a impressão é de que eu tenho um tempo enorme à minha frente, tamanha a falta do que fazer dos meus primeiros dias aqui)... como eu dizia antes dos parênteses, as recomendações ao autor me convencem de que será proveitoso gastar meu tempo com tal leitura. Todos os editores deviam fazer como o José Olympio: encher a capa de opiniões pretéritas favoráveis sobre o autor do livro que temos em mão. Mais do que um ato de intenções propagandísticas, para que o camarada que toma o livro nas mãos, numa livraria, se sinta compelido a torrar ali oito ou dez mil réis, trata-se de um ato de caridade para com aqueles que, como eu, precisam se convencer de que aquilo é bom.

Isso me deixou numa situação danada de ruim, porque não havia mais nada a fazer senão começar a ler o livro. Virei o volume nas minhas mãos e, antes de começar a ler, lembrei-me de que poderia fazer uma análise da capa desse simpático nordestino (ao que parece, do nordeste mesmo, e não do "outro" nordeste), o Santa Rosa. Sobre fundo amarelo, um bonito desenho, um quadrado escuro de uns 5 ou 6 cm de lado. E, é preciso reconhecer, que bela capa! As linhas brancas formam no fundo preto do quadradinho um navio, do qual se vêem as duas chaminés e as dez escotilhas. Também podemos ver algumas ondas e, o que é incrível, aquelas que estão mais próximas do navio aparecem em maior quantidade. Como são desenhadas com linhas brancas, a impressão que a gente tem é a de que o navio está iluminado mesmo, pois não são ondas o que vemos, mas sim reflexos das luzes do navio nas ondas. Esse brilho refletido no mar é tão intenso que as estrelas, que aparecem sobre o navio, são pontos minúsculos: sabemos que só o navio brilha naquela escuridão. É a verdadeira tradução gráfica do título do romance que, como você já percebeu, é o "Navios Iluminados", do Ranulpho Prata, que comprei no dia de minha partida do Rio na semana passada.

Finalmente abri o livro. Há duas dedicatórias, em páginas separadas, e finalmente começa o romance, com as palavras "José Severino". A leitura não andou, porque eu recomecei a pensar que aquele "outro" nordeste ia invadir minha manhã com aquele livro. E fiquei pensando como é boa essa literatura nova do Brasil. Ao invés dos salões burgueses de Robertos e Annelises, o que nos invade as manhãs de ócio são os Josés Severinos. Pois saiba que esse herói, com esse nome, me deu mais vontade de ler o livro do que todas as opiniões favoráveis ao autor na contracapa. Quando voltei os olhos para de verdade iniciar a leitura, ouço uma voz feminina dizer meu nome.

Não se anime, não, porque ainda não comecei a conquistar os corações que sofrem do peito das moças daqui. Era apenas minha irmã, que queria conversar comigo. Pelo jeito, o Ranulpho Prata e seu herói Severino teriam que esperar.

Respondo ao chamado com um "humm?!". Ela me diz que vai para São Paulo neste fim-de-semana e, portanto, eu vou ter que ficar sozinho por aqui:

– Acho bom que você esteja tão quieto e caseiro. Aliás, é por isso que estou tranquila para deixar você sozinho. Mas, Pedro, você está exagerando. Depois da consulta com o dr. Nélson não botou mais a cara para fora da pensão. Veja que isso também não pode fazer bem. É preciso caminhar um pouco, olhar a cidade, ver se conhece alguém...

— Mas conhecer quem, Helô? Isto aqui é um fim de mundo. Deve ser um povo de uma ignorância só... Que interesse posso ter em conhecer essa gente?

— É engraçado. Você diz que a sociedade é injusta, que todos os homens deviam ter as mesmas condições materiais... Eu pensava que você achasse que as pessoas fossem todas, de alguma maneira, iguais entre si. Assim, elas seriam iguais a você. Mas vejo que sua superioridade intelectual o afasta de todos.

É assim que as coisas estão para o meu lado agora. Todo mundo achando que porque uma pessoa defende a revolução do proletariado tem que achar todo mundo igual sempre. Eu tive vontade de fazer um discurso mostrando a ela que amar o homem não significa amar os homens todos e sempre. Depois da revolução, quando todos puderem se desenvolver, o nível intelectual será outro. Na atual circunstância, no entanto, vivo entre imbecis. Mas não falei nada porque não faz sentido entrar num debate com minha irmã. Minha irmã, rapaz, uma mocinha desmiolada da elite paulistana me passando um carão desses. É de assustar. Mas engoli o discurso e fiquei calado, sem reação, até que ela disse:

— Larga de bobagem e vamos andar um pouco no centro da cidade. Sentamos uns minutos num banco de praça e voltamos para almoçar. Assim você começa a deixar de ser um bicho do mato sem-vergonha como você tem sido. Poxa, Pedrinho, nem na pensão você conversa com ninguém!

— Você está certa, Helô. Vamos sair já.

Para você ver. O tédio não diminuiu muito com o passeio, mas parece que eu também tenho um pouco de culpa nesse tédio. Pelo meu "método de leitura", que eu já descrevi, você pode perceber que nem ler eu tenho conseguido bem. Botei a culpa no livro que li antes, que não prestava. Era o "Ponta de Rua", do Fran Martins. Já viu aquilo? O camarada conduz a população de todo um bairro a uma revolta autêntica contra um dos seus, que se aburguesa e passa a explorá-la, para transformar tudo, no final, numa espécie de caso pessoal entre os pobres e os ricos. Um mero caso de traição, já que o novo burguês teria traído a Ponta de Rua ao tentar casamento com gente rica da cidade. Os comunistas aparecem no livro para serem escorraçados e o autor deixar bem claro que o problema de seus personagens se reduz àquela localidade ali, não tem ligação com o problema geral da miséria. Ora, é um absurdo o camarada usar do romance, importante meio de combate social, para fazer uma coisa dessas. Demorei dias para ler o voluminho e acabei me indispondo até com a leitura. Vamos ver se os navios iluminados me mandam um raio de luz.

Resumindo a história: saí com a minha irmã e me senti bem com a caminhada. Ninguém veio falar propriamente com a gente e, portanto, não fiz nenhuma camaradagem, como minha irmã previa e com o que contava. Mas talvez o tempo passe mais rapidamente com essas caminhadas. Voltei com fome do passeio e comi bem. Agora, depois da soneca obrigatória, escrevo esta carta sem pé nem cabeça que, pelo simples motivo de estar muito grande – já me consumiu seis folhas de papel – encerro aqui mesmo. Depois falo sobre o livro do Ranulpho Prata. Não deixe de me escrever sobre as coisas daí.

Pedro

12

fico assim confusa não sei bem que dia é pergunto e me respondem hoje parece que é quinta-feira mas de nada adianta saber isto afinal não há semana sem quinta-feira antes sim se eu estava confusa logo perguntava que dia era e me diziam quinta terça segunda domingo eu mesmo não me lembrando muito bem do que fizera no dia anterior num instante retomava dentro cabeça uma espécie de fio perdido e me encontrava mas agora esse fio não encontro nunca fico aqui a me lembrar de ontem e só consigo ver-me miúda em minha casa e sei que minha mãe não pode ter estado cá comigo ontem porque morreu há muitos anos e sei que meu pai não pode ter estado cá comigo porque ele também morreu há muitos anos no entanto sinto como se o presente fosse eu miúda com eles e isso me confunde ainda mais preciso fazer um grande esforço para entender o que acontece a minha vida toda começa a voltar dentro da minha cabeça é como dizem é preciso dar tempo ao tempo que o tempo tudo aclara e sei aos poucos passo a entender desfio o fio do tempo da minha confusão sei que hoje é um tempo muito depois do meu tempo de menina sei a minha idade às vezes acordo a sentir-me com seis doze quarenta cinquenta e três mas sei hoje que tenho oitenta e um anos sei quem sou e quem não saberia quem é só se estiver muito louco mal que não tem cura é a velhice e a loucura e hoje sei que estou velha mas não estou louca porque olho em volta e sei quem sou

e onde estou e de quem são estas vozes que escuto minha filha
minhas netas meu genro conversam na cozinha tomam café riem
e eu sei que tudo isso é minha vida hoje os risos que já não riem
são passado e o que é o presente sem o passado nada uma pessoa
que não lembra não existe somos aquilo de que nos lembramos
de certeza é isso um louco é louco porque não se lembra eu se me
esquecesse de que tive cinco filhos e que desses dois já morreram o
mais velho e o mais novo dos homens mais nova que ele somente
minha única filha a mais nova de todos uma gravidez que me
veio quando já não a esperava quando achava que tinha a minha
madre seca mas veio e me trouxe alegria vivia com minha filha
como viveria com minha mãe conversei com ela ensinei o que
me ensinaram mas não o que me ensinaram e sempre me pesou
portanto ensinei a cozinhar ensinei a coser ensinei a gostar de
estudar ensinei a lavar a roupa à perfeição ensinei que os deveres
são muitos que a vida é uma série enorme de obrigações mas que
sempre também há um lugar para a liberdade o difícil é saber o
quanto se deve atender ao que querem os que amamos e o quanto
se deve atender ao que queremos nós mesmas sinto que talvez
contra aquilo que julgava correto ensinei a atender demais ao que
querem os outros e pouco ao que deseja ela própria errei mais uma
vez mais um erro dos muitos que cometi uma pessoa chega aos
oitenta e um anos e descobre que de cada dez coisas na vida errou
em nove e tanto mais errou quanto mais procurou acertar é horrível essa sensação de ter gasto a minha vida e a vida de outros com
erros que não podem ser evitados mas enfim em algumas coisas
acertei e acertei porque não ensinei minha filha a benzer livrei-a
do peso enorme desse dom que quando vinha alguém em casa e
eu via o que tinha já me era terrível depois fazia o que tinha que
fazer secava o carrapato ou colocava uma bacia d'água na cabeça
do infeliz e a água fervia um pouco daquele sofrimento entrava

em mim e me cansava como se tivesse andado dez léguas a pé não prestava para nenhum serviço o resto do dia mas não podia me recusar a fazer porque quem pode aliviar o sofrimento dos outros não tem o direito quem nega o que pode dar ao inferno vai parar

13

Este é o tipo do lugar em que a gente quase nunca passa a pé. Um lugar morto. A Light, o viaduto, nada mais. Depois do viaduto um lugar que eu frequentei anos e anos: o Hospital Nossa Senhora de Fátima. Eu devia ter dado a volta pela estrada velha. Passar por aqui vai fazer aumentar o medo. Ali dentro vi muita gente na situação que eu com certeza ia ter que encarar mais pra frente. A doença que me come eu vi comer muita gente aqui. Velhos, moços, crianças. Uma coisa horrível. Mas o pior são as crianças. Criança sempre parece aproveitar cada chance, por pequena que seja, pra ficar alegre. A cara chupada, sem cabelo, mas só de ver alguém chegando já começa a se agitar. Eu vi coisas horrorosas aqui.

Ainda sonho com um menino. Tinha uns seis anos. Apanhava todo dia, do pai e da mãe. Eu vi: parecia que todo o corpo dele era machucado. E não eram só roxos de pancada, não. Eram queimaduras, cortes de vidro ou canivete, furos de ponta de faca. Bateram tanto no menino que um dia ele não aguentou e desmaiou por tanto tempo que os filhos da puta não tiveram outro jeito. Trouxeram pro hospital. Foram presos. Não puderam ficar com o menino mais. Mas o que aconteceu com ele eu não sei. Será que foi adotado? Será que vai conseguir ter uma vida normal? Tudo o que eu sofri quando pequena até hoje me incomoda. Eu não consigo esquecer. Será que esse menino vai conseguir esquecer, ter uma vida normal? Vai ter coragem de ter filhos? Vai tratar bem os filhos, se tiver? Não sei, ninguém sabe.

Eu vinha e dava comunhão pras pessoas. Essa era uma coisa que eu fazia e que não era só obrigação. É claro que virou compromisso, com dia e hora marcada, mas não uma obrigação como as outras. Eu podia parar se quisesse. Mas nunca quis. Fiz o curso, virei ministra da eucaristia por causa disso. Era um tipo de certeza, que eu tinha, de que tava fazendo uma coisa boa, pra gente que eu nem conhecia. As pessoas, quando acham que vão morrer, ou quando passaram por um acidente em que quase morreram, pensam na vida de um outro jeito. Deus fica mais importante pra elas e comungar faz mais sentido. Era aí que eu entrava. Às vezes era difícil convencer o padre a aparecer pra confessar alguém que pedia. Eu anotava os pedidos e, muitas vezes, chegava na semana seguinte e ninguém tinha ido lá. Taí uma coisa que sempre me deixou de saco cheio. Por que o cara quis ser padre? Como é que Deus permite que esse tipo de pessoa possa ser padre? Não são todos, mas nesses vinte anos conheci cada um de doer. Se eu me sentia bem ao dar a comunhão pra uma pessoa – e quantas vezes eu não fiz isso nos últimos dias de vida de alguém – imagine o que não pode significar ouvir a pessoa em confissão. Pode ser que todo mundo fale mais ou menos as mesmas coisas e, depois de uns anos, fique chato ouvir tudo de novo, de outras bocas. Mas não é o que a gente ouve que faz diferença, é o que a gente vê. É de verdade que muda a expressão da pessoa. Todo mundo fica que nem criança, pronto pra alegria. É alívio só, talvez. Mas a gente imagina que está fazendo alguma coisa que não se esgota no fazer a coisa e pronto, como lavar a louça ou arrumar a cama de manhã. Tem um efeito em alguém.

Pensando bem, é até egoísta dizer isso. Um pensamento mau. Mas é verdade. Eu vinha aqui pra ajudar quem, de verdade? Não seria eu mesma? Aqui era um lugar em que eu não tinha obrigação de fazer, e o que fazia me dava uma sensação boa apesar de o objetivo ser fazer os outros se sentirem bem. Mas não será sempre assim? Será possível que alguém fique feliz com a felicidade dos outros? Todo caridoso não será, no fundo, um tremendo egoísta, só querendo se sentir bem fazendo alguém se sentir bem? É engraçado porque, pra mim, isso não tem nada a ver com a imagem junto aos outros. Muita gente nem sabe que eu faço esse trabalho. A satisfação é mesmo pessoal, minha.

O que eu não quero de jeito nenhum é estar do outro lado. Caída de cama esperando morrer e recebendo a caridade de uma comunhão ou de uma confissão. Alguém viria? Sim, o pessoal que faz esse trabalho junto comigo. E seria ainda pior ser atendida por gente que me conhece. Os desconhecidos são sempre mais legais. Você vê um desconhecido numa situação dessas e realmente sente pena. Mas é uma pena geral, que a gente sente quando vê qualquer um sofrer. Mas o sofrimento é muito complicado, a gente sofre de mil jeitos diferentes e quando a gente já conhece é impossível sentir pena por um sofrimento assim mais geral. A gente imagina o que acontece na casa da pessoa, as consequências da morte dela na vida do pai, do marido, dos filhos, dos irmãos, e o sentimento se complica. Do outro lado, o que eu não quero, a pena que iam sentir de mim é menos a da fraternidade, da solidariedade que a pena geral causa, mas uma pena que vai me transformar numa "coitadinha", e vai transformar meus filhos em "coitadinhos", o meu marido em "coitadinho" e assim por diante. Isso é humilhante. Eu posso ser qualquer coisa, menos "coitadinha". Não. É melhor ir mesmo até a Dutra e acabar com essa merda logo de uma vez.

No final, passar pelo hospital não está aumentando meu medo.

14

São José dos Campos, 29/01/938

Carlos!

São sete horas da noite deste sábado que muito custoso me foi. Recebi visitas, o que em princípio era para ser bom. Afinal, minha vida tem sido muito solitária aqui. Não existe simplesmente com quem conversar. Fico aqui, parado, sem fazer nada, o que aparentemente é o remédio milagroso que pode acabar com a tuberculose. Nos primeiros dias nem ler eu lia, abatido pelo desânimo. Isso, aparentemente está passando. Levei dias para ler uma borracheira chamada "Ponta de Rua", mas em pouco tempo devorei o "Navios Iluminados", do Ranulpho Prata. Você já leu aquilo? Tem muito interesse. Eu tenho me perguntado muito para onde vai o nosso romance. O clima anda estranho, os adeptos do "espiritismo literário" ganham terreno. Nas editoras. Nos jornais. Até o Octavio de Faria – que foi meu amigo quando comecei o curso de Direito aí no Rio – publicou um romance. Não que fosse uma surpresa para mim a publicação de um romance dele. Eu sabia que ele estava escrevendo romances desde o início da década, ele me contou. Do jeito como eu vejo as coisas, se ele tivesse publicado o "Mundos Mortos" há quatro anos, não teria encontrado o eco que recebeu agora. Pense no cacete que o Lúcio Cardoso levou com

"Luz no Subsolo" e você vai entender o que eu quero dizer. Alguma coisa muda, o público parece que muda de opinião, começa a se desinteressar do romance proletário, justamente agora que seria mais importante que se interessasse, neste momento em que o fascismo cresce, em que o integralismo cresce. Daqui a pouco os fascistas vão começar uma guerra na Europa, eu não tenho a menor dúvida disso, embora essa ideia nunca tivesse me parecido provável até 1935, quando li um artigo da Lúcia Miguel Pereira no "Boletim de Ariel" e me vi obrigado a concordar com ela.

Não sei se este é o momento de um combate direto. Fala-se de perseguições a religiosos na Alemanha do chanceler do bigodinho, o que talvez acelere uma percepção por parte dos católicos de que a tal "crise moral" que eles enxergam no mundo de hoje (já que são cegos para perceber que a crise é econômica, é do sistema de exploração capitalista que começa a ruir) não encontra remédio no fascismo. Em breve é possível que antigos inimigos se aproximem da gente e engrossem nossas fileiras. Por isso é que um livro como o "Navios Iluminados" me parece importante, e eu achei necessário que a "Revista Acadêmica" desse uma nota sobre ele.

O livro vai bem escrito, um texto muito direto, que evita descrições desnecessárias e foge como o diabo da cruz do sentimentalismo. Depois, trata do universo dos trabalhadores do cais do porto em Santos e acaba ajudando na composição do retrato da vida proletária brasileira. Lembrou-me demais de "Os Corumbas". Quem sabe agora não era hora de aparecer um outro romance como o do Amando Fontes? Leia aí o livro e me diga o que acha.

Mas o que eu estava falando no começo da carta é que este foi um dia terrivelmente custoso para mim, apesar de ter recebido visitas. Ou por causa disso mesmo. Com certeza por causa disso mesmo. Era uma visita familiar. Minha irmã, a Heloísa, que ficou comigo nos meus primeiros dias em São José dos Campos, veio me ver e trouxe um monte de gente com ela. Até minha mãe veio. E o que era pra ser festa acabou sendo uma frustração danada para mim. Todos chegaram muito alegres, apesar de terem saído muito cedo de São Paulo. Mas não achavam conversa. Olhavam para a minha cara como quem via um fantasma. Eu sei que eu ando destreinado de conversar, que não tenho tido vida social nenhuma, mas não faz nem um mês que eu cheguei, não deu tempo de virar um bicho do mato completo. Aos poucos a conversa foi melhorando um pouquinho.

Fomos almoçar num restaurante aqui no centro da cidade. Vivendo nesta pensão-hospital, eu nunca tinha entrado num restaurante nesta cidade. Imaginava que nem houvesse esse tipo de melhoramento urbano por aqui. Mas me enganei. Existe um restaurante, e bem razoável, na rua principal, a xv de Novembro, o restaurante Santa Helena. Minha irmã, que é uma moça muito observadora, tinha visto esse estabelecimento comercial e combinou com minha mãe de telefonar e reservar uma mesa onde todos pudéssemos almoçar juntos. Logo que chegamos, a alegria quase se recompôs. Mas aí aconteceu uma tragédia. Eu pedi um refresco de laranja, enquanto todos pediam seus chopes. O médico que trata do meu peito aqui é um ditador. Proibiu qualquer gota de álcool. Você sabe bem que eu aprecio um chope, mas que não sou fanático. Não significa sacrifício para mim ficar sem beber. Sou até ridicularizado por nunca querer beber no mesmo ritmo dos outros. Isso talvez seja algum tipo de desvio moral meu, um receio de não sair do meu estado natural, de não falar bobagens. Não sei.

Mas, enfim, meu divino São José! Todos olharam para mim como se eu fosse um mártir. São Pedro, martirizado em nome da fé por abstinência de cerveja! Voltou no olhar de todos aquilo que parecia ter se dissipado. O olhar de – coitado!

Coitado é a puta que pariu! Não sou coitado. Odeio a simples ideia de que alguém possa me achar um coitadinho. Saiam fora! O almoço foi bom. A comida aqui da pensão é ótima, e eu estou mesmo me transformando aos poucos num glutão, mas sempre é bom variar um pouco o tempero. Só que o gosto amargo continuou, o gosto do tempero "coitadinho". Até a sobremesa, um delicioso doce de banana, de que eu gosto particularmente, ficou um pouco amargo.

Sei que eu posso morrer. É provável mesmo que eu morra. Mas isso não faz de mim um coitadinho. Faz de mim um cadáver. O que não é defeito. Nem qualidade. Todos serão cadáver, mais cedo ou mais tarde. No meu caso, mais cedo. Só lamento deixar a luta assim, de forma inglória. Não vou ver um mundo melhor, mais justo, o mundo que eu tenho a certeza de que poderia ver se vivesse um pouco mais. Além disso, ainda estou vivo, não deixei a luta e de cada dez doentes de tuberculose, uns quatro se curam. O Manuel Bandeira foi tuberculoso a vida inteira e chegou aos quarenta. Quem sabe não chegará aos oitenta?

Enfim, Carlos, acabei usando esta carta para desabafar do meu dia de coitado. Haverá outros dias assim e esse ódio se renovará. Minha chegada aqui foi de coitado, mas naquela altura eu ainda não estava propriamente aqui e absorvi melhor o impacto do coitado. Desculpe o mau jeito, então, e permaneça meu amigo. Mande sempre notícias.

Fica o abraço do companheiro
Pedro

15

Ai! Minha Nossa Senhora! Ajudai-me minha mãe do céu, que não tenho cá minha mãezinha da terra a auxiliar-me. Quem nada tem, Deus o mantém. E a senhora! Imensas vezes imaginei este momento. Imensas vezes desejei que ele nunca chegasse. Imensas vezes chorei. Agora ele chegou finalmente. Muitos meses seguidos consegui esconder as regras. Assim adiei este momento. Depois que Nuno se foi, tia Cesária se desocupou de mim. Já tinha o que desejava. Tive a boa fortuna de ser a responsável por lavar as roupas. E como o faço muito bem, deixa-me sozinha. Assim pude lavar, dia após dia, os paninhos sujos de sangue. Muitas vezes pensei que desmaiaria. De fraqueza, de nervoso. E se o Bartolomeu descobrisse? Ele cumpriu a sua palavra e nunca tentou vir para cima de mim. Mas bem percebia que estava impaciente. À noite, em nosso quarto, ele toca-me o corpo inteiro. Ele treme como se estivesse ardendo em febre. De dois meses para cá ele tem me tocado até nas partes. A simples ideia de que ele iria descobrir o paninho lá me aterrorizava. Tive sorte nesses meses, que ele não me tocou lá nos dias certos. Outro dia ele gritou com a tia, que eu já estava crescida e que um homem como ele não podia ficar assim sem mulher. A tia, como sempre, gritou mais alto que ele e mandou-o calar-se. Que isto logo estaria resolvido, que me levaria ao médico. Ele sossegou, mas eu perdi de vez o sossego, que já era pouco. Se ela me levar ao médico, o doutor saberá que as regras já vieram, e que eu escondi. Não tenho qualquer ilusão de que ele não contará a ela. Na boca do discreto, o público é secreto. Mas para a tia não há discretos. Sei que o médico contará, e ela me castigará. Por sorte o dia já estava chegando, e o sangramento começou. Achei melhor acabar com essa agonia toda. Na boca do mentiroso, o certo faz-se duvidoso. Pouco importa se o mentiroso tem razão para sê-lo. Chamei-a. Ela veio. Ficou contente. Avisou ao Bartolomeu. Ele ficou muito contente, abriu uma garrafa de vinho e me fez tomar um copo junto com ele. Minha tia disse que ainda era preciso esperar mais uns dias, para que o que tinha vindo se fosse. Ele, muito contente, disse que sim, que tipo de homem ela julgava que ele fosse? Agora, o que veio já foi. Preciso estar preparada. Doerá? De certeza. Alegria me virá disso? Talvez.

16

Quando minha mãe morreu senti muitas coisas ao mesmo tempo. Ninguém ocupou mais a minha vida do que ela. O que fazer, o que pensar, o que querer – tudo era ditado por ela. E principalmente porque tinha um monte de coisas que não se deve fazer, nem pensar, nem querer. Ela tinha sempre certeza de tudo. Vivia como se soubesse de tudo – e não sabia de nada, igualzinha a mim, tenho certeza. Mas estava sempre certa. Não admitia opiniões contrárias – aliás, não admitir coisas era uma espécie de natureza dela. Eu – como meu pai, muito diferente dela – sempre me submeti a suas enormes listas do sim e do não. Porque eram listas que, eu achava também, estavam certas.

É por isso mesmo, quem sabe, que eu fiquei tão triste e tão aliviada quando ela morreu. No começo era só a tristeza. Principalmente porque ela não precisava ter morrido daquele jeito, naquele dia. Era um feriado prolongado e ela teve uma dor no peito. O médico dela estava viajando e meu irmão resolveu ir até o pronto-socorro municipal. Lá, um médico disse que aquilo não era nada, só uma dor muscular. Deu um remedinho. Mas a dor não passou e, no dia seguinte, outro médico examinou, pediu um eletro e viu que ela estava tendo um enfarte, há horas. Foi aquela correria pro hospital. Ela ainda durou três dias, mas não teve jeito. Fosse um dia de semana, sem feriado, e ela tinha sido tratada.

Mas, é claro, a tristeza não vinha daí. Vinha de outras coisas. Vinha talvez do domínio dela também. Como viver sem que ela me dissesse o tempo todo o que eu não podia – principalmente isso, o que eu não podia – fazer? Mas ainda isso não era o maior motivo de tristeza. Tem um monte de gente pra dizer isso, o tempo todo. A maior tristeza é a de ver que um mundo inteiro estava acabando. Eu não era mais a filha de alguém. Eu estava sozinha, bem mais sozinha do que sempre estive – e olhe que muitas vezes eu me senti muito sozinha. Quando morre a mãe da gente, é a nossa morte que se anuncia, ali, bem de perto. A mãe é a infância – e sua morte é uma morte dupla. Alguns meses depois, no cemitério, me ocorreu a ideia de que todo mundo se pergunta: "de onde viemos"? Eu sabia exatamente de onde tinha vindo, e esse lugar, apenas um corpo, não existia mais, estava ali, debaixo dos meus pés, desaparecendo devagar.

Como sempre, a tristeza era bem por mim.

O alívio vinha da impressão – falsa até certo ponto – de que com a proximidade dessa minha própria morte, vinha um direito a viver do jeito que eu queria, uma liberdade que minha mãe – mas não só ela, eu também – nunca tinha me permitido. Eram milhares e milhares de nãos que paravam de soar na minha cabeça. Era um caminho desatravancado na minha frente. Era a possibilidade de fazer um monte de coisa que eu não podia fazer – e não era por nada, não, era só porque não pareciam tão erradas assim. Acho que fiquei mais leve e, livre dessas regras tão certas, acho que pude, aos poucos, tirar o peso que eu mesma fazia nas costas dos outros. Não foi sem horror que eu percebi que, do meu jeito, eu fazia a mesma coisa que ela. Os resultados eram diferentes, em parte porque eu não tinha em mim a mesma certeza que ela e em parte porque nem sempre meus filhos foram tão receptivos assim às minhas exigências. Aos poucos, fui percebendo que eu é que era esquisita. De um lado, tão passiva. De outro, tão igual a quem me fazia passiva.

Essa ideia, ainda que confusa, me assustou demais. Mas me acalmou também.

Agora, sobre a passarela, vejo a confusão de carros, ônibus e caminhões lá embaixo, passando pela Dutra com tanta pressa e me pergunto: o que será que os meus filhos vão sentir quando souberem, daqui a algumas horas, que eu morri? Como vão entender essa morte sem bilhete e sem adeus? Talvez no princípio fiquem tristes e, mais tarde, cada vez mais aliviados e tranquilos. Talvez.

17

São José dos Campos, 31/01/938

Murilíssmo!

Já faz quase um mês que cheguei a São José dos Campos cheia de mil encantos, mais de um em cada canto (pois seu tamanho não comporta tantos cantos), e ainda não escrevi uma linha a você. E a que se deve toda essa demora? Aos meus contínuos afazeres? À azáfama do dia-a-dia nesta cidade progressista? Ao peso do trabalho no mundo capitalista? Não, creia. Não. Daqui da varanda desta pensão de tuberculosos, mal consigo entreter a ideia de que o mundo continua a existir e a rodar na órbita celeste. Não, longe disto, meu amigo. Vivo como um monge, sem catecismo, sem missa ou orações, mas um monge. O que se impõe sobre o doente – é essa a palavra que se usa aqui o tempo todo, de tal maneira que o próprio nome próprio que me foi dado na pia batismal, Pedro, parece ser apenas uma referência remota a alguém que não existe mais e decerto não mais existirá – mas, dizia, o que se impõe ao doente é uma rotina cheia de detalhes, que não descrevo para não maçá-lo nem me maçar, que só de lembrar sei que entrarei na mais absoluta melancolia. Acordo, como, descanso, como, descanso, como, descanso, como, ando um pouco para fazer a digestão, descanso. Você já teve que beber um copo d'água sem sede? É um negócio horrível, que parece que vai entupir a gente, a água se transforma em areia. Descansar é uma das melhores coisas do mundo, mas repare na palavra, principalmente no prefixo: DES-cansar. Então: para DEScansar a pessoa precisa estar, antes, cansada. No dia em que cheguei descansei de verdade, como tem de ser. Estava morto depois de uma semana aí no Rio correndo para baixo e para cima atrás dos amigos, dos livros, dos jornais, enfim, de tudo que não poderia ver por não sei quanto tempo. Tive uma viagem horrorosa de trem. Esperei longamente minha irmã na estação. Em suma, cheguei aqui à pensão onde moro, jantei e dormi umas quinze horas seguidas. Isso sim foi DEScansar. Mas num dia como hoje, em que eu comi, descansei, comi, descansei, comi, andei um pouco para fazer a digestão, descansei, comi, descansei, não é possível descansar porque comer não cansa tanto assim, não é? E aí acontece o mesmo de beber água sem sede: o descanso cansa, mas de um cansaço sem remédio – tédio – porque é um cansaço de descansar que só pode ser curado com um cansaço de verdade, real, aquele que dá quando fazemos coisas. E eu não faço nada.

Vai daí que, depois de muitos dias sem reação, achei que podia fazer algo. E fiz. Aí no fim vai o resultado, umas linhas sobre o "Navios Iluminados" que, se você considerar que prestam, podia publicar num próximo número da "Revista Acadêmica". Ainda estamos no começo do ano e ainda deve demorar uns meses para aparecer um novo romance do Jorge ou do Zèlins, então eu acho que agora vale a pena falar deste romance. Como foi lançado no finalzinho do ano passado, e ainda estamos em janeiro, acaba sendo o primeiro romance proletário deste ano da graça de 1938. Em termos, pelo menos, já que não tem quase nada de revolta. Tem um certo fatalismo, que faz lembrar "Os Corumbas". É verdade que tudo neste mundo é oportunidade e eu fiquei me perguntando o que aconteceria se "Navios Iluminados" saísse cinco anos atrás. Teria chamado muita atenção. É um romance que se passa entre proletários (estivadores, trabalhadores das docas), gente pobre submetida a uma vida que só pode resultar em desgraça – e resulta. Com o atrativo maior de não se passar em nenhuma capital de estado, ainda que seja uma cidade importante, Santos. O problema, é claro, é que não sei bem quem é o autor, um Ranulpho Prata de quem tenho apenas vagas notícias por causa de um livro sobre Lampião, e por aqui não tenho nem a quem perguntar nem uma livraria a que recorrer. Mas achei que devíamos dar atenção ao romance. O perigo é ter achado isso por causa de um mês de tédio nesta terra. Mas é para decidir isso que você ganha esse ordenado imenso aí na revista, para editar a bicha e ver o que deve e o que não deve ser publicado.

No mais, tudo segue esse ritmo estranho de quem está no caminho do cadafalso. Acordo, como, descanso, como, ando para fazer a digestão, enfim...

É isso, então. Um primeiro contato deste representante da "Acadêmica" em São José dos Campos teria que ser mesmo profissional. Vire a página e veja a crônica sobre o livro. Se puder, diga alguma coisa sobre ela.

Um abraço
Pedro

NOTA SOBRE UM LIVRO COMOVENTE

No ano 2000, quando todos nós já formos pó, alguém escreverá a história do romance dos nossos dias. É preciso admitir que se rirão de nós esses nossos pósteros. Muito do que admiramos e consideramos o melhor que somos capazes de fazer estará esquecido e alguém perguntará: por que alguém achou que isto prestava?

No entanto, de uma coisa podemos estar certos, porque parece evidente. Nossos tempos serão aqueles em que a literatura se interessou pelo Brasil, mas não pelo Brasil litorâneo e quase europeu das melhores rodas do Rio de Janeiro, aquele Brasil que um escritor como José Geraldo Vieira insiste em ver como o verdadeiro, talvez o único Brasil, não o Brasil daqueles romances que o velho Graciliano Ramos espirituosamente chamou, outro dia, de "espiritismo literário".

Não, não esse, mas um outro Brasil, grande e cheio de problemas, gente fracassada que mal consegue viver, que tem as menores esperanças frustradas. Então, num novo século em que talvez sejam todos mais livres e mais fortes, alguém abrirá este romance do sr. Ranulpho Prata, "Navios Iluminados" e o lerá com um interesse qualquer, talvez literário, talvez histórico. E o que verá esse curioso leitor? Um livro sobre esperanças frustradas. Mas não as esperanças frustradas de uma burguesia que vai curar seus males de espírito sem causa em Paris.

São as esperanças frustradas de gente como José Severino, o herói do livro, que pode ter um momento máximo de alegria por ter conseguido um emprego de estivador. Um emprego regular, com ordenado regular e possibilidades de horas extra remuneradas em dobro. Uma qualidade deste livro é exatamente a de que acompanhamos como se fossem nossas as esperanças e frustrações desse rapaz, vindo do nordeste atrás de um sonho de enriquecimento. Aliás, José Severino vive numa espécie de gangorra. Começa lá embaixo, sem emprego. Vai em seguida lá para cima ao conseguir o lugar de estivador. Cai de novo, que o emprego não rende o que ele imaginava. Tenta outro, consegue, e lá vai a gangorra para cima. E logo depois para baixo de novo. E assim por diante, sempre.

E o mesmo acontece com o leitor, que experimenta essa vida como se a vivesse ele próprio. Isso é facilitado pela prosa sem enfeites do autor, feita de frases curtas e diretas, quase sem adjetivos, que retira a comoção somente da situação desse rapaz que trabalha até apodrecer por dentro, numa tuberculose mortal.

E como quem não quer nada, o sr. Ranulpho Prata vai nos mostrando um grupo de pessoas pobres vivendo na grande cidade portuária, sofrendo pela falta de estrutura de assistência, pagando para poder ter os direitos mais básicos. José Severino não se revolta ao final. Como os velhos Corumbas do já clássico romance de Amando Fontes, engole todas as suas esperanças. Mas seu sofrimento vai mais longe do que o dos seus irmãos de Aracaju: o trabalho excessivo acaba com sua saúde e a tuberculose, sem meios de tratamento, o destrói. Apaga devagarzinho como vela gasta no fundo de um porão fétido e úmido.

Nós, que sobrevivemos a ele, ficamos com aquela comoção sem lágrima que somente o sofrimento verdadeiro pode trazer. E os que sobreviverem a nós, lá no ano 2000, talvez ainda se comovam e pensem que alguma coisa se salva daquilo que esses velhos rapazes de outros tempos fizeram.

18

estranho a conversa na cozinha muda de tom os risos param falam baixo como se fosse para que eu não pudesse ouvir estão preocupados comigo perguntam como hei de acordar hoje como assim acordo hoje como acordo todos os dias talvez com um pouco de frio meu genro diz que tem receio de ter-me machucado ontem mas como o que ele fez comigo se somos tão amigos conosco nunca houve esse problema de sogra bruxa sempre fomos amigos e ele é um bom homem nunca me machucou do que fala que não teve outra opção que teve de segurar-me à força e trazer-me para dentro no colo contra a minha vontade a dona bibiana ia ficar doente o que passava na cabeça dela sair quase sem roupa no frio da noite nem sentia nada sentia sim uma enorme alegria estava numa festa de santo antónio era a última à que fui quando miúda antes de vir cá para o brasil cantava cantava cantava que estranho é verdade estou com marcas no pulso e nas pernas eu chorei como criança não queria que me levassem embora sim não falei coisa com coisa falei ontem o que falei há mais de setenta anos foi nessa festa que me despedi de minha mãe e não queria mas o que tem uma coisa a ver com a outra a minha lembrança não pode ser vista pelos outros o que vai dentro da cabeça de um é sempre invisível para os outros não é possível que eles saibam que sonhei com aquele santo antónio que nesse sonho vivi a mesma alegria comi as mesmas sardinhas caldo verde bifana dancei com meus irmãos com meus vizinhos fui à igreja tão linda cantei cantei cantei e no fim tive que chorar porque no dia seguinte ia para o porto ia para o mar vinha para o brasil então como sei que ninguém inventou um jeito de ler pensamento sonho vontade dos outros há ainda coisas impossíveis neste mundo pelo menos é o que espero que muito mal estará se tudo nele for possível isso tudo só pode querer dizer que se eu sinto tanta dificuldade para começar meu dia para saber que hoje é segundaterçaquartaquintasextasábadodomingo é porque pulo dias vivo em dias que já não há é por isso que me lembro tão bem de certas coisas é que vivo essas coisas lembrar é minha profissão não lavo mais roupa e se não dancei se não cantei se não brinquei não comi sardinhas e sim fui trazida à força para dentro de casa é que estava a brincar pular dançar com oitenta e um anos para quem me via de fora e fazendo a mesma coisa com seis anos na minha cabeça não funciona mais estou louca doida tantan lelé da cuca bocó de mola parva maluca da bola mais perdida do que cego em tiroteio mais por fora do que umbigo de vedete estou gagá

19

Merda! Covarde desgraçada! Por que não consegue fazer o que quer? O que é que segura as suas pernas, que ainda estão fortes o suficiente pra subir esse meio metrinho e deixar o corpo cair? Quer ir pruma cama de hospital e ser olhada com pena? Quer suportar esse cheiro pelo resto do tempo que vai ficar viva? Já não enjoou desse cheiro? Já não enjoou da vida, que virou esse cheiro em todo lugar que vá? Vamos lá, nem é preciso pular, cacete! Quem já subiu num segundo andar de sobrado, por que não consegue subir esse pedacinho? Ninguém está vendo, ninguém vai ver. O movimento é intenso, tem muita gente sempre e por isso mesmo ninguém vê nada. Mas vai doer muito. A queda, um caminhão que passe por cima. Um motorista azarado, com um problema danado nas mãos. Como explicar o que aconteceu? Quem vai pagar o conserto do carro, o seguro? Eu nem vou poder dizer "desculpa, moço" porque não vou poder dizer nada. Muda. Pra sempre muda. A vida está grudada em mim, eu não consigo me livrar dela, mesmo ela querendo se livrar de mim. Covardia, covardia, covardia! Mas não volto pra casa! A covardia vai passar logo. É claro que é difícil. Vai doer, vai sujar tudo, eu vou ficar desfigurada dependendo do que acontecer em seguida. A altura nem é tanta e eu posso nem morrer. Ficar além de tudo aleijada, esperando a morte numa cama de hospital sem saber o que vai me matar primeiro. Sim, é isso, preciso ir um pouco adiante, **escolher** um lugar melhor pra fazer isso. Num lugar melhor o medo vai acabar passando. Enquanto isso eu vou me acostumando com a ideia e fico com mais certeza da minha vontade. Quantas coisas boas a gente só faz depois de perder o medo? Eu não queria ir na montanha russa de jeito nenhum. Se não tivesse tido netos, nunca tinha ido. Resolvi ir uma vez porque não tinha outro jeito. Era época de férias, em Caraguá. Fazia um calor desgraçado e eu saí com as crianças no começo da noite. Como sempre acontece, tinha lá um parque montado e esse era diferente porque tinha uma baita montanha russa – vá lá, uma montanha russa pequena perto daquela do Playcenter, mas grande o suficiente pra meter medo em mim, que nunca gostei de altura. E o que é que eu podia fazer? As crianças queriam ir e eu não podia deixar elas irem assim sozinhas, fui junto. O coração batia mais forte do que agora. Mas eu fui. Entrei no carrinho, fiquei bem na frente. A coisa começa devagar, dá uma subidinha, depois desce rápido. Em seguida, sobe bem mais e, de repente, a gente vê como um precipício na nossa frente. A sensação que eu tive era de que eu caía. Não parecia em nada com descer uma ladeira forte. Parecia com cair. Uma sensação terrível no peito. Mas gostosa. A ideia de que morrer podia ser bom, voar podia ser bom, cair podia ser bom. Cheguei no fim com uma sensação misturada de bom e de ruim. Será que morrer também é assim? Logo vou saber.

20

São José dos Campos, 13/02/938

Mana querida

Achei que você merecia receber o relatório da consulta que fiz com o dr. Nélson na sexta-feira. Afinal, foi você quem me acompanhou nas outras duas, atuando como anjo da guarda e companheira de infortúnio. Enfim, você sabe como foi importante para mim que você estivesse por aqui naqueles primeiros tempos. Você conta tudo à senhora sua mãe em seguida.

Como das outras vezes, a consulta foi marcada para o final da tarde. Já vou me acostumando com o ar sossegado daquele lugar. Passo lá durante o dia e vejo um entra e sai de gente. Mas no finzinho do dia não, está tudo sossegado. O ritual foi repetido, e o homem me examinou detidamente. Ao final, disse que estava muito satisfeito com o andamento das coisas. Conforme ele havia previsto, eu devo me curar. A infecção não avançou, mas ainda é cedo para dizer se está ou não recuando. No entanto, o meu aspecto geral (engordei quatro quilos!) indicava que o tratamento estava surtindo efeito. Diferentemente da primeira consulta, quando ele foi verdadeiramente antipático, agora parece estar começando a criar algum tipo de contato humano comigo. Imagine que o homem acabou de ler Zola, "La Bête Humaine", e se permitiu conversar sobre o livro comigo. É claro que foi uma conversa breve, e ele permaneceu seriíssimo a consulta toda. Foi interessante mesmo. Estou de verdade mais otimista, achando que talvez consiga escapar desta situação.

As outras coisas vão seguindo de acordo com o esperado. Se eu engordei, é porque tenho comido bem. E, de fato, tenho experimentado um prazer em comer que nunca havia tido o gosto de ter. A comida da pensão é muito boa, muito variada. Sobretudo as sobremesas, ah! os docinhos caseiros que eles nos servem... Viu como estou mudado?

Tenho me mantido rigorosamente quieto, preferindo sempre ficar em casa a sair. Dou uma caminhada por dia com algum companheiro de pensão, mas no resto do tempo, olha eu aqui quietinho. Voltei a me concentrar na leitura e já escrevi um texto de crítica, sobre um dos romances novos que eu trouxe do Rio para cá. Vamos ver se sai no próximo número da "Acadêmica".

Dentre as coisas curiosas que estão em curso, nada é mais interessante do que os preparativos para o carnaval. É como diz o velho samba do Sinhô: "Os brasileiros já nasceram na folia/ Dão pé nas bolas e farreiam noite e dia/ No carnaval vendem tudo quanto têm/ Para gozarem desta festa sem igual". Aqui na pensão ninguém tem nada para vender, mas fazem o que podem para gozar desta festa sem igual. Todos se animam, conversam e combinam como será a decoração para a festa. Faremos do espaço para tomar sol, aquela varanda grande, nosso salão. Todos os que puderam providenciaram – e ainda providenciam – discos dos grandes sucessos, e vamos tocá-los num aparelho que a casa já tem. O sr. Ramón já concordou em transferi-lo para o nosso salão no dia do carnaval.

É claro que festa de carnaval de tísico tem seus limites. Primeiro, será à tarde, entrando o entrudo pelo começo da noite. Assim todos dormem cedo, mas aproveitam um pouco do ambiente noturno típico da festa. Há também diferença nas bebidas, que se resumirão às laranjadas e limonadas, apenas frescas, não excessivamente geladas, para evitar gripes, resfriados, pneumonias e... óbitos. Quanto à dança, propriamente dita, terá de ser dosada. Ninguém está autorizado a ficar exausto. Trata-se de folia comedida, de orgia racional, de farra com moderação, alegria vigiada cuidadosamente pela tristeza.

Mas está sendo um período ótimo. Nesta vida estranha que levamos, um pouco fora da vida, sem obrigações diárias, um acontecimento como o carnaval tem uma importância enorme. Todos têm algo para fazer, e já houve arrufos e brigas por causa de ideias rejeitadas e tarefas que foram distribuídas, desejadas por um, obtidas por outro. As moças estão particularmente agitadas e, devo dizer, nunca houve tanta interação com os rapazes.

Eu estou em uma situação privilegiada. Sou uma espécie de consultor geral. Contei àquela moça, a Sônia, lembra?, uma alta de cabelos pretos?, que vivi no Rio de Janeiro e que conheci alguns compositores graças ao meu amigo Lúcio Rangel. Foi a conta. Transformei-me em entendido em carnaval e vivo sendo consultado sobre diversos detalhes. Queriam saber dos enfeites de rua do ano passado, se poderíamos fazer alguma coisa parecida para nossa festa. Eu descrevi o que lembrava e ela, mais a Lúcia e a Marta, estão dando tratos à bola para dar um jeito de deixar a pensão igual ao Rio de Janeiro. Todos ocupados!

Ainda faltam duas semanas, e eu imagino o vazio que ficará depois deste carnaval. Mas, que diabo, não é assim em toda parte? A quarta-feira não é mesmo de cinzas? São as cinzas da alegria dos foliões que se usam nas igrejas.

Querida Heloísa, vou ficando por aqui. Avise a todos que estou bem e despreocupado e que em breve até é possível que eu fique curado. Mande meu abraço para quem é de abraço e meu beijo para quem é de beijo!

    Um beijo especial para você, é claro!

    Pedrinho

21

— Adão, vem comigo a São José dos Campos. Vamos ver o Paulo, que está lá, doente. Precisa do pai.
— Não posso, Bibiana. Tenho emprego. A vida está muito é dura para todos. Se fico uma semana fora daqui, perco todos os trabalhos que tenho, que mal já dão para o necessário.
— Sabes muito bem que todos compreenderiam. Não peço para que sumas daqui. Peço apenas que vás comigo, depois de conversar com os teus fregueses e explicar que, se não fores comigo, não verás mais teu filho vivo.
— Não, não. A vida não é tão simples assim. As pessoas querem ter sua grama aparada, querem ter suas flores plantadas, querem ter suas árvores podadas. A elas pouco vale se é o Adão quem aparou a grama ou plantou as flores ou podou as árvores. Jardineiros há muitos por aí.
— Compreendo-te, Adão. Sei que é difícil ires ter com o Paulo numa situação destas. Sei que não queres sofrer. Eu também não. Mas fico lá com ele, sei que cuido dele menos porque cuido dele do que por estar lá. Ele morrerá, Adão. Lembras quando esteve aqui? Como estava magro? Como se cansava? Onde já se viu um menino de 17 anos não conseguir andar dez minutos sem perder o fôlego? Sinto que ele não volta mais para cá. Se não fores comigo agora não o verás mais e, o que é pior, ele não te verá mais, morrerá com a ideia de que não queres ir ter com ele.

– Só terá esta ideia se tu a inventares. Se tu disseres a verdade, que não posso ir, que preciso trabalhar, ele compreenderá. Sempre foi um miúdo inteligente.

– Sim, sempre foi muito inteligente, e por isso mesmo é que não precisaria eu de inventar ideia nenhuma. Sei que ele te perdoa por não quereres vê-lo nesta situação. Mas sei também que ficava em grande felicidade se te visse.

– Não, Bibiana, não é possível. Peço que não insistas. Não irei.

– Com essa decisão, eu preciso dizer que, se não vais mais ver o teu filho, também não verás mais a mim.

– O que dizes?

– É isto mesmo que escutaste. Não quero mais ver-te. Desde que o Paulo ficou doente, percebo que não queres mais vê-lo, que só pensas em ti. É um miúdo, Adão, mal trocou as calças curtas pelas compridas e já se vai deste mundo. E tu não queres saber de outra coisa que não seja tu mesmo. Há tempos não suporto estas nossas conversas. Em três dias vou para São José dos Campos, vou ter com o Paulo. Quando voltar, não sei quando exatamente, mas não menos que 20 dias, não te quero nesta casa. Acho que é tempo suficiente para arranjares um lugar. E não te assustes, que mantenho todos os meus compromissos, que estes não me custam grande coisa. Continuas a ter tuas roupas lavadas e tua comida feita. Espero que também não deixes de ver teus outros filhos, principalmente a Helena, que é tão pequena e tão apegada a ti.

– Como quiseres. Vejo que desistes de me dizer como eu tenho que viver a minha vida e me deixas em paz. Já não era sem tempo. E saiba que vejo meus filhos quando me apetecer. Adeus!

– Adeus.

22

Vou seguir um pouco mais em frente, mas não vou pela Dutra. Vou atravessar a passarela e, pelo outro lado, eu vou andando até a estrada velha Rio-São Paulo. Ando pela Dutra desde que ela foi inaugurada. A gente ia pra São Paulo visitar minhas tias, era por aqui que o ônibus ia. Tempos depois, meu pai já tinha o armazém e trabalhava na feira, vendendo queijo faixa azul, macarrão, bolacha. Ele passava toda semana por aqui com uma perua velha, marrom e branca, nunca esqueço. Ia buscar em São Paulo as coisas que vendia. Depois, anos mais tarde, houve quem falasse mal do meu pai, que não sabia fazer negócio e tal. Mas ele era o único em São José que vendia material pra fazer sorvete. Casquinha, essência, essas coisas. Foi com isso que ele acabou melhorando de vida e acabou parando de trabalhar na feira. Feira é uma coisa danada de dura. Quem reclama de acordar cedo faz piada perto do feirante. E montar e desmontar barraca, enfiar tudo na perua. Uma trabalheira. Mas meu pai fazia isso tudo com alegria. Era uma pessoa alegre. Nunca abandonou o jeito antigo: bigodinho, cabelo penteado pra trás. Ele sofria de um reumatismo brabo. Não conseguia andar direito. Mas não deixava de ir pra São Paulo fazer compra. Uma vez um guarda, vendo aquela perua velha, parou meu pai e levou um susto. O maluco do sujeito dirigia aquele negócio caindo aos pedaços apertando o acelerador com uma muleta! Falou pro meu pai que não tinha nem o que dizer. Se fosse multar, ia ter que recolher a perua e autuar. Acabou dizendo um "vai com Deus e, por favor, não dirige mais assim". Ele continuou dirigindo assim, é claro. Que outro jeito tinha? Obrigações. E foi aqui na Dutra também que o tio Zé, vindo visitar a vó em casa, topou com um sujeito conversador. O camarada vinha todo mês, por causa do trabalho, pra São José. E quis saber o que meu tio ia fazer lá. Sabendo que ele também vinha sempre pra visitar a mãe dele, falou que tinha uma coisa em São José que ele precisava conhecer: o melhor bolinho de carne do mundo. Que não era difícil, bastava ir a um bar que ficava bem de frente pro Tiro de Guerra, às dez da manhã ou às quatro da tarde, que o bolinho, quentinho, saía. Mas tinha que prestar atenção na hora porque acabava rápido. Com a cara de riso do meu tio, o cara perguntou, quase se ofendendo, do que que ele tava rindo. Não é nada, não. É que esse bar é do meu cunhado, e quem faz o melhor bolinho de carne do mundo é a minha mãe, que eu estou indo visitar. O camarada deu muita risada e só comentou: sorte sua! Mas muita desgraça também aconteceu na Dutra. O Francisco Alves morreu num acidente aqui. Foi comoção nacional. A estrada era nova. Um caminhão se desviou de um carro que saía de uma estrada de terra e bateu no carro dele. Foi uma pancada e tanto, pegou fogo e não sobrou nada nem da voz nem do rei. Foi uma choradeira desgraçada, eu lembro bem, tinha nove anos. Eu achava o cara um chato, mas devia ser a única. Hoje ninguém mais escuta ele, acho que eu tava certa naquela época. Que coisa! Talvez seja melhor mesmo ir prum canto mais sossegado. A velha estrada Rio-São Paulo que ninguém mais usa, fora uns trechos que viraram rua normal, da cidade, é melhor pra gente ir embora de vez. Menos testemunha, mais sossego. O trânsito é pra quem vai e volta. O sossego é bem adequado pra quem vai sem voltar.

23

São José dos Campos, 04/03/938

Caríssimo homem do samba, carnavalesco, entre outras coisas, meu amigo Lúcio

Nesta sexta-feira, depois da farra e das cinzas, não posso deixar de escrever para falar de minha experiência de carnaval no pacato interior de São Paulo. Você pode imaginar a intensidade da coisa, visto que eu precisei de três dias de descanso para poder finalmente escrever sobre o assunto.

Pois imagina errado, caro Lúcio. O carnaval foi para mim de saudade. No ano passado, em sua companhia, o carnaval foi o que deve ser: uma festa. Andamos por Vila Isabel, escutamos os sambas da Mangueira, tantas coisas perfeitas. No ano passado o seu amigo Noel Rosa estava vivo e neste está morto. E de quê? Tuberculose, é claro.

Na condição de tuberculoso, neste carnaval fiquei dentro da pensão do sr. Ramón Ovalle. Parece que há alguma movimentação em alguns lugares, como num clube que fica ao lado da Matriz, fisicamente marcando a convivência entre o sagrado e o profano, a gloriosa Associação Esportiva São José, que tem no vermelho sua cor, o que não deixa de nos dar ideias. Eu sempre tive a impressão de que carnaval que cai em março não é muito carnaval e, neste ano em que me encontro em exílio carnavalesco, alguma ordenação cósmica definiu que o carnaval fosse em março – no primeiro dia de março, passando raspando por fevereiro. Que presságios isso trará?

Exatamente por esse distanciamento do verdadeiro carnaval, eu agradeci a todas as entidades da folia, começando com o velho grego, o dionisíaco Dionísio, pela invenção do rádio. Foi através dessa máquina mágica (será que o Macunaíma fala em "máquina-rádio"? Não me lembro!) que eu pude sentir um pouco o clima da data. Principalmente: pude conhecer as marchinhas e os sambas.

Que tal lhe pareceram este ano? Eu achei algumas delas particularmente boas, gostei de muitas coisas. A primeira coisa que me chamou a atenção foi um detalhe que não sei se teria chamado a sua: o caráter auto-alimentador do sucesso de rádio. No carnaval passado, você se lembra, a marchinha mais tocada, adorada e cantada de todas foi "Mamãe eu quero". E o que acontece apenas um ano depois? Já se transformou em tradição. Pelo menos duas marchinhas deste ano citam o verso famoso "mamãe eu quero mamar". A melhor delas, verdadeiro clássico, é aquela cantada pela Carmen Miranda, "Camisa Listrada". O retrato do malandro que é doutor e tem que tirar o anel "pra não dar o que falar", que troca o chá com torradas por parati é muito interessante. Parece que o malandro vai deixando de ser o que era. Definitivamente, o morro e a cidade se misturam. Nesse caso, não sei se o morro fica bem na fita. Vamos ver no próximo ano. A outra, é claro, é o "Periquitinho Verde" da Dircinha Batista. A julgar pelos tísicos de São José dos Campos, essa marchinha é concorrente ao título de mais querida do carnaval de 1938!

Se eu fosse um pouco mais otimista, diria que a consciência de classe está chegando ao carnaval do Brasil. Por aqui se ouviram muito duas músicas que falam da carestia reclamando do preço do bonde, "Não pago o bonde", na voz de Odete Amaral, e "Seu condutor", de Alvarenga e Ranchinho. Não sei qual das duas é a melhor. Na dúvida fico com as duas. Na de Alvarenga e Ranchinho, aquilo de dizer o preço dos bondes é fantástico porque coloca a gente dentro do bonde e do problema. E não deixa de ser engraçada a ideia de que o único que é barato não serve! A outra é brilhante naquele jeito malandro e disfarçado de dar o endereço para a Light ir cobrar a passagem – "Moro na rua das casas/ Daquele lado de lá/ Tem uma porta e uma janela/ Manda a Light me cobrar". Perfeito! E, ouvida com um pouco de atenção, tem muito do que é o Brasil, mencionando talvez sem querer aspectos nossos que a melhor intelectualidade vem revelando para a gente mesmo. Lembro do livro do Sérgio Buarque, que fala dessa rede social de contatos sem a qual não se dá um passo no Brasil. Entre a arraia-miúda parece que essa rede também se constitui, afinal, "Não pago o bonde/ Que eu conheço o condutor". Já que o camarada está lascado, não conhece ninguém que pode lhe arranjar melhores posições, pelo menos ele conhece o condutor, que facilita o lado dele. É ou não é brilhante?

Mas nesse campo do samba com consciência social, nenhum bate o maravilhoso "Tenha pena de mim", gravado pela fabulosa Araci de Almeida. Ver as pessoas cantando na rua versos como "Trabalho, não tenho nada/ Não saio do miserê", ou como "O dia inteiro/ Eu trabalho com afinco/ E à noite volto/ Pro meu barracão de zinco", que de um modo simples mas seguro denuncia as péssimas condições do trabalhador brasileiro, é algo que me consolou de estar neste fim-de-mundo. E olha que não faltou nem mesmo a sugestão de revolta, de que uma saída talvez tenha que ser procurada para além do sistema capitalista, fora de suas regras viciadas: "Tenho feito força para viver honestamente". Do jeito que a coisa anda, caro Lúcio, teremos que começar a definir o "samba revolucionário".

Quase revolucionário, nesse caso, é o impagável "Yes, nós temos banana", que dispensa comentários, diz tudo o que tem para dizer. Para nós, aqui neste ponto do planeta, que vivemos para comer na esperança de engordar, que engordar é a melhor maneira de acabar com o bacilo, todos ficam comovidos com a ideia de que "Banana, menina/ Tem vitamina/ Banana engorda e faz crescer". Mas a brincadeira toda com nossos produtos de importação vai além da brincadeira, o mesmo com a ideia final de que em caso de crise, apelemos para as bananas. Resta saber se com ou sem pão!

É claro que o outro lado das marchinhas, acanalhado, também fez muito sucesso por aqui, como aquele que conta a história do folião que fez a fantasia de diabo e esqueceu o rabo, precisando então botar anúncio no jornal: "Precisa-se de rabo/ Pra brincar o carnaval". O duplo sentido é bobo, mas eficiente, e cativou os corações apopléticos da pensão.

Não quero deixar de comentar com você algumas outras pérolas de 1938, como prova de que ainda há um traço de civilização nesta terra e um tanto de entusiasmo em mim, apesar dos pesares. O meu preferido foi o triste samba chamado "Alegria". É curioso como por debaixo da batucada, do andamento rápido, nervoso mesmo, e da voz do Orlando Silva, uma tristeza permanece, culpa, eu acho, da linda linha melódica. Enquanto a letra trata da superação da tristeza, a música cria uma espécie de dissonância. Sempre me pergunto se o compositor teria consciência desses efeitos, se os busca propositalmente. Não sei também se é hipertrofia de análise minha, vício de doente entediado, advogado sem banca e crítico sem rodapé, mas esse samba me pareceu uma obra prima exatamente por isso. "Minha gente/ Era triste e amargurada/ Inventou a batucada/ Pra deixar de padecer" e em seguida essas palavras, que resumem o princípio do carnaval e em grande parte o sentido da vida: "Salve o prazer, salve o prazer". Nesse trecho tem um pouco de tudo: o inconformismo com a tristeza, a busca de alguma coisa que possa superá-la (a batucada!) o grito ao direito do prazer, da alegria aqui e agora. E aquela tristeza de fundo, como uma espécie de reconhecimento de que a batucada sozinha não acaba com a tristeza de vez, que a amargura vem de algum problema maior, ou anterior, que o samba por si só não pode modificar. Enfim, eu achei este samba do Assis Valente um primor. E, se eu não estou exagerando tanto assim, eis mais um "samba revolucionário" para reforçar a teoria.

 O meu entusiasmo me levou longe, e esta carta já vai mais longa do que devia. Por isso nem comento outras músicas que escutei por aqui: "Juro", "Morreu meu primeiro amor". Ah! E aquele "As Pastorinhas", que um disco me diz ser do Noel e do João de Barro? Achei pouco provável que tivesse sobrado um samba novo do Noel e eu tive a impressão muito nítida de que já ouvi aquela marchinha antes. É ruim dizer isto, mas não gosto muito daquilo. Da tristeza convencional da letra, sei lá. Não gosto.

 Relendo o que escrevi, para me despedir, levei um susto. Veja, caríssimo Lúcio, que esta é uma carta que parece ter a intenção de ensinar o padre nosso ao vigário. Mas não é nada disso. Sem ninguém com quem falar, o cristão vai ficando meio maluco, ansioso para conversar. Falar sozinho é que não vai porque acaba no manicômio. A tuberculose já é desgraça suficiente, não precisa da colaboração do desequilíbrio mental. Escrevendo, falo sozinho de um jeito que não acarretará internação e ainda me imagino conversando cara a cara com você. Espanto a solidão e falo de música de carnaval. Se eu tivesse um piano por aqui, mesmo com minhas mais que duvidosas habilidades poderia até tocar algumas dessas marchinhas, mas isso não foi possível. Preciso arranjar um piano!

 Não deixe de me dizer o que acontece com o samba aí no Rio.
Um grande abraço pós-festivo do
Pedro

24

e o que é pior saber ou não saber em geral o pior é não saber mas neste caso o melhor é mesmo não saber o que sei hoje o que me aterra assusta-me porque nada há a fazer eu tenho tido ataques eu tenho feito coisas com meu corpo de hoje como se fosse com o meu corpo doutros tempos e eu não percebo nada e os outros também não eu porque não vejo o que eles vêem estou perdida num tempo em que não está mais ninguém passado acabado morto e enterrado como minha mãe como minha mãe quase fiquei louca aquele dia quando li a carta de nuno que contava a minha mãe estava morta morrera triste e a carta dizia que a família não queria que eu soubesse o que acontecera com minha mãezinha querida ela havia enlouquecido embalava uma criança que ninguém via talvez um dia desses eu seja essa criança de novo em minha própria loucura porque era eu mesma a criança na loucura de minha mãe ninava-me dava-me de comer trocava-me as fraldas fazia-me novamente bebé procurava recuperar o tempo ai nuno obrigado eu prefiro saber sempre saber que só quem sabe pode decidir o que fazer com essa vida minha mãe estava sempre culpada culpada por ter-me entregado à tia cesária culpada por não ter feito um escândalo culpada por não ter criado uma questão culpada por não ter entrado numa briga contra meu pai que aceitava a pressão de minha tia sua irmã e além da culpa estava louca de saudade só falava em mim queria me ver dizia que tinha cortado do seu corpo a sua parte mais definida que não era mais nada sem mim que só suportara a dor porque os filhos precisavam dela e assim que se viu mais sossegada passou a pensar em mim noite e dia sem se perdoar sem entender por que aceitara fazer o que alguém queria que ela fizesse mesmo sendo nada do que ela própria queria a força de umas pessoas a fraqueza de outras por isso mandou cá ao brasil o nuno por isso compreendeu sem que ninguém falasse nada sem que eu escrevesse uma palavra sobre isso a ela sem que nada além da ligação que sempre tivemos a fizesse compreender que aquele casamento existia para me prender por aqui ela no mesmo instante em que viu o nuno em sua volta soube que nunca mais me veria que nunca mais se veria que não teria ninguém a quem culpar além dela mesma que tudo o que lhe fizeram poderia ser evitado se ela fosse mais forte se ela agisse se não ficasse sem voz será que ela morreu sem saber que não me via mais morreu achando que me embalava e portanto a ver-me em seus braços se foi assim creio que o melhor é não saber e saber hoje o que realmente sei é mais uma forma de sofrimento é um sofrimento a mais é algo que minha mãe pelo menos isso não sentiu a loucura a salvou desse sofrimento porque matou sua saudade ao ter-me consigo é isso que faço de certeza todos os dias antes do dia em que acordo e não sei o que fiz no dia anterior que parvoíce não só no dia anterior talvez em toda semana anterior o tempo não anda para os loucos e para minha mãe ele parou exatamente quando aquilo que lhe faltava se materializou em sua frente e levou embora sua culpa que culpa pergunto eu e eu mesma respondo a culpa de ter feito e a culpa de não ter feito todas as culpas não o melhor é mesmo não saber e por isso este é um dia infeliz o dia em que eu sei além de tudo porque me vem um medo dos dias em que eu não saberei não sei o que farei nesses dias a quem machucarei que dores causarei pelo visto amar e saber não pode ser

25

Andar amortece o pensamento. A perna obedece enquanto a cabeça fica solta, lembrando. Nem sei exatamente onde estou, mas me lembro que foi aqui na estrada velha que meu pai morreu. Não foi aqui, é claro, mas foi nessa mesma estrada. Depois de dirigir anos correndo os maiores riscos, foi acabar bestamente aqui. Sozinho. Ninguém entendeu nada. O carro jogado na beira da estrada e ele caído no chão. Não tinha batido em ninguém. Será que teve um treco? Será que se matou? Será que ele teve a coragem que eu procuro? Eu não acreditava nisso, mas agora penso melhor e vejo que era bem possível. Vivia triste, era solitário. Não tinha muito o que fazer. Almoçava lá em casa ou na casa do meu irmão. Jantava na casa do outro. Ou do mesmo. Mas não gostava de ficar em casa. Saía, procurava amigos, batia papo, bebia um pouco. Perdido talvez. Como será envelhecer? Nunca vou saber de verdade. Não vou chegar nem aos 60. Vou morrer antes, vou morrer hoje. Mesmo se a coragem não viesse, meu cheiro ia tomar conta da minha vida e eu ia morrer logo. Numa cama, coitada, incapaz de dar conta da menor obrigação. Hoje não. Hoje eu cumpri todas as obrigações. A casa está limpa. Como vim a pé, o carro está na garagem. Não trouxe nem chave, deixei pendurada junto da porta da cozinha, num daqueles ganchinhos. Tudo fica em seu lugar. E eu vou pro meu lugar, sem choro nem cheiro nem vela. E meu lugar é qualquer lugar porque eu nem sei que lugar é este. O sol começa a sumir, o tempo começa a esfriar. E começa a me dar uma vontade de fumar... Parei de fumar há mais de dez anos, mas fumei por muito mais tempo. Como é bom fumar! O mundo inteiro pára por uns minutos e se resume naquela respiração. Todo mundo diz que fumar mata, e talvez seja isso mesmo. Mas eu só consigo ligar o cigarro com a ideia de vida. Eu me sentia muito viva ali, fumando. Fumar é uma forma de respirar intensamente. A gente passa a vida, desde quando o médico dá um tapa e a gente chora, respirando sem pensar, como se respirar fosse só uma coisa mecânica, inevitável. Quem fuma sabe que não é nada disso. Fumar dá gosto ao que não tem gosto, dá sensação pro que não se sente, dá prazer pro que não é nada. Meu filho mais velho era pequeno. Eu cuidava das minhas obrigações e sempre que dava uma pausa, fumava um cigarrinho. Eu gostava mesmo era do Continenal sem filtro. Aquela embalagem verde-clara, com um mapinha desenhado. Todo mundo me enchia a paciência, que eu não podia fumar aquilo, que era muito forte, cigarro de pedreiro e não sei o que lá mais. Eu fingia. Comprava um maço de Continental e um de Hollywood. Deixava o Hollywood em cima do armário da cozinha, bem à frente de todos. O Continental, esse eu guardava dentro da gaveta e só fumava quando estava sozinha. E eu estava sozinha o dia inteiro. Só na hora do almoço, logo cedo e à noite é que eu precisava fumar o Hollywood. Tudo bem. Todo mundo ficava satisfeito. Só meu filho sabia. Eu nunca pedi pra ele não comentar com ninguém, e ele não comentou. Era pequeno e acho que nem reparava em que cigarro eu fumava durante o dia ou na hora do almoço. Ou percebia e se sentia ligado a mim de um tal jeito que entendia, pequeno que era, que não era pra falar nada. Às vezes quem parece que não sabe nada é que sabe tudo. Tenho visto muito isso. E eu nunca fui a única. O seu Deolindo nem tinha mais pulmão depois de duas tuberculoses. Tinha crises de asma terríveis, puxava o ar com barulho, mas parecia que nem todo o ar do mundo dava pra ele, precisava de mais. E ainda assim fumava. Kent. Sem filtro também. Por uma questão de saúde, fumava metade, apagava e guardava atrás da orelha. Depois fumava essa outra metade. Dizia que assim economizava o pulmão, fumando a metade do que fumaria normalmente, não mais do que quatro ou cinco cigarros por dia. Acabou morrendo, mas não do pulmão. Disso escapou, depois de quase ter ido. Foi pro hospital. Desenganado. Melhorou espetacularmente, voltou a andar e a respirar bem. Pegava o ônibus, andava a pé. Só não fumava mais, nem Kent nem Hollywood nem cigarro com menos nicotina e alcatrão. Um dia teve um ataque do coração – e lá se foi meu sogro, como agora vou eu. A gente sempre morre de ter vivido, independente da causa. Se o cigarro, que todos reclamam que cheira mal, está me matando agora, com este cheiro que ninguém sente, é normal, não devo reclamar. É em troca da vida que me deu. Mas sinto aquela sensação de que tudo podia e devia ter sido diferente. Só não entendo por que esse tumor não está lá dentro do pulmão, onde talvez cheirasse menos.

26

São José dos Campos, 17/03/938

Moacyr, meu velho

Recebi sua carta já há alguns dias. Só agora me animo a responder. O dia está quente, o céu belíssimo. Cheguei à conclusão de que o céu desta cidade tem mais estrelas que o céu de outras cidades que eu conheci. E hoje, além de tudo, vejo aqui da varanda da pensão, onde escrevo, uma lua cheia, redonda, monumental. Tenho tido tempo ultimamente para ver coisas que antes não via direito. O céu, à noite, é uma delas. Já me ocorreu inclusive a ideia de estudar astronomia. Mas não se assuste, que já passou. Decidi que o meu interesse pelas estrelas era mesmo o do amador, que só quer achar bonito e mais nada. Há coisas que precisam ficar intocadas por um tipo de razão onipresente, que tem a tendência de analisar, classificar e... estragar tudo aquilo que a intuição tinha criado, reduzindo-a ao que ela é. Há aquelas coisas que precisam ser só bonitas.

Diferentemente da agitação que você vive neste estado em que vivemos, o novo e porém já velho estado novo, permaneço aqui sentado. Nada faço, covardemente. Você cuida da sua vida, escreve alguma crítica e ainda por cima tem tempo para a política. Eu não cuido da minha vida, sou sustentado vergonhosamente pelo meu pai, que não desampara seu filho, o doente. Eu não faço política nenhuma, nesta minha inação de doente. O que andei fazendo um pouco é crítica, só para ninguém pensar que já morri.

Sei que você pode se irritar com o que eu vou dizer, já que você está mesmo reclamando de certas pessoas que insistem, contra a sua vontade, em que você comece a se dedicar integralmente à crítica literária. Conheço bem a forma de insistência de nossos amigos. Sei como o Carlos gosta de pautar nossa vida, dando sempre a impressão de que temos certas missões ou tarefas que, embora a gente mesmo relute em entender como tarefas ou missões necessárias, acabam se impondo. É difícil escapar desse círculo e, logo no começo desta conversa, faço questão de dizer que apoio sua reação a esse tipo de exigência. Cada vez mais me convenço de que, muito embora as circunstâncias, vez por outra, nos obriguem a assumir tarefas que nos desagradam, o melhor não é executar esse tipo de tarefa. E por quê? Porque só é possível executar bem uma tarefa com um mínimo de interesse pessoal por aquilo. O fervor revolucionário muitas vezes fornece esse interesse, e não foi uma nem duas vezes que eu me peguei fazendo com satisfação alguma coisa que me contrariava. Mas não é possível dirigir toda uma vida para uma ação que esteja longe de nosso campo direto de interesse. O fervor revolucionário, especialmente num momento como este, às vésperas de uma guerra cujas consequências são inimagináveis, não é capaz de aquecer uma vida toda.

Mas vou na direção contrária – prometo que somente hoje. Note que, no Brasil, não há crítica digna do nome. Só num ambiente intelectual desses uma pessoa como eu, um mero curioso dedicado e detalhista, pode ser levado a sério, mesmo que só um pouco, como é o caso. Quando um texto meu sai publicado, leio e invariavelmente tenho a sensação de que acertei, fui bem na apreciação do livro, fiz observações originais. Passadas algumas semanas, releio e vejo que aquele texto, malgrado suas eventuais qualidades e seus possíveis acertos de julgamento, poderia ter sido assinado por qualquer um de meus amigos, inúmeros desconhecidos e, expurgadas certas observações políticas, até mesmo por alguns inimigos. Meu texto não se destaca. Para dizer a verdade, comecei a escrever um romance há duas semanas. Comecei cheio de ânimo e entusiasmo. Mas ao cabo de dois capítulos, vi que não conseguirei efetivar coisa que preste. Botei o projeto na gaveta.

Mas não é disto que quero falar e nem é isto o que pode irritá-lo. É isto: eu concordo com o Carlos que você devia se especializar em literatura, especialmente na crítica, talvez na tradução, já que você sabe um bocado de línguas, e logo saberá o russo. Com um pouco de esforço de leitura, que não custará nada, completa sua formação e pode se sentir seguro para fazer os julgamentos que forem necessários.

Mas veja que não digo isto em função de uma tarefa política. Duvido muito da eficiência da crítica literária como arma revolucionária em geral, quem dirá num país de analfabetos. É claro que mesmo Marx se dedicou à literatura, assim como Engels, ou Lenine ou Estaline ou mesmo Trotski, mas em função da importância mesma da literatura. Nenhum deles se tornou crítico literário, mas todos reconheceram a importância da literatura para a compreensão do homem, da história, da sociedade e do capitalismo.

Você já sabe há uns bons anos que eu acho que sua leitura é muito mais aguda do que a de qualquer um de nós. O próprio Carlos é inteligentíssimo, e talvez quase toda gente o considere o mais inteligente de nossa geração. Mas você é mais perspicaz, consegue ultrapassar as camadas de aparências do texto e perceber o essencial dele. Em 1934 (há poucos anos e no entanto parece que já se passaram eras desde aqueles dias) você foi a única pessoa que percebeu que o romance do Clóvis Amorim, aquele

"Alambique", era uma espécie de nota falsa. Todos, eu incluído, leram aquele livro e o consideraram uma obra-prima do novo romance proletário brasileiro. O livro vem apadrinhado pelo Jorge, conterrâneo baiano e um selo de garantia da melhor literatura de hoje, fala de um universo de que ninguém tinha falado, o dos alambiques, uma espécie de outro lado da moeda em relação aos engenhos de cana, traz um herói que, como o de "Cacau", cai de uma pequena burguesia para um proletariado extremamente explorado. Resultado: todos o elogiaram. Você reparou que um bocado de gente reclamou do "S. Bernardo" do Graciliano porque faltava o cabra do eito nele, inclusive o nosso Lacerdinha e o Aderbal Jurema, companheiro de bar do Graciliano em Maceió naquele tempo tão distante e tão próximo. Um desavisado que tivesse passado alguns anos na Europa leria os jornais e as revistas literárias e chegaria à conclusão de que o nosso grande autor era o Clóvis Amorim e não o Graciliano! Só você percebeu que o romance era ruim. Que esses elementos eram apenas superficiais. Eu fiquei tão atônito com a sua crítica que corri de volta para o livro. Reli e percebi, cheio de ódio por mim mesmo e admiração por você, que eu estivera errado e você, certo. A crítica a como os trabalhadores se entregam à cachaça me apareceu, depois do seu texto, como um ataque de moralismo que não condenava ninguém a não ser os pobres trabalhadores, que buscavam na cachaça o que os amargurados buscam na batucada, de acordo com aquele samba cantado pelo Orlando Silva.

Enfim, você pode ser o grande crítico da nossa geração. E isso é importante para a nossa literatura – sem deixar de contribuir para a luta política. Não é possível deixar a crítica na mão do Tristão de Athayde, que pratica o moralismo crítico de direita e, para cada acerto, conta com dez erros feios. O Carlos será absorvido pela política – já é a principal (ia dizendo única) preocupação dele.

Aquele acaba morto pela polícia ou presidente da república. Você, eu sei, conseguirá equilibrar tudo: atuação política, crítica literária, vida prática. Tenho certeza. Você fala da dificuldade de adquirir as condições que a crítica profissional exige. Sei, é preciso ler muito. Então, vamos ler juntos, você daí, eu daqui, que a esta altura sou o único que teria tempo para acompanhá-lo no que é preciso ler para formar um crítico mais sólido. Só isto falta a você, que o olho é seu desde sempre. Vamos ler o Balzac todo, o Tolstoi, o Goethe, o Flaubert, o Dickens e até o Hardy! Você lê daí, eu leio daqui e vamos discutindo por carta.

Se quiser aceitar o desafio de me ter como companheiro, é um favor que me faz. Nesta terra de ninguém, a leitura e a discussão inteligente, mesmo a distância, acabariam com a desgraça da minha vida atual. Além disso, você seria o único crítico que teria registrado por escrito um processo de absorção da tradição literária e de amadurecimento de leitura. Veja que a ideia é tão boa – especialmente para mim – que vou fechar esta carta quase sem ter falado de mim. E isso tem sido raríssimo.

Um abraço grande e saudoso do
Pedro

27

É por livre e espontânea vontade? Claro que não, meu Deus! Será que ninguém vê que uma miúda de 13 anos não pode querer casar-se com um velho de quase 30 como esse aí? Ninguém vê que essa velha mais velha obriga-me a isso? Trouxe-me a esta terra, fez-me trabalhar desde pequena e agora, quando meu irmão vem de Portugal buscar-me para levar-me de volta à velha aldeia, rever minha mãe, que já não posso mais de saudades, obriga-me a casar-me com este estupor? Donde vem isso tudo? Quer-me manter por cá só por causa do meu trabalho. Trabalho de criança é pouco, mas quem o despreza é louco. É verdade, mas não pode ser isso somente. Já lá tem empregadas a lavar-lhe as roupas dos fregueses. Já as tem também a engomar. Para tudo já lá há gente. Não sei quanto lhes paga, a mim é que não paga nada. Quer-me sua herdeira. Herdeira de vinte palmos de terra conquistados com o meu sofrimento e de tanta gente, até dela mesma. É menos cobiça do que o gosto de mandar, o gosto de ter sua vontade satisfeita. Ora, todos querem ter a vontade satisfeita e é aí mesmo que se iniciam os problemas. Casamento e mortalha no céu se talham. Ou no inferno. Ou cá mesmo, nesta terra, que também pode ser um inferno sempre aquecido por ferros de passar que por magia jamais arrefeçam, substituem-se uns a outros em sucessão infinita. Parece que em minhas mãos, que mudam de tamanho, crescem e endurecem, os ferros são apenas um ferro sobre a mesma roupa branca passada num mesmo dia que se renova e, ao renovar-se, revela-se o mesmo, quando a mudança é permanência. Agora caso-me e o que terei de suportar? As ordens de um homem que não conheço. Talvez não. Pau mandado é mal mandado. E eu, que medo paralisa-me, a impedir-me? Bibiana, perguntou-me meu irmão, é isto mesmo que queres fazer? Queres casar-te com este gajo? Olha que ainda és muito nova, podes casar-te em Portugal. Quem te leva ao altar é o pai, não o tio, quem te ajuda com o vestido é a mãe, não a tia. Volta comigo. Quero casar-me sim, Nuno, quero. Caso porque quero e quero casar-me com ele. Mas não quero. Meu irmão vai embora e fico eu cá, na mesma vida, ou em outra que seja diferente mas igual. E casada. Casamento de importação é de curta duração.

28

Não, não quero pensar em quem tem culpa. Sei que eu não tenho culpa de nada. Até de fumar eu parei. Depois de todo mundo me encher o saco, achando que mandavam na minha vida – até os filhos que, depois que crescem, passam a querer mandar na gente – me obrigando a fazer coisas estranhas pra parar de fumar, resolvi sozinha e parei. Sofri mais do que a vez em que aceitei seguir a estranha receita de, toda noite, desfazer um cigarro num copo d'água e, pela manhã, antes do café, coar essa água e beber. Um gosto horrível que, por incrível que pareça, só me dava vontade de fumar mais um cigarro. Pois disse que ia parar e parei mesmo. Ninguém acreditou no começo – e eu nunca reclamei. Fiquei firme, na minha, aguentando o tranco. Depois de um tempo foi ficando mais fácil. Vontade de fumar sempre tive, nunca parei de ter, mas me acostumei a não fumar. Agora não faz mais sentido isso e eu bem que podia dar um trago, Continental sem filtro nem existe mais, que pena! Mas um Hollywood ia bem. Até um light, menos nicotina e menos alcatrão, dava conta do recado. Mas não quero pensar em quem teve culpa. Ninguém tem culpa – ou todo mundo tem. Se alguém tem culpa é quem não sente esse cheiro, que vem de mim e agora, passado um tempo depois do banho, recomeça a estar em toda parte. Eu não queria sentir o cheiro. Eu não queria pensar que tinha alguma coisa errada. Eu não queria nem pensar nem saber nem sentir nem desconfiar nem imaginar nem. Eu não queria. Queria apenas que tudo passasse. Já tinha parado de fumar. Comecei a comer mais verdura, coisas mais naturais. Sempre fiz muita verdura, ele não come carne. Mas sempre comi muita carne, gosto do que tenha gosto forte. A gordura, a carne macia, mal passada. Passei a comer menos carne, mais verdura. Diminuí o açúcar. Esperança idiota de que não fosse nada aquele caroço, que ia passar sozinho, que não ia ser nada não era nada, nada. Tinha uns dias que eu tinha certeza de que estava diminuindo, mas certeza mesmo. Ficava feliz. Por que merda não era verdade? Finalmente começou a sair uma aguinha, começou a cheirar. De um lado eu pensei: agora tá tudo ferrado, não vai melhorar sozinho esse troço de jeito nenhum. Mas em algum lugar, lá no fundo, eu senti um alívio que compensava esse desespero. O cheiro todo mundo vai sentir, vai ver que tem alguma coisa errada e vai me obrigar a fazer alguma coisa pra resolver isso. Eu não quero ir no médico de jeito nenhum, já sei o que ele vai me dizer, já sei que vou morrer, estou andando morta pela cidade, morta no supermercado, morta no banco, morta na padaria, morta na cozinha, morta no banheiro, morta no hospital, dando a comunhão pros doentes, morta no trânsito, morta no sinal vermelho, morta no ponto de ônibus, morta. E isso é problema meu. Mas veio o cheiro. E o cheiro é problema de todo mundo. É verdade que não tem mais muita gente em casa. A criançada cresce, vai estudar fora, arranja trabalho noutra cidade e só vem de vez em quando. Meu filho mais velho mora agora a mais de 500 quilômetros de São José, a do meio a trezentos e o mais novo a cem. Só este me vê sempre, telefona todo dia, poderia talvez sentir o cheiro e me perguntar. Eu ia ter que falar alguma coisa se me perguntassem, não é? Tinha que dizer e dizendo é bem capaz que eu mudasse de ideia e quisesse ver se tinha um jeito de não morrer. Mas já cheira há um tempão e ninguém pergunta nada. Ninguém sente, ninguém sente. Insensibilidade. Eu continuo fazendo o que sempre fiz, as minhas obrigações. E isso ajuda a ninguém notar nada, ninguém percebe. Não aguento mais, não aguento. Alguém vai ter que fazer o que eu faço sempre. Alguém tinha que ter visto os caroços, alguém tinha que ter sentido o cheiro. Mesmo que eu escondesse e disfarçasse e fingisse e encobrisse. O que acontece com o corpo da gente depois de um certo tempo? Vira apenas a nossa forma de ocupar espaço? E por acaso o que ocupa espaço não é notado?

29

São José dos Campos, 20/04/938

Caro Murilo

Você sabe que eu fiquei em princípio preocupado. Eu escrevi a carta, enviei o artiguinho e você aí, calado, sem me dizer nada. Achei que não tinha gostado do artigo e mais, que teria ficado ofendido com ele de alguma forma. Há alguns dias recebi a revista deste mês e, para minha surpresa, lá estavam minhas opiniões sobre "Navios Iluminados", e muito bem acompanhadas, ao lado das opiniões do Mário sobre "Rua do Siriri", e do Octávio sobre o "Vidas Secas". Por falar nisso, será que o Graciliano não vai me mandar um exemplar do livro novo dele? Terá se esquecido completamente de mim? Nós todos seguimos uns capítulos, publicados nos jornais, no "Anuário" e nem sei mais onde, e agora estou louco para ler a coisa completa. Tenho certeza de que deve ser dos melhores romances dos últimos anos. Quer dizer que o nordestino finalmente resolveu olhar para os retirantes mesmo, não é? Demorou, mas quando o velho resolve fazer uma coisa, quem faz melhor do que ele? Enfim, vou esperar mais um pouco e então peço para alguém me trazer de São Paulo em alguma visita familiar.

Sim, a família continua me visitando com frequência. Minha mãe passou uma semana inteira aqui comigo no começo do mês, me tratando bem e me atrapalhando, já que eu não pude manter meu ritmo de leitura solitária. Mas no final foi ótimo. Sempre é um descanso na solidão e no tédio.

Com a falta de notícias de vocês, fico mais preocupado. Nem o Lúcio nem o Moacyr responderam minhas últimas cartas. Eu sei que isso é natural. As tarefas do cotidiano absorvem a gente. Como eu estou sem essas tarefas, fico meio perdido e, como a gente sempre julga os outros por nós mesmos, fico imaginando que todos têm o tempo que eu tenho, o que não faz sentido.

Sei também que não tenho nada demais para contar e que me arrisco a ficar falando só do que leio. Isso não é problema quando a gente convive e conversa todo dia. Mas sei que com a distância seria muito estranho eu ficar aqui falando do que leio. Até porque tenho aproveitado para ler de tudo. Embarquei eu mesmo numa ideia que dei para o Moacyr e tenho lido muito romance do século passado. Fugi um pouco do presente. Mas sem fugir, é claro. Na literatura o tempo tem outra contagem. Acabei de ler, por exemplo o "Ana Karenina", do Tolstoi. Que maravilha é aquilo, não? Fico com inveja do Moacyr, que está estudando o russo. Eu também devia fazer isso. Ler Gogol, Dostoievski, Gorki e tantos outros no original deve ser maravilhoso.

O outro lado da literatura russa é que me preocupa. Há anos comprei o livro do Gladkov que todos elogiavam e que parecia ser o exemplo máximo do que pode fazer a literatura soviética. Não sei por conta de qual curto-circuito mental, sempre adiei a leitura do livro. Não comente com o Carlos, que, do jeito que ele é, depois vai acabar me aborrecendo, mas não gostei nada do livro. Previsível até o mais ínfimo dos detalhes. O pior da literatura burguesa "adaptada" para um romance proletário. A rigor não há romance proletário ali. Os proletários são uma massa mais ou menos sem forma. É preciso que o grande herói, que recuperou a produtividade da fábrica de cimento diga, num discurso final que "os heróis somos todos nós". Esse discurso, aliás, cheio de uma falsa linguagem popular está a quilômetros do que já fazem no Brasil muitos escritores, que conseguem uma fala proletária natural. Sei que isso poderia ser da tradução, mas sei muito bem que não é. No livro não vem o nome do tradutor, mas todos sabemos quem é o camarada que fez essa tarefa e tenho suficiente confiança nele para saber que o seu esforço seria o de melhorar o livro. E ele tem forças intelectuais para ir muito além daquilo. Ele já foi, inclusive. Sei que aquelas palavras soltas estarão no texto de Gladkov: "puxa!", "que diabo!".

O centro do livro é a produção, não os proletários, a fábrica, não as pessoas. Superada a luta política que instaura o novo regime, o livro sugere que a luta que sobra é com os maus comunistas, com os falsos camaradas. A minha impressão é de que estamos numa literatura mais velha que a naturalista, uma subliteratura romântica sem entrecho pré-definido, que precisa da ação do vilão para ir adiante. Se alguém não faz uma maldade qualquer, não há situação que movimente a história. A prisão e exclusão desses camaradas é o ápice do espírito revolucionário do livro. Que pobreza! Do jeito que o bonde anda, nós vamos acabar na situação improvável de termos, num país que nem sequer tem um capitalismo avançado, como é o Brasil, melhor literatura proletária do que na União Soviética. Ainda bem que existe um Gorki para nos consolar desse livro.

Mas, provavelmente, isso é pura implicância minha, resultado dessa vida que agora vivo.

Mando junto com a carta mais uma crônica, agora sobre o "Embrião", do Antônio Constantino. Se encontrar um tempinho, me diga se publica ou não o texto.

Um grande abraço a todos aí.

Pedro

UM ROMANCE DE SÃO PAULO

Noutro dia, coisa de um ano atrás, o grande escritor Graciliano Ramos, nas páginas de "O Jornal", resolveu lançar alguma luz sobre a tal diferença entre romance do norte e romance do sul, e nos garantiu que a geografia nada tinha com a questão. O que havia eram os amigos da vida, aparentemente os do norte, e os adeptos do "espiritismo literário", os do sul. A reação foi brava e, do alto de uma posição de superioridade, o sr. Octavio de Faria, do sul, precisou de encher páginas do jornal para combater as poucas linhas do mestre de Alagoas. Não teve sucesso, é evidente.

Isso vem ao caso quando se pega nas mãos este "Embrião", romance de estreia do paulista da cidade de Franca, o sr. Antônio Constantino. Todos sabem que o novo romance brasileiro vem de todos os cantos do país. Mas São Paulo, essa terra da promissão industrial, força econômica do país, parece um tanto ausente do movimento geral, meio indeciso se quer ser norte ou sul. Nada veio de lá nos últimos anos, com a exceção do duvidoso "Terra Roxa", publicado em 1934, mas que o sr. Rubens do Amaral escreveu há dez anos, e do grande plano do sr. Oswald de Andrade, que já publicou alguns trechos realmente excepcionais (aqui mesmo na "Revista Acadêmica") do grande painel da vida paulista que o seu "Marco Zero" com certeza apresentará.

Tudo indica que São Paulo ainda não decidiu se pertence ao sul das abstratas almas torturadas ou ao norte da realidade concreta da pobreza. Este "Embrião", aparentemente, vem resolver este problema. Retrata uma realidade do norte presente em pleno sul. A dos imigrantes pobres que chegam por aqui cheios da esperança de enriquecer e acabam para sempre pobres, e ainda vistos como aproveitadores, estrangeiros pouco confiáveis. É do universo do "carcamano" que o sr. Antônio Constantino se ocupou. Um universo humano e brasileiro que, surpreendentemente, a não ser por uma novelinha desconhecida, publicada por um moço num jornal do Paraná, simplesmente não existe no romance brasileiro.

Mas o problema não se resolve porque o sr. Antônio Constantino também não sabe se quer ficar no norte ou no sul e, no final das contas, tenta estar um pouco em toda parte e termina em lugar algum. A pobreza neste livro é vista como fator de recalque psicológico. O herói, um menino que faz sua educação sentimental e social no decorrer do romance, passa o tempo todo cheirando as mulheres e preocupado porque os ricos não lhe querem bem. E, por fim, um improvável caso sentimental, que termina com a morte da amada. O "Embrião" aqui é a criança pobre e maltratada que aparece sob a ótica da pena, da compaixão besta do autor. Que depois vai virar o adulto fraco.

Se esta é a nova revelação do romance proletário de São Paulo, vão todos mal: as revelações, o romance proletário e São Paulo.

É possível que uma crise se anuncie no romance do norte. É mesmo bem possível que a posição de superioridade do sr. Octavio de Faria em face do artigo do sr. Graciliano Ramos nasça da confiança, por parte dos elevados senhores do sul, de que os rasteiros escritores do norte começam a mostrar incapacidade de se renovar. Vejamos o que o futuro nos reserva, mesmo que este "Embrião" pareça, neste momento, dar razão aos homens que querem reinstaurar no Brasil a literatura dos salões dourados cheios de Robertos e Annelises e seus conflitos sobre a pureza das almas e das intenções.

30

mas talvez jamais chegue a alguma conclusão porque afinal não sabemos o que sabemos e muitas vezes mesmo sabendo fazemos como se não soubéssemos agora o melhor seria aproveitar este tempo que eu tenho vivendo neste tempo que eu vivo com os tempos que vivi na memória guardados como devem ser e fico a imaginar por que o passado é a essência a alma da nova pessoa que foi se isso acontece porque eu quis de propósito apagar o passado sim eu quis fazer isso acordei um dia como hoje a pensar no todo da minha vida e sempre em dúvida durante muito tempo não fui livre para fazer o que achava que devia fazer mas finalmente houve o dia o domingo em que pude perceber tudo e percebi olhando para o antónio que brincava no quintal naquela chácara que hoje me desfaz e ameaça dissolver nela todo o mundo que eu conheço pois ele brincava e estava feliz era bem pequeno as mãos sujas e eu também feliz ao vê-lo feliz alegria de petiz é alegria matriz nem sequer notava que naquele folguedo ele se sujava todo mas há quem nunca se distraia pessoas que têm clareza do que sabem e sabem que o que sabem é o que importa e foi assim que a tia cesária chegou e de longe gritou menino malcriado que suja toda a roupa não sabes ser limpo e respeitar o trabalho de outro o trabalho cansa e a preguiça dança deixa que te ensino e lhe deu algumas palmadas a felicidade dele se desfez e a minha duas vezes acabou uma vez porque a dele se acabou e outra vez porque eu deixei que acabasse eu deixei que a tia fizesse o que quisesse eu percebi finalmente que ela só fazia o que queria porque todos permitiam e mais que todos eu que nunca dava um pio ficava sempre calada às vezes com uma raiva que me comia por dentro e meu nariz vibrava com o não que minha garganta segurava e foi graças ao antónio que percebi tudo que percebi que não tinha mais nove anos e que não tinha mais treze anos que tinha vinte e quatro anos e que continuava a comportar-me como a miúda que trazida contra a sua vontade desistiu de ter vontade e percebi que precisava recuperar minha vontade e que precisava gritar aquele não um único não mas não foi naquele dia naquele dia tudo o que fiz foi consolar o antónio e pedir desculpas ele não entendia bem o que acontecia e logo voltava a brincar que tristeza de criança tanto avança quanto cansa por isso sempre soube no fundo do meu peito que foi o antónio que me ensinou sem saber que me ensinava que eu precisava ter a liberdade de fazer as coisas que eu tinha de ter a liberdade de deixar meu filho sujar-se que eu tinha de ter a liberdade de lavar a roupa e dar de presente ao meu filho esse trabalho mas não foi naquele dia que naquele dia o não apenas fez tremer de raiva o meu nariz não saiu da garganta o grito que precisava ter saído mas o grito ficou lá engasgando tudo o que fazia e se é verdade que uma desgraça nunca vem só por outro lado a ocasião faz o ladrão e nesse momento eu percebi que tinha de ser o ladrão do meu próprio destino e que minha tia ia ter de aceitar porque ela mo roubara antes e ladrão que rouba ladrão tem cem anos de perdão e a ocasião logo apareceu porque o adão procurou-me ó bibiana sabes que vejo-te todo dia a entrar e a sair do hotel a trazer e a buscar roupas e com o rol delas à mão e sabes bem que conversamos e nos entendemos e sabes bem que sou muito só já começo a ficar velho e não tive nada de meu a não ser os braços a não ser o trabalho e o bacalhau que com o trabalho ganho e que em compensação ele me dá porque sem a força que dele vem não poderia trabalhar e penso que és uma rapariga às direitas e já me conheces há anos e peço perdão pela ousadia mas não há outra forma não tens pai a quem pedir-te não acho certo pedir-te ao tio e por isso peço diretamente se não gostavas de te casares comigo eu assustei-me um bocadinho metade pela proposta é certo mas metade por ele ter-me tratado por tu como se já eu houvera aceitado a proposta mas o antónio já me havia dado ensinamento e eu respondi a ele ó senhor adão o senhor tomou--me de surpresa e ele de imediato percebeu que havia passado dos limites e disse-me desculpe-me senhora bibiana peço que me desculpe e que pense no que lhe disse e eu disse que necessitava de um tempo para pensar o pedido havia-me deixado muito contente porque gostava daquele homem já há tempos e a vontade dele era a minha vontade nunca havia ousado pensar longamente nisso porque os fantasmas do tio e da tia não permitiam mas depois do ensinamento do antónio aquilo tudo mudava de figura o adão era também português vindo do concelho de ansião região de leiria como era possível que duas pessoas de sítios tão próximos viessem encontrar-se depois de andar por tanto mar tanto mar e pensei que aquela era a ocasião e que eu mesma me faria de ladrão e roubaria de volta meu querer hoje vejo que talvez tenha caído em erro porque um marido não é o melhor para substituir um tio e uma tia o certo teria sido eu criar sozinha a ocasião e então virar ladrão mas também vejo que naquele momento foi muito bom que tudo acontecesse dessa maneira porque me senti com forças para enfrentar a força de meus tios na verdade eu não precisava de tempo para pensar na proposta do adão precisava sim para reunir essa força porque eu finalmente sabia que a força da minha tia vinha da minha fraqueza e essa era toda sabedoria que me faltara mas não faltava mais mais faz a sabedoria que força faria

31

Tem um posto de gasolina ali na frente. Quanto tempo eu já andei? Tá escuro, mas não posso parar agora. Preciso achar um lugar que me dê coragem. Tem gente no posto. O frentista (que filho da puta, não vê o perigo?) fuma, encostado na bomba. Peço um cigarro pra ele. Ele me olha engraçado: "Claro. A senhora está perdida?" Apesar de estar perdida, digo que não. Embora não vente, aparo o vento com a mão, protegendo o fósforo e dou a primeira tragada em mais de dez anos! Os melhores amigos são assim, fiéis. É um cigarro barato, forte. Uma delícia! Sinto a respiração funda que só tem quem traga um bom cigarro. Agradeço, digo tchau e sigo em frente. Ainda bem que não está ventando, o cigarro dura mais. Alguma coisa tem que durar, mesmo que não seja pra sempre. Esta árvore, por exemplo, já deve ter muitos anos. É uma coisa que dura mais que muita gente. Que eu. Mas não faz mal. Agora nada tem importância porque eu estou vivendo a vida toda neste cigarro, respiro com gosto e com sabor. Quase volto pra pedir outro, mas isso vai contra as regras de cerrar cigarro. Só um. Mais adiante tem mais, é só confiar e ficar de olho. Esfriou um pouco, preciso vestir direito a blusa. Sempre senti muito frio, não sei por que. "Ela é tão friorenta..." dizia minha mãe, dizia meu pai, dizia meu irmão, dizem meus filhos, ele diz. Foi num inverno que ele me notou pela primeira vez. Como eu era nova naquele tempo... Nova mas já tinha um monte de obrigações. A fábrica de louça não ficava longe. Eu saía de casa, subia um pouco a rua Paraibuna. Passando em frente de onde era o bar do meu pai. Acenava pra ele. Não importava o quanto eu acordasse cedo, ele sempre tinha acordado antes e estava no bar. Envelheceram, ele e minha mãe, com esse vício de dormir com as galinhas e pular da cama às quatro da manhã, mesmo no domingo. Não gostava de seguir por aquela rua menor, que até cortava caminho. Era quieta demais, vazia, metia medo. Eu também sempre senti muito medo. Medo de ser roubada, medo de passar fome, medo de ficar mais pobre, medo de morrer, medo de viver, medo de não casar, medo de casar, medo de ter filho, medo de não ter filho. "Ela é tão medrosa..." diz todo mundo. E sou mesmo. Por isso é que tive medo de pular da passarela, tive medo de me espatifar na Dutra, de aparar um caminhão, de sentir dor, de morrer que nem o Francisco Alves, na Dutra, no meio do trânsito. Dizem que o Francisco Alves nem teve tempo de entender o que aconteceu. Estava ouvindo rádio, grudado num jogo de futebol lá do time dele, fosse qual fosse. Eu iria embora sem rádio, não ia poder ter o privilégio de não saber o que acontecia. Tinha medo de seguir pela rua Euclides Miragaia, sempre tão vazia e feia, com uma quadra de casas e depois o paredão do muro da fábrica de louça. Então seguia um pouco mais e pegava um pedaço da João Guilhermino. Chegava à fábrica pelo outro lado que acho que era até melhor. Minha obrigação consistia em desenhar flores nos pratos e nas xícaras. Eu levava um pouco de jeito pra desenhar coisas fáceis, como florzinhas e folhinhas e mesmo casas e árvores e alguns bichos. Mas flores e folhas eram suficientes naquele trabalho. Eu sempre gostei de fazer essas coisas manuais e o trabalho cansava mas não era insuportável. Era uma obrigação que me dava um salário meio baixo, Cr$ 6,70 por hora pra ser o que mesmo? Isso, aprendiz de pintura. Pareceu que eu ia trabalhar lá pra sempre. Agora, mal eu abro os olhos e dois anos se passaram, mas aos quatorze anos ficar dois anos no mesmo trabalho parece que vai selar o destino da gente. Não selou. Mas selou porque na volta do trabalho, no fim do dia, eu seguia pelo mesmo caminho em que tinha ido e, numa mistura de medo e de mau humor, cruzava os braços, fazia uma cara séria e ia pra casa. Foi aí, num dia desses, que ele me viu. Um pouco depois, a gente foi apresentado, como devia ser naquele tempo, por conta de uns amigos de meu pai, que ele conhecia. A ideia de namorar era um pouco estranha pra mim. Eu vivia muito em casa, no meio das minhas tias. Na fábrica, quase não conheci rapazes, que trabalhavam em outras seções – pintura era coisa pra moça. Foi num inverno, num dia como este talvez, que eu, encolhida de frio e de medo, com cara de poucos amigos, que era o meu jeito de não ser incomodada na rua, fui notada. Aos 15 anos ainda havia quem me visse. E nesse tempo eu nem tinha esse cheiro.

32

São José dos Campos, 15/05/938

Carlinhos, meu filho

Como vão as coisas aí pela "cidade maravilhosa"?

Escrevo, mesmo sem que você me mande sequer uma simples linha, ó amigo ingrato, porque estando aqui tão longe, fico absolutamente atônito com os acontecimentos da última semana. Afinal, meu mestre das artes da política e da análise, o que aconteceu? Os integralistas resolveram fazer uma revolução? Então o nosso amigo Salgadinho finalmente se enjoou de esperar um cargo mais importante? Todos sabem o quanto ele queria assumir o Ministério da Educação e Saúde, mas a que esperança se abalança? Derrubar o mineiríssimo Capanema? Difícil.

Ou, então, eles acharam que o pau que deram em nós no ano passado simplesmente abria caminho para eles – e, nesse caso, o que o Saladito queria era mesmo a presidência?

Ou será que resolveu cobrar os favores sujos que fez ao glorioso Getúlio, que o mandou pastar, e aceitava dividir com ele a presidência?

O que os jornais que chegam por aqui dão é insuficiente para matar a minha curiosidade e estabelecer uma tese que me satisfaça minimamente. É verdade que o chefe da guarda do Palácio

Guanabara naquela noite era um integralista? Se isso for verdade... Mas, independentemente disso, pelo que se depreende das notícias, foi um golpe covarde, como todos os golpes dos integralistas. Ao invés de atacar o homem, durante o dia, no Palácio do Catete, e derrubá-lo, prendê-lo ou matá-lo em plena luz do dia, escolheram atacar na calada da noite a casa do homem? Que queriam eles? Matá-lo e a toda sua família? E aproveitando-se, ainda mais, da traição de contar com a adesão e a traição do chefe de segurança? Que coisa absolutamente baixa, repulsiva, Carlos!

Por favor, me diga o que vocês sabem. Prenderam mais de mil pessoas, não? Isso não quer dizer nada, que os pragas chegavam a um milhão. Eles devem estar apanhando que nem os nossos companheiros já apanharam, o que não deixa de ser irônico – e errado. E agora? O que fazemos? Temos que apoiar os galinhas? Já chegou o momento de nos solidarizarmos com os católicos alemães, como você defendeu na "Acadêmica". Mas estará chegando o momento de solidariedade com os integralistas? Esse seria mais um milagre operado pelo Getúlio, capaz de coisas fabulosas.

Só agora, escrevendo a você, é que me ocorre que talvez tudo isso seja apenas mais uma manobra do Getúlio com o Little Salty. Veja bem: o Getúlio quer – na verdade não quer, já conseguiu – tudo sozinho, sozinho só para ele. A nós ele já derrubou com aquela história de plano comunista, enfim, com o que fez com a gente em novembro. Desde o meio de 35, com o surgimento e fechamento da ALN, depois em novembro com a violência contra a nossa tentativa (infelizmente apressada, desarticulada), e depois com os conchavos todos do Getúlio com o Petit Salé, aquilo que representava uma oposição verdadeira – nós – praticamente acabou, ficou inviabilizada de vez. Mas os galinhas verdes ficaram fortes e começaram a achar que podiam dividir o poder com o baixinho. Na perspectiva do baixinho, agora era preciso afastar esse novo inimigo. E como se faz isso quando o inimigo tem cara de amigo? É fácil prender, torturar, deportar e matar comunistas porque, afinal de contas, eles querem acabar com os valores cristãos e explodir a família e tudo isso que a gente já sabe. Mas como é que alguém pode matar aqueles que defendem ardorosamente esses mesmos valores? Não dá. É aí que entra o conchavo. O Getúlio e o Piccolo Salato sentam-se e discutem uma forma de o segundo vender seus companheiros para o primeiro. Isso foi acertado e uma conspiração completamente idiota e sem a menor possibilidade de sucesso é planejada. Morre gente – ou pelo menos galinha – e uma pletora – de gente ou de galinha – vai presa. Aposto um conto de réis com você que nada disso acontece com o "Chefe Nacional", que não levará sequer um tapa, quanto mais um tiro. Um amigo de São Paulo me escreveu dizendo que os rumores são de que ele vá, se é que já não foi, para Portugal. O que eu acho muito bom para ele, afinal de contas, um vanguardista de meia pataca não sofrerá problemas de inadaptação só porque deixa um estado novo mais novo para ir viver num estado novo mais velho. E, sal por sal, Salgado é parente de Salazar, não é? Se isto se confirma talvez tenhamos a mais espetacular traição da história do nosso jovem país. Mas saber isso com certeza pertence ao futuro.

Ou não? Será que você tem informações mais seguras aí? Veja se me escreve e conta alguma coisa, ó Lacerdinha! Preciso saber mais!

O mais irônico é que há uma outra forma de raciocínio, totalmente torta, que transforma os insurgentes em heróis, e os seus mortos, em verdadeiros mártires da democracia! Sabe que tenho um companheiro de pensão que é integralista, ainda que não se vista de verde, e que me deixou perturbado. Segundo ele, o heroísmo dos integralistas aí no Rio vai passar para a história do Brasil. Sim, porque desde 1932 é que São Paulo (é claro que ele também é um "nacionalista" de São Paulo) já demonstrou o caráter truculento de Vargas. Note como para uma mente dessas, tudo o que nós fizemos não demonstra nada! Mas, voltando ao argumento dele, o movimento integralista nasce de uma postura democrática paulista e que isso ficou provado agora porque depois que o Getúlio instituiu mesmo a ditadura, os únicos a conduzir uma revolta armada contra ele foram os integralistas! Minha Santa Maria do Manto Verde, como é possível uma tal inversão de valores? Daqui a pouco o bigodinho da Alemanha, o balofão da Itália e o magrelo da Espanha vão ser considerados os defensores dos valores republicanos e democráticos. Maus tempos estes em que vivemos...

    Eu não discuto política aqui na pensão, mas respondi a ele. Não sei se fiz bem porque assim aumento meu isolamento. Que o comunismo é mais grave do que a tuberculose todos já sabemos, imagine agora entre aqueles que já são tuberculosos e que, portanto, a tuberculose não ameaça mais, pois já se instalou. É pior ainda! Mas, enfim, somos o que somos e é preciso saber que nem todos – neste caso nem poucos – vão gostar disso.

    Enfim, Carlos, mande alguma notícia que os jornais já não satisfazem a este pobre fraco do peito.

    Dê minhas lembranças a todos aí.

    Fica o abraço saudoso do

    Pedro

33

Despacha-te! Despacha-te! É com essa toada que vivo. Manda quem pode, obedece quem tem juízo. E eu procuro ser mais rápida, montada cá neste tamborete para alcançar a tábua de passar roupa. Ouve, vê e cala, viverás vida folgada: oiço, vejo e calo e vivo minha vida apertada. O ferro é pesado, e é preciso encher-lhe a barriga com as brasas. Há que se tomar cuidado para que alguma cinza marota não caia à roupa e manche-a. Há que se tomar cuidado para dobrar a roupa com acerto. Preciso fazer o trabalho e desaparecer no trabalho. Cada peça deve estar como se não houvesse sido tocada por mão humana. "Quem pensa em tenente perde o batente! De olho no ferro e cabeça na roupa". Que diabo significará isso? Não penso em tenente, por que pensaria em tenente se nem conheço algum? Mas distraio-me às vezes e a roupa fica com pequeníssimos vincos. Tenho a obrigação de mostrar o que fiz e consertar: molho de novo, estico mais, meto mais brasa para o ferro ficar bem quente, trepo de novo à banqueta e passo a peça com cuidado, até desaparecer a marca de meu erro, minha marca. Com isso tudo, atraso-me e vejo-me obrigada a passar mais tempo a executar um trabalho que só me fatiga, não me traz qualquer alegria. Minha mãe, na cozinha, também trabalha o dia todo, mas não com tristeza. Trabalha para si e para nós. Cumpre com alegria as obrigações. Não pensa em dinheiro a se ganhar. Despacha-te! Despacha-te! E eu despacho-me tanto quanto posso, menos do que a tia quer. Às vezes sinto pena de não ter brincado mais com meus irmãos. Mas se o fizesse não teria ficado com minha mãe. Antes não queria estar a brincar todas as horas para estar com ela. Agora não tenho tempo para brincar. Às vezes imagino que esta roupa é minha, ou de meu marido ou de meus filhos. Lençóis de minha cama, toalhas de minha mesa. Imagino-me casada como minha mãe, a cuidar daquilo que me dá verdadeiros cuidados, não estes cuidados de empréstimo por coisas dos outros, lençóis de hotéis, em que dorme gente, mas que não têm dono. Trabalhar e ganhar ensinam a gastar. Trabalho e não ganho, aprendo a gastar somente a vida.

34

Está tão escuro aqui. Se não fossem os faróis dos carros que de vez em quando passam, a escuridão seria total. Mais ao longe, lá embaixo, será que aquelas luzes são de Jacareí? Meu Deus, onde é que eu estou? No meio do nada no meio do mato no meio da estrada no meio da rua onde? Tanto faz. Eu tenho medo que apareça alguém e queira me assaltar. Eu não tenho nada. Saí sem carteira, não ia precisar de dinheiro. Não vou. Vou achar uma situação boa e resolver o meu problema. Se aparecesse alguém era até bom. Me pedia dinheiro, eu não dava, fingia de louca, reagia, levava um tiro e pronto, não tinha que fazer mais nada. Era um presente de Deus esse. Mas isso não diminui o meu medo, não dá sossego de jeito nenhum. E que ideia é essa de que um tiro pode ser um presente de Deus? Se minha mãe soubesse que eu pensei uma coisa dessas, nem sei o que ia dizer. Mas agora ela não está mais por aqui pra me ver dizer nada. Será que ela sentiria esse cheiro? Será que ia me chamar num canto e dizer daquele jeito bravo dela tudo o que era preciso dizer? Será que me ajudaria? Ou falaria com ele, pediria pra ele falar, resolver, fazer? Talvez também não sentisse nem sombra do cheiro, talvez não me visse. Mas duvido. Às vezes tenho muita saudade dela. Às vezes não. Às vezes prefiro que tudo fosse como foi mesmo. Às vezes me arrependo de coisas, às vezes acho que estava certa, que não é possível evitar as bobagens. Às vezes acho. Às vezes não acho. Nisso também mudei, não sei se pra melhor ou pra pior. Antes sabia mais as coisas, tinha uma noção mais exata de certo e de errado. Com o tempo, fui vendo as coisas acontecendo e, desde a morte da mãe, tenho pensado mais. Os filhos estão crescidos, moram longe. As obrigações continuam, mas são menores. Acabo vendo mais televisão, fazendo mais coisas que eu gosto, coisas com as mãos, tricô, crochê. Mas também penso mais e acabei prestando atenção em coisas que antes não pareciam muito importantes. Principalmente nisso: coisas que eu sabia que eram erradas e que, com o passar do tempo, percebi que não eram tão erradas assim. Veja o que aconteceu com o Aluísio. Sempre foi um menino bem comportado. Não criava problemas na escola, muito ao contrário, mais de uma vez foi o melhor da turma dele. Estudioso, mas não parado. Gostava de jogar futebol, de ler, de ouvir música – tanto que começou a tocar violão, aprendeu sozinho. Eu tinha certeza que esse menino ia se dar bem na vida. Mas o que é se dar bem na vida? Pra mim, era ter uma profissão respeitável, ganhar um bom dinheiro, casar direitinho, ter filhos. Essas coisas. Fez curso técnico, já tinha uma profissão aos 17 anos. Fez estágio numa fábrica grande, podia virar engenheiro. Mas não. Disse que não queria, que ia estudar filosofia. Não sei que ideia era essa, mas, enfim, nisso a gente não se mete, que é pior. E pior mesmo, é que, ainda no primeiro ano da faculdade, ele apareceu aqui dizendo que a namorada estava grávida. Que namorada? Nem sabia que ele estava namorando. Não sei dizer o que senti: ódio, desespero, ódio, ódio, ódio. Foi um tempo horrível. Quem era essa tal namorada? Pra mim só podia ser uma vagabunda que tinha se aproveitado do meu filho. Mas não pensasse ela que ia ser tudo tranquilo pro lado dela, não. Eu chorei muito, dias e dias, mas não ia ser a única a lamentar. Isso vendo de agora porque, na hora, eu não achava que era assim, que eu quisesse mesmo atormentar alguém pra não sofrer sozinha com a situação. Mas sei agora que foi assim exatamente porque naquele tempo eu sabia, eu tinha certeza que aquilo tava errado, que não era pras coisas serem daquele jeito. Mas o que aconteceu? Nasceu meu neto, meu filho, apesar das dificuldades, ficou bem. Minha nora não era uma vagabunda aproveitadora. Foram fazendo a vida deles, devagar, contentes de viverem juntos. Nasceu meu segundo neto. E ele nasceu bem na véspera da morte do meu pai. O que poderia querer dizer aquilo? Provavelmente nada, mas pra mim disse muito. Disse que ninguém tem culpa de fazer o que quer fazer. Que tanta gente faz as coisas do jeito que eu achava que era a certa e dava tudo errado: acabava em briga, em infelicidade. Aos poucos fui percebendo que muito da minha própria tristeza vinha menos do jeito como as coisas eram do que da minha mania de achar que as coisas deviam ser de um determinado jeito, diferente do que elas realmente eram. A questão da moral, a questão do respeito, a questão dos costumes. Nessa história toda, nada disso se perdeu. Só as minhas certezas. Não que eu tenha mudado da água pro vinho, que isso é impossível, eu acho. É só que eu comecei a perceber que as coisas que eu aprendi com a minha mãe – a ideia de pecado – e as coisas que eu aprendi com ele – a ideia de adequação social – não eram propriamente as coisas mais certas do mundo. Que o pecado é mais complicado do que os dez mandamentos fazem a gente imaginar que seja. Que o que parece inadequado e nos coloca em posição difícil diante dos outros, na verdade nem sempre é inadequado, porque não traz a infelicidade de ninguém, nem propriamente deixa a gente em posição difícil. Antes de uma história acabar – e só acaba com a morte – é impossível dizer quem tá certo ou quem tá errado. Então por que ficar com essa mania de, mal uma história começou, já dizer que está certa ou errada? É preciso esperar um pouco, pagar pra ver. Às vezes as pessoas arranjam um jeito de viver que não passa pelo que a gente imaginava, mas dá certo. É assim que vejo hoje o meu filho. Ele vive a vida dele a mais de 500 quilômetros daqui e vive bem. Tem os problemas dele, mas só os normais. Acho que existe felicidade ali, mais felicidade talvez do que eu mesma encontrei na minha vida. Mas isso não sei. Só a gente mesmo pra saber o quanto nos aperta o calo. Realmente, aquelas luzes são de Jacareí. Sem notar, já cheguei no trevo da cidade. Olha a Dutra lá de novo. Não interessa a hora, sempre tem movimento nessa estrada. Impressionante! Pelo que dá pra ver daqui, já não vai ser tão bom pra pular na estrada, como era na passarela em São José. Aqui o trevo é feito daquele jeito que a estrada passa por cima e a entrada da cidade é que vai por baixo. Que merda! Por que eu fui ser tão covarde? Covarde! Agora é muito mais difícil. Eu posso ir até a Dutra e esperar um carro vir passando, entrando em Jacareí e pular na frente dele. Só pular não é muita garantia, que ali não é muito alto e o pior ia ser eu pular, me arrebentar lá embaixo e não morrer. Não ia ter paciência pra sobreviver e explicar essa droga pra todo mundo. Mas tem outro jeito. Eu fico parada no acostamento, olhando os carros que vêm na direção do Rio de Janeiro. Quando vier um caminhão bem grandão ou um ônibus, eu pulo na frente dele. É uma cacetada só, nem vai doer. Não tem jeito de frear. Ali é uma descida. Não é forte, mas escuta só o barulho, os caminhões descem correndo pra caramba. Só preciso ter sangue frio pra tentar fazer isso. É, pular não dá mesmo. Olha lá embaixo, como é perto. Só quebro uma perna. Se ainda fosse às seis da tarde, com movimento grande, eu até podia tentar que um carro acabava me ajudando. Mas agora não dá pra contar com isso. Na hora de pular a covarde aqui demora um pouco mais e já viu: passa o carro e fico eu lá, com a perna quebrada, tendo que aguentar médico e mil pessoas pra explicar o que é que eu fui fazer. Não, assim não dá. Vamos ver a estrada. Sim, os caminhões passam zunindo. Vou entrar na estrada, agora que não vem ninguém, só pra ver como é. Não! Não! Não vou conseguir nunca! Que medo que medo que medo que medo que medo! Só de ver os faróis lá de longe vindo vindo vindo vindo eu já senti tanto medo que sei que não consigo. Não adianta, eu sou covarde. Será que eu sou covarde mesmo ou bem lá no fundo eu não quero fazer isso? Quem sabe eu só saí de casa pra gritar pra todo mundo que tem alguma coisa errada comigo, que eu preciso de ajuda. Não, não é isso também, que eu não preciso de ajuda nenhuma. Eu dou conta de resolver o meu problema. Será? Seria tão bom se a gente soubesse exatamente o que a gente sabe. Eu nunca sei exatamente o que eu sei e, por isso, tenho muita dúvida até do que eu quero. Por exemplo: desde quando eu sei que estou doente? Eu lembro perfeitamente do dia que eu acho que eu sei que fiquei sabendo que estava doente. Mas eu sei um pouco também que eu já sabia disso muito tempo antes. Sabia sem querer saber, sabia achando que eu ia acordar um dia e nada daquilo ia estar lá, achando que o cheiro vinha só de um perfume que tinha ficado meio velho e adocicado demais, enjoativo demais. Agora não adianta mais e uma coisa eu sei: não tenho motivo nenhum pra mentir ou fingir que não sei. Eu sei que eu quero acabar com esse sofrimento logo. E isso não é apendicite pra operar e vupt! tudo acabou. Isso não tem volta. Eu também não tenho volta. Agora que saí pra não voltar, não posso voltar.

35

São José dos Campos, 20/05/938

Mãe

Hoje era para ser uma sexta-feira de alegrias. Eu fui ao médico, no final da tarde de uma sexta, como já se tornou um hábito. Depois de um primeiro momento difícil, eu e o dr. Nélson já conversamos bem. Se não há camaradagem, há pelo menos uma boa convivência, de parte a parte. O fato é que já começamos a nos descontrair nessas consultas.

Ontem a coisa ia assim. Cheguei, entrei, despi-me. Enquanto isso, ele mais uma vez começou a falar de literatura comigo. Perguntou a minha opinião sobre o Aluísio Azevedo. Eu comecei a dizer o que achava e fui me deitando. É claro que, a esta altura, eu fui ficando calado porque o homem começava a me examinar, e esse é um exame feito com o ouvido. Bateu, auscultou. Bateu de novo. Concentrou-se do meu lado direito que, como a senhora sabe, é o lado podre. Suas feições mudaram. O exame se prolongou. Ele pediu que eu me vestisse e que fosse até a mesa dele, o que é normal.

Já sentado, ele examinava minha ficha. Fez muitas perguntas. Sobre minha comida, sobre meus períodos de descanso. Sobre minhas atividades. Se eu tenho escrito muito – e eu tive que dizer que infelizmente não, só umas duas criticazinhas nesses mais de quatro meses. E perguntou e perguntou.

Depois me disse que, surpreendentemente, havia localizado uma piora em meu pulmão direito. Que não era o caso para maiores alarmes, mesmo porque a escavação continuava pequena. Mas que o fato de a doença ter parado de regredir e ter mesmo ganho um pouco mais de espaço em apenas um mês exigia nossa atenção. Recomendou que eu redobrasse os meus cuidados, que o inverno estava chegando e que eu precisaria estar sempre bem agasalhado, que eu tinha que comer bem – enfim, todas essas coisas que eu escuto da senhora desde bem pequeno.

Antes de se despedir, ele reiterou que não se trata de caso para maiores preocupações, mas que era preciso estar atento. Quer me ver já na próxima semana e vai pedir novas chapas.

Por isso, peço que a senhora se mantenha tranquila. Apesar de ter começado esta carta de forma tão alarmante, não é o caso. Acho que eu ainda estou sob o impacto da decepção – é isso, mais da decepção do que da preocupação – por não ter tido mais uma informação de que a melhora galopava sem freio como cavalo no campo. Por favor, não se desbanque correndo daí só por causa disso. Se quiser estar por aqui na próxima sexta-feira, acho que não há problema. Mas mesmo isso não é necessário. Se o médico quiser uma nova radiografia, eu posso bem ir tirá-la aí em São Paulo.

Mande meu beijo para a Heloísa e para a Natália. E minhas lembranças para o pai.

Um beijo grande do seu
Pedrinho

36

mais tarde é que vi que esse era apenas um primeiro passo mas não há segundo sem primeiro nem colheita sem plantio e por isso tenho uma grande estima pelo adão porque com ele pude dar o outro passo que já foi sem ele com o bartolomeu era menina e só senti medo com adão foi outra coisa e mesmo que mais tarde nada mais pudesse compensar a dor que me causou porque foi grande a dor que causou ao paulo num momento que cada dor tem um peso ainda maior do que as dores de todos os dias sei disso hoje porque chego ao fim da vida ao fim da memória ao fim da consciência e as dores velhas doem-me mais agora do que me doeram na época e afinal guerra caça e amores para um prazer mil dores e se não sinto tanto as dores do presente é porque hoje sei não tenho mais cabeça para entender nada sou substituída no meu corpo por outra pessoa que é a que fui mas não é a que sou e o que esse saber me acrescenta sinto que jamais saberei porque o saber isso é o mesmo que saber se a liberdade que conquistei trouxe-me mais tristeza ou alegria e não adianta querer me fixar no passado para o passado tenho todos os outros dias que me restam na face da terra o dia de hoje pode mesmo ser o último dos dias em que vivo segundo a pessoa que sou todas as pessoas que fui ao mesmo tempo nessa pessoa e preciso saber o que fazer e para isso preciso decidir se saber é melhor do que não saber e sei que sei o que decido mas ao mesmo tempo me confundo porque sempre soube que por mais que as dores permanecessem depois de ter-me feito ladrão ao aproveitar a ocasião o ter-me feito ladrão foi sempre a melhor coisa na minha vida porque a culpa que sinto que senti mudou de jeito e a culpa que vi nos outros pelo que me aconteceu a mim também fez-me perceber melhor os outros foi assim que não diminuiu em nada meu amor pela minha mãe saber que também dela foi a culpa por me terem trazido ao brasil mas foi saber que com ela foi como comigo a culpa que não é culpa de ter deixado levar-se por alguém que não sente culpas e ao contrário fez aumentar meu amor por ela ao me dar conta de que sua loucura foi por culpa assim como a minha poderia ter sido e assim ter-se sentido culpada a ponto de deixar-se transformar na própria culpa só foi sua forma de expiar aos meus olhos sua culpa e de clarear aos meus olhos que andar com os próprios pés não diminui a dor e talvez não diminua a culpa porque os erros que sei que cometi eu sei que os cometi e me culpo pelo que causaram a mim e a outros mas essa culpa é ainda menor do que a culpa de não ter feito de ter deixado quem não sente culpa fazer tudo o que quer melhor quebrar a perna a andar do que sempre descansar até porque não há descanso possível e por isso mesmo que só pode ser melhor saber o que hoje sei do que não saber mesmo que amanhã esse saber desapareça ou talvez exatamente porque esse saber amanhã desapareça e esse saber exista apenas para que eu possa de posse dele fazer algo que esteja em minhas mãos fazer porque roubo da loucura essa minha lucidez assim como roubei da minha tia o meu destino porque o que farei com essa lucidez e os resultados do que farei com minha lucidez têm menos importância do que simplesmente fazer algo com ela exatamente da mesma maneira que se o que fiz com o destino que roubei de minha tia foi pior do que ela faria com ele uma dessas coisas que jamais saberemos porque o que nunca aconteceu coisa alguma nos deu nada disso tem importância porque pode bem ser verdade que o que tem de ser tem muita força mas pelo menos chegamos ao que tem de ser por força de nossa força não por força alheia então tenho de ficar contente hoje porque hoje sei e sei que o melhor é saber

MOTE

São José dos Campos, 23/05/938

Lúcio

Hoje foi o pior dia da minha vida. Piores talvez ainda venham, que alguns bem ruins já tive. Um sol pálido iluminava o ar. Havia beleza nesse dia frio e claro. Estava na praça Afonso Pena. Sentado num banco, tinha diante de mim o prédio feinho e pretensioso em branco e amarelo da Câmara Municipal. Pouco importa. Não dormi a noite toda. Só pensava na morte. É como se estivesse absolutamente só neste mundo, nem sequer percebia os vivos que deviam passar entre os meus pensamentos de morte, de morte, de morte. Chorei.

***

Hoje é o pior dia da minha vida. Piores talvez ainda venham, que alguns, bem ruins, já os tive e certa nesta vida somente a morte: o futuro a Deus pertence. Um sol forte deixava tudo branco e radiante. Se calhar, era mesmo belo esse dia quente e claro. Esta é a praça central da cidade. Deste banco só distingo uma construção ainda nova, brilhando em sua pintura branca e amarela. Nada vale. Mantive-me acordada toda a noite. Só penso na morte. É como se estivesse sozinha neste momento, não vejo os vivos que passam entre os meus pensamentos de morte, de morte, de morte. Não posso evitar o choro.

***

Já tive dias bem ruins, mas aquele foi o pior da minha vida, tirando talvez o de hoje, final. Fazia um sol de inverno, que deixava tudo claro, mas não esquentava. Estava um dia bonito. Estava na praça Afonso Pena. Sentada num banco, olhava o prédio azul e branco da Câmara Municipal. Não me interessa. Não tinha conseguido dormir a noite toda. Só pensava na morte. É como se estivesse sozinha naquele momento, ninguém me via, ninguém seria capaz de adivinhar os meus pensamentos de morte, de morte, de morte. Chorei.

***

Maldita cidade a que vim para morrer. Que tratamento que nada, Lúcio, é só um lugar onde nos colocam para nos acostumarmos à morte e nos enganarmos com a esperança. Ontem fui ao médico, recebi a má notícia de que estou pior. Está sendo muito rápido. Bebi como um condenado, acordei na hora do almoço e agora tenho diante de mim essa tarde que nada traz porque apenas antecede a minha morte.

***

Maldita cidade a que vim para ver meu filho morrer. Que tratamento que nada, é só um lugar onde trazemos os que amamos para nos enganarmos com uma falsa esperança, a cada dia, sua pena e sua esperança. Seu e meu paradeiro final, que um pedaço meu fica aqui sob esta terra. Ainda ontem o médico dizia que o Paulo estava mesmo pior. Mas não imaginava que seria tão rápido. Morreu de madrugada, já estava enterrado pela hora do almoço e agora tenho pela frente esta tarde, a primeira de um tempo que para mim só pode ser de morte.

***

Maldita cidade, pra onde vim porque era aqui que poderíamos viver, mas onde vou morrer. Que mudança de vida que nada, a vida é a mesma em toda parte, só muda a esperança, que morre para depois nascer de outro jeito, até à morte. Não preciso de médico pra dizer que estou doente, sei que estou. Entendi que tudo ia ser muito rápido. Na minha frente só tinha o vazio de uma tarde que só traria uma noite, e depois minha morte.

***

Pensei em toda minha vida. Não quero, não posso escrever uma carta grande agora. Só preciso falar umas poucas coisas. Tenho falado muito e sei que exagero porque não tenho nada a dizer, amigo Lúcio. É uma merda esta vida. Mas é vida, e eu quero viver. Muito, muito. Cheguei da praça já decidido a viver e reforcei essa minha vontade porque devorei o livro do Velho, que havia chegado pelo correio. Não acredito em Deus, não acredito que vou desta para uma melhor. Sei que desta vou para o vácuo absoluto, o fim de tudo. A continuação ficará para os outros. Não quero isso, não tive tempo de ser nada. Não sou nada, nunca serei nada se morrer agora. Talvez mesmo vivendo cem anos eu nunca seja nada, mas preciso tentar ser, preciso ao menos querer ser. E quero. Não tenho outra saída. Briguei com o médico, bebi um litro de cachaça. Não tenho onde segurar, a não ser na vaga esperança de cura. Já viu a "Verde" em homenagem ao Ascânio Lopes? Alguém lá cita uns versos de tuberculoso dele, que terminam assim: "o milagre/ que esperam e não virá". Virá sim. Vou falar com o médico, vou me curar. Vou viver. Você me desculpe o mau jeito da carta, acho que a escrevo mais para mim mesmo do que para você. Os amigos são um pouco a gente mesmo. E agora sinto mesmo é saudade de mim.

***

Minha vida toda sem ordem parece que passa neste minuto. E a minha vida o que terá sido até aqui? Nada. Tudo o que sou se transfere para a alma daqueles que amo. Transforma-se o amador na coisa amada. Então nada sou porque meu filho morreu. O menino. Nada sobra, a não ser o que há dele em mim, talvez em alguém mais. E uns desenhos. E umas fotografias. Diante disso tudo o que sofri é nada, nonada, um cisco. Vou viver. Mas não vou viver inteira porque o que era eu e foi para ele está morto. Nesta hora sinto que tudo se modifica. E sinto imensas saudades do que fui porque sinto imensas saudades do Paulo.

***

Pensei em toda minha vida. Senti, me lembro como se fosse agora, que ela ainda nem tinha começado direito ainda, e já ia acabar. Que droga, meu Deus, que droga. Quantos mundos existirão depois de mim? De onde vem essa minha insignificância? De que adianta estrelas explodirem, como a gente vê na televisão, descobrirem a cura da paralisia, decifrarem o mistério da existência se eu não existir mais? Sim, eu sei agora, eu sei que sei: vou morrer, e vai ser horrível. Vou morrer. E naquele momento parecia, como parece agora, que o mundo inteiro só existe porque eu existo. E a saudade do que jamais vou ser e do que poderia ter sido melhor é tudo o que senti naquele dia e que sinto agora.

***

Debaixo da terra. Não, sobre a terra. Vou viver, Lúcio, vou viver. E no entanto é terrível viver. Naquela praça, hoje à tarde, senti – não vi, senti – tudo o que já vivi. O que fui pequeno, com minha mãe. O que fui depois com as moças que amei. O que fui com meus amigos. O que tenho sido. E me descobri solitário, de uma solidão sem remédio. Sou o que me lembro de ser, mas deixarei de ser o que sou sozinho. Não, não segurem na minha mão quando eu for morrer, que não adianta, eu vou sozinho. Mas não agora, não agora. Vou mandar uma carta para o médico. Preciso recuperar a possibilidade do encontro. E vou conseguir.

***

Debaixo da terra, é lá que ele está. É lá que desde já estarei um pouco. Não tenho resoluções a tomar. Somente viver, um dia depois do outro. Nada compensa o tempo já perdido. Agora vejo-me só novamente, mas não a solidão que me acompanha sob a forma da saudade de minha mãe, que esta saudade sempre me acompanhou. Imensas vezes o cheiro do azeite, o cheiro da cebola fizeram-me sentir que nada há para mim porque desde sempre tudo me foi negado. Nesta hora negam-me mais um pouco. Nada mais tenho. Mas tenho a mim. Preciso fazer o que preciso fazer. E vou fazer.

***

Debaixo da terra. É só lá que eu deveria cheirar assim. Por enquanto, deveria estar sobre a terra, sem cheiro. Vivendo um dia depois do outro, mais nada, sem pensar. A solidão que senti ali, naquele dia frio de sol, há poucos dias, na praça Afonso Pena, foi ainda maior do que a que sinto agora, neste fim de mundo, nesta escuridão. Soube que tudo se afastava de mim e que não podia contar com nada. Somente eu poderia resolver isso. E vou resolver.

***

Naquele minuto nada mudou. O sol muito quente penetrando a folhagem das árvores e o meu paletó neste dia que anuncia o verão. Mas tudo mudou para mim. Ainda que não muito claramente, sei o que sou. Mas vou saber melhor um outro dia.

***

Neste minuto nada mudou. O sol muito quente penetrando a folhagem das árvores e o meu vestido neste dia que anuncia o verão. Mas tudo mudou para mim. Ainda que não muito claramente, sei o que sou. Mas vou saber melhor um outro dia.

***

Naquele minuto nada mudou. O sol muito brilhante disfarçando o frio do dia de inverno. Mas tudo mudou pra mim. Ainda que não muito claramente, sei o que sou. Mas vou saber melhor um outro dia.

***

Um abraço fraternal do
Pedro

37

não definitivamente o melhor é não saber é não lembrar que tudo que de mal se lembra dói de novo por que fui me preocupar tanto em saber dentro de mim o que sei e que dia é devia aproveitar que todos julgam que ainda durmo para ficar deitada na cama as cobertas esquentado o corpo aproveitando o lado bom da velhice frio a valer trabalhar para aquecer já foi-se o tempo agora a sabedoria é outra frio a valer cobertor para não arrefecer só pensar em coisas boas mas não acordei a saber quem sou e é uma desgraça saber que há dias em que não sei quem sou mas também é uma desgraça sabê-lo porque daí vem a consciência das coisas que eu sei e que são terríveis e das que não sei e que são muitas nem sei mais se sou brasileira ou se sou portuguesa nada sei quem me ouve falar e é brasileiro sabe que eu sou portuguesa mas quem me ouve falar e é português diz que sou uma brasileira a falar com um sotaque de portuguesa virei isso não passo disso uma piada sem graça de português e o que não tem piada são essas lágrimas que me saem dos olhos agora lágrimas que acho que são de hoje mas que sei que repetem as daquele dia eu já tinha experiência nesse sofrimento e também tinha confiança de que uma coisa dessas se repetiria pois se repetiu mais de trinta anos depois e se repetiu porque foi a mesma coisa não se repetiu porque foi completamente diferente perdi meu filho de dezessete anos numa cidade que não era minha mas que se incorporou a mim com a mesma força que a cozinha da mãe um daqueles lugares que a gente sabe exatamente como é estar neles mesmo não voltando nunca mais para lá e nunca mais voltei a são josé dos campos nunca quis voltar foi o roberto que cuidou de tudo do túmulo das taxas da papelada do paulo e nunca mais para a cozinha de minha mãe ruge água região de leiria portugal aquela cozinha saberá deus se ainda existe e mesmo que exista não existirá porque a cozinha sem minha mãe não é a cozinha e minha mãe há tanto tempo já morreu há tanto tempo todos já morreram não nunca mais não quero ver túmulo de ninguém o único túmulo que quero ver agora é o meu e de dentro mas não é pelo paulo que choro agora é pelo antónio meu filho dos dezoito anos o menino que eu vi crescer e que me viu crescer como esquecer aquele dia depois do almoço em que minha nora liga e meu genro sai correndo daqui alguma coisa aconteceu com o antónio e não era possível acreditar ele tinha tido um ataque do coração tinha almoçado estava cansado coitado e deitou um pouquinho antes de ir para o trabalho de novo e a nina foi acordar o marido acorda antónio acorda e o antónio não acordava nossa devia estar muito cansado mas tão cansado que se deitou para não mais levantar e parecia mesmo que só dormia não era possível que estivesse morto diferente do paulo tão magro tão pálido tão gasto o antónio estava forte corado a cor da morte ainda não havia tingido o rosto dele ainda quente parecia que o peito se movia parecia que respirava parecia que a dor que eu sentia era uma invenção e que sumiria de uma hora para outra porque era uma dor mentirosa era uma invenção porque o meu menino ainda estava vivo

38

São José dos Campos, 24/05/938

Ao Dr. Nélson D'Ávila
Em mãos

Prezado Doutor

Peço-lhe a gentileza de ler esta carta até o fim mesmo depois de nosso breve encontro de três dias atrás, e da decisão que me comunicou de imediato. Principio, para deixar tudo bem às claras, confessando que minha reação inicial foi ainda no mesmo sentido das ações que o levaram à sua decisão. Bebi naquele dia como nunca havia bebido antes, o que me deixou num estado moral especialmente reflexivo. Penso que poderia dizer, sem medo de errar, que vivi um longo momento de crise.

Passei o dia seguinte inteiro deitado. É preciso admitir que em grande parte isso se deveu a uma imensa ressaca. Mas em parte se deveu ao fato de que eu passei o dia todo pensando. Fiquei mais aterrado do que nunca com a ideia de morrer. Ninguém deseja a morte. Alguém como eu, com vinte e três anos de idade, nascido numa família que pôde me dar educação e uma situação de conforto; alguém como eu, que não acredita que haverá alguma forma de vida eterna que compense as dores desta vida que, assim, passa a ser a única; alguém como eu a deseja menos ainda, se é que isso é possível, e tem razões para detestá-la. Há muitos prazeres pela frente. Prazeres muito maiores para mim do que alguns chopes.

Ontem recebi pelo correio um livro. Li-o avidamente porque se trata de um autor que admiro demais e de quem sempre esperei um movimento na direção da literatura que acredito ser a única possível em nosso tempo, a literatura que se debruça sobre a pobreza e a injustiça, a mesma que mostra não o mundo como desejamos que ele fosse, mas sim aquele que repudiamos. Nesse livro se conta a história de uma família de sertanejos fugidos da seca. O problema é que, lendo esse romance num momento de crise, li-o como se lê tudo, imagino, li-o como um livro que trata da vontade de viver. O que temos ali é uma família que, a despeito de ter uma vida miserável, quer viver e faz da manutenção dessa vida desgraçada um movimento inútil de esperança. E daí? Se é esperança não é inútil. Em suma, li menos a miséria do livro e mais o desejo de vida que ele traz.

A verdade é que o senhor avaliou-me mal. Sim, sou jovem, sou interessado em literatura, tenho ideias de esquerda. Mas não sou um bêbado nem gasto minhas noites em farras enormes. Bebo pouco e passo noites em claro muito mais na discussão sobre literatura do que em enormes orgias com mulheres perdidas, bebidas e outras substâncias. Desde menino tenho sido muito mais diurno que noturno. Levanto-me cedo com naturalidade, mesmo aos domingos. Gosto do ar da manhã. Gosto mesmo do som das manhãs. Não desgosto da noite, não é isto, mas não sou um noctívago como o senhor imaginou e se permitiu dizer em nossa primeira consulta. Como disse, minha bebedeira solitária com pura cachaça do Vale do Paraíba foi a maior de toda minha vida. Para não tomar demais seu tempo: alguns de meus amigos gostam de dizer que uma pessoa como eu, que prefere o café ao whisky é pelo menos um pouquinho chata. E talvez eu seja mais do que um pouquinho.

A maior parte do tempo que passei em São José dos Campos, passei-o em absoluto retiro, dentro da pensão do sr. Ovalle. Não cheguei nem sequer a fazer amigos. E, já que se trata de uma carta sincera, em parte esse bom comportamento se deu em função de minha timidez e outro tanto de uma arrogância de menino mimado. Cheguei a esta cidade como quem chega a um exílio. Não, mais grave, como quem chega a um desterro, tão desgraçado como aquele que levou Ovídio a escrever tão pungentes poemas. E minha reação, só agora vejo, foi a de me achar infinitamente superior ao meio, a de ter a certeza de que ninguém aqui poderia sequer conversar comigo.

Fui um paciente obediente, mas, como vê, isso não ocorreu por causa de minha virtude, mas por causa de minha pretensão.

É preciso, no entanto que o senhor considere que parte do grande problema que tenho hoje, encontrando-me doente e sem médico, também é responsabilidade sua. Não sou médico e nem imagino o que é ser, minha experiência com médicos é pequena e sempre foi na posição de doente. Não sei se isso se ensina nas escolas de medicina. Não sei se os médicos em geral, porque eventualmente salvam vidas, chegam a esse ponto por si próprios. E o ponto a que me refiro é a mesma arrogância que eu percebi em mim. Os médicos parecem esquecer que seus pacientes são pessoas tanto quanto eles próprios. O que nos difere? No fundo nada. E uma pessoa não suspende sua humanidade – seus anseios, seus medos – porque está doente.

Não sei se percebe a que ponto quero chegar. O senhor, desde antes de me conhecer já julgava conhecer-me. Já o declarou no primeiro instante, naquela primeira consulta. Julgou que porque gosto de literatura e outras artes, porque estudei no Rio de Janeiro, porque sou comunista devia necessariamente ser uma série de outras coisas. Talvez seja algumas delas. Com certeza não serei outras. Mas não quero falar apenas de mim.

O senhor nunca chegou a pensar que para um paciente como os de que trata, que vivem com um mal que na maior parte dos casos leva à morte, o tratamento é uma espécie de aposta? Mas não uma aposta banal como a que se faz nos cavalos. Lá, se seu cavalo ganhou ou perdeu, tirando os trocos que também se ganharam ou perderam, sua vida não muda em nada. Aqui, perder a aposta é perder tudo. Se a pessoa se afasta de tudo de que gosta porque aposta na cura, e a cura não vem, sua morte é duplamente trágica: porque morreu e porque não viveu com prazer os seus últimos dias sobre a terra. Será possível não perceber isso? Em nome de um bem que não se sabe se será alcançado, o tuberculoso é obrigado a abrir mão de todos os prazeres que tem sem a menor garantia de que permanecerá tendo.

Foi exatamente esse pensamento que me levou, aquele dia, a tomar aquele chope – o primeiro que tomei desde minha chegada a São José. O calorzinho do meio-dia convidava a um chope, nem que fosse a somente um. Não sei se é porque estou na cidade há pouco tempo, e não me acostumei ainda, mas acho o sol daqui especialmente ardido. Entra pelo tecido do paletó e nos queima a pele. Nos últimos anos vivi no Rio de Janeiro e, é evidente, lá faz muito mais calor do que aqui. Mas a sensação que se tem sob o sol de São José dos Campos é por assim dizer mais intensa que aquela que temos, de abafamento, sob o sol do Rio.

O que aconteceu naquele dia, então, foi a combinação do pensamento de que seria muito triste morrer sem nunca mais tomar um chope, combinado com a sensação de mil agulhas que o sol daqui provoca na pele, exigindo o prazer que um chope bem gelado é capaz de proporcionar. É claro que o senhor tinha que passar por lá exatamente nesse momento, no momento do meu único chope em São José dos Campos. É claro que tinha de fazer o que fez, o que faz parte de sua prática e é determinado por sua visão do que seja a doença, do que seja o doente e de quem seja o médico: autoridade suprema, supremo poder.

Fez o que achou que devia fazer, e merece meu respeito por isso. Ao final daquele dia de crise, em que pedi ao sr. Ovalle a gentileza de me mandar o jantar no quarto, depois de não ter comido nada o dia inteiro e de ter comunicado a ele que não adiantava procurar o doutor porque acontecera o que acontecera, é que tomei uma decisão. Pensei na doença, pensei na aposta, pensei no livro e tomei uma decisão.

E esta decisão é a seguinte: aceito a aposta. Quero muito viver. Quero manter essa esperança. E fico com a impressão de que, se essa aposta for feita com um outro médico, ela parece desde o início destinada a ser perdida. É por isso que decidi escrever-lhe, imaginando que não me receberia para uma conversa. O que lhe peço não é uma segunda oportunidade, é uma primeira, já que antes não tinha feito a aposta e agora a fiz. Garanto seguir as recomendações de forma estrita. E as seguirei porque agora segui-las não me será pesado além do que é possível suportar. Será pesado como aquele peso que sabemos ter que carregar se quisermos fazer algo que nos interessa muito. E o que interessa a mim neste momento é viver.

Grato pela atenção.
Pedro

39

Porra, quiequié isso? – eu pensei. Aquela hora da noite, o posto já tava pra fechar e nunca que aparece ninguém a pé por ali, ocê sabe. Pois então. E ainda por cima mulher. Tá doida da cabeça, caraio? Um perigo do cacete andar por essas bandas sozinha. Tá querendo morrer, filhadaputa? Só pó tá. Não é possível! Nem piranha aparece, por falta de freguesia, rá rá rá. Quando ela foi chegando é que deu pra ver direito a cara. Não era piranha, não, véio, era uma senhora assim vestida direitinho, o cabelo penteado e coisa e tal. Aí é queu fiquei mesmo cabreiro. Ninguém entra a pé num posto de gasolina, caraio. Um posto fuleiro quenem aquele. Não é fresco, não tem "loja de conveniência" nem nenhuma dessas merdas de hoje em dia. Parece que os donos de posto não querem mais vender gasolina porra nenhuma. Parece que dá mais grana vender balinha, água, salgadinho de isopor, cerveja, essas merda tudo. Pois então. Mas eu tava ali, sacumé?, encostado na bomba de gasolina, fumando o meu cigarrinho, preparando a disposição pra pegar o bondão e cair fora. Cansado pra caraio, véio, depois de um dia inteiro de pé. Sabe que o posto até que tem um bocado de movimento? Pois tem sim. E eu sou o único frentista. É eu lá fora e o dono lá dentro, no caixa. Ninguém mais. Quando alguém quer trocar o óleo, isso antigamente, que faz uma porrada de tempo que não acontece mais porque o povo desistiu, o dono me dizia preu pedir desculpa e dizer que o funcionário que fazia aquilo tinha faltado. Mentiroso da porra, funcionário faltou o caraio! Não tinha merda de funcionário nenhum, só eu, que sou um e não posso botar gasolina nos carros e trocar óleo ao mesmo tempo. Completar o óleo que falta sim, trocar necas. Eu trabalho um monte de hora por dia. Isso tá até errado, mas tá beleza. Sou registrado e ganho cesta básica. Que mais queu vou querer? Mas, então, a mulher foi chegando e deu pra ver a cara dela. Era já uma senhora de 50 e tantos anos, branca que nem cera e andando por ali como se aquilo fosse um lugar onde se anda normal. Vi que ela me viu e veio vindo pro meu lado. Séria. Chegou perto e perguntou se eu tinha um cigarro pra arranjar pra ela. Ocê sabe, né veio, que eu não gosto de cerrador de cigarro. Porra, aquilo custa dinheiro e eu não tenho dinheiro pra ficar dando pra marmanjo só porque o viado tá com vontade de fumar. Tá com vontade compra, caraio! Mas eu não fiquei com raiva porra nenhuma, não sei o que me deu. Só agora contando procê é que eu me toquei que era pra ter ficado com uma puta raiva. Tava na cara que aquela mulher tinha muito mais grana que eu, que um maço de cigarro pra ela não queria dizer nada. Ocê sabe que eu só fumo na segunda vez que dá vontade, pra economizar? O salário já não dá mais pra fumar à vontade. Então, se eu seguro da primeira vez, espero um pouco e passa. Demora mais um bocadinho e a vontade vem de novo, mais forte. Aí sim eu fumo. Quando dá vontade de novo, eu faço a mesma coisa. Antigamente eu fumava um maço inteiro por dia, agora metade, tem vez que um pouco mais, quando eu tô nervoso. Hoje em dia todo mundo pára de fumar ou diminui o cigarro por causa da saúde. Que saúde o caraio! Eu diminuo pra fazer economia. Mas eu não fiquei com raiva da dona, não. Só de olhar pra ela a gente via que ela tinha uma coisa importante pra fazer. E que ela tava precisando demais da conta daquele cigarro. Era como se ela pedisse por necessidade verdadeira – e como era por necessidade verdadeira, eu tinha que arranjar aquele cigarro pra ela, sacumé, véio? Eu perguntei se ela tava bem, tava tão branca. Ela disse que tava tudo OK. Pediu fogo. Eu acendi o cigarro dela e ela só falou "obrigada" e "tchau". Virou as costas e foi embora. E aí é que eu te pergunto, véio: pra onde? Vinha da direção de São José e continuou como quem vai pra Jacareí. Ali não tem porra nenhuma, só umas chácaras. Mas pra chegar nelas ia ter que andar muito chão. Cheguei a pensar que era um fantasma. Lembra da história da loira da Dutra? O cara tava dirigindo na boa, aí via aquela mulher gostosa, loirona, pedindo carona na beira da estrada. É claro que o cara parava, pensando que uma gostosa daquela pedindo carona na beira da Dutra só tava querendo dar mesmo. Puro engano. A gostosa sentava no banco da frente, dizia boa noite e não dizia direito prondé que tava indo. O cara começava cumas conversinhas, e a loira dizia que não, que era noiva e que tava atrasada pro casamento. Pedia, moço, corre pelamordedeus, que se não eu chego atrasada na igreja e não caso. Nisso tava perto de uma curva perigosa que tem ali logo depois da Kodak, tá sabendo, véio?, e o cara percebia que tinha alguma coisa esquisita naquela mulher, ficava com medo e corria. Resultado: o nego ia tão depressa que errava na curva e caía na ribanceira. Uns tantos morreram ali naquele lugar. Dizem que essa loira tinha morrido ali mesmo naquela curva quando ia pra São José com o noivo. Não entendeu que morreu, achou que o casamento ainda tava marcado e ficava pedindo carona lá toda noite. Pois então. Será que aquela dona que me pediu um cigarro não era um fantasma desses? Quem sabe a loira da Dutra não era bem loira mesma, só clarinha? E, com o tempo, ficou coroa e desistiu de chegar no casamento. Tá agora procurando outro noivo aqui na estrada velha. Foi nisso que eu pensei. Caraio, um fantasma! Mas daí me toquei do seguinte: será que fantasma tem cheiro? Já ouviu falar que fantasma tem cheiro? Porra, se fantasma é só um espírito, uma alma penada, não pode ter cheiro. Ocê não concorda comigo? Pois então. É que essa mulher tinha um cheiro esquisito, não sei explicar. Um cheiro ruim demais misturado com um cheiro bom. Era assim um cheiro doce, de perfume de mulher, mas tinha junto uma coisa enjoada, de hospital, sei lá. Foi assim que eu tive certeza que não era a loira da Dutra. Ou o fantasma de alguém que morreu queimado por causa de cigarro, sacumé quando o cara tá pregado, deita na cama, acende um cigarrinho, bota fogo no barraco e acorda no outro mundo? Pensa bem, véio, o cigarro ficou pela metade, o cara não fumou ele não, daí a alma fica por aqui cerrando cigarro dos vivos. Acho que fantasma que morre queimado fica com cara de queimado, né? Pois então, essa era bem branca, não tinha marca de queimadura nenhuma. Porra, véio, não sei o que foi aquilo. Mas fantasma, isso não era.

40

Ó filha, sabes bem o que tens de fazer, não sabes? Olha que é para o teu bem. Eu bem que gostava que tu voltasses para Portugal. Livrava-me das despesas que me dás. Trabalhas mal e muito devagar. Mantenho-te cá porque tenho pena de ti. Se voltas para tua mãe, ficas mal. És uma inútil, e tua mãe é outra inútil. Teu pai não ganha que chegue para sustentar aos filhos todos. Ficas cá no Brasil, aprendes a trabalhar e ficas com tudo que é meu. Sabes que já sou velha e que teu tio é ainda mais velho que eu. Temos estas terras, que te cairão muito bem quando nós dois estivermos debaixo dela. Não quero que te vás, compreendes? Não permito. Não admito. Tive muitas despesas ao trazer-te para cá. Tu trabalhas, mas comes, vestes-te, gastas um dinheiro grosso. Dei-te escola. Se sabes hoje apontar um rol de roupas, se sabes hoje ir ter com as freguesas, fazer-lhes as continhas, receber o dinheiro e dar o troco, se sabes hoje ler um jornal, sabes também que só sabes tais coisas porque eu dei-te escola. Teu irmão vem ter contigo. Chega ao porto de Santos amanhã pela manhã. Far-te-á mil perguntas. Se estás satisfeita ou se sofres. Se vives vida descansada ou se te fatigas demais. Se queres ficar no Brasil ou se queres partir para Portugal. Já sabes muito bem como deves responder a tudo isto, não sabes? Teu irmão insistirá. Vem sem passagem de volta. Não faz mal. Há muitos navios para levá-lo de volta, sozinho, ao Porto, e trens de lá a Leiria, de lá a Ourém e de lá a casa. É até melhor que não tenha data de volta, que assim volta cedo. Teu irmão falará muito em tua mãe. Não acredites em nada. Na saudade infinda de ti que tua mãe sente. Eu sei bem tudo o que dirá, posso fazer-te uma lista. Eu mesma diria coisas semelhantes se quisesse levar-te embora. Não creias. Tua mãe pediu-me para trazer-te comigo, sabias? Não podia mais com o peso de tanto trabalho, de tantos filhos, de tão pouco dinheiro. Disse-me, lembro como se hoje fora, que eu te trouxesse comigo, que fizesse de ti minha herdeira. "Sabes, Cesária, que não terás filhos, já estás fora da idade de tê-los, cuida da miúda como se fora tua, que tua ela será". Foi o que ela falou, tu sabes bem, já contei esta história mais de mil vezes. Fez a escolha dela, sabes bem que digo eu a verdade, que eu nunca minto. Sabes bem que só digo o que quero, que só faço o que quero e por isso não preciso criar histórias da carochinha para enganar-te. Respeitam-me porque trabalho muito, porque ganho um bom dinheiro, porque não dou hipótese a ninguém de desafiar-me. Não minto porque quem mente é fraco. Mais do que tudo isto, sabes bem que te ensino tudo o que é preciso saber. Dei-te escola. Ensinei-te a lavar a roupa à perfeição, ensinei-te a engomar. Estou a ensinar-te o ofício de benzedeira. Ensinar-te-ia meu outro ofício, o de parteira, mas sei bem que não queres aprendê-lo. Não queres trazer com tuas mãos crianças ao mundo, paciência. Não sou mulher de obrigar alguém a aprender o que não deseja fazer, não, jamais. Obrigo-te somente a aprenderes aquilo de que precisarás para viver quando eu e teu tio não estivermos mais aqui para olhar por ti. Amo-te e só de pensar que tu podes ir embora com teu irmão vejo meu coração apertado, apertado. Fica comigo, peço-te por Deus e por Nossa Senhora da Conceição. Já tenho tudo pensado. Para ficares basta que te cases com aquele belo rapaz, o Bartolomeu. Ele acha-te linda e sabe que és muito nova e sabe que deve respeitar-te e ter paciência até que cresças e possas ter filhos com ele. É dessa maneira que tudo se resolverá. Já acertei tudo, basta assinares este papel. Farás isto porque é o melhor para ti, compreendes? Teu irmão assistirá ao teu casamento, que acontecerá daqui a dez dias. Ele verá que não pode levar-te porque te casarás por tua livre e espontânea vontade. Pois. É isto que o padre e o juiz perguntar-te-ão e é sim que tu responderás. Percebes? Não ouses me desobedecer, que sou capaz de fazer mal ao teu irmão, aquele Nuno magriço magricelo que chegará amanhã. Sabes muito bem que sou capaz e faço-lhe mesmo muito mal. Aí é que quero ver como ficará tua mãe. Sem ti e sem teu irmão. Quem é ela para mandar-me cá um gajo que mal tem barbas para enfrentar-me? Desistiu de ti, percebes?, desistiu de ti e agora se arrepende. Ingrata! Salvei a ti e a ela trazendo-te comigo. A comida rendeu mais sem ti, e teus irmãos puderam vingar. Esse Nuno mesmo, amarelo, doente. Teria vivido se tu estivesses lá? Não, não teria. Mas ela sente-se culpada, a doidivanas. É justo que se sinta, afinal desistiu da filha mais nova, da mais pequena, da mais querida. Uma mãe é natural que se sinta como ela se sente. Mas agora é muito tarde para arrependimentos. Sou agora tua mãe, percebes? E me deves obediência. Aqui onde me vês, dar-me-ás teu juramento de que vais fazer como eu ordenar. O Bartolomeu estará aqui amanhã quando teu irmão chegar. E tu estarás ao pé dele, compreendes? Ao pé dele! Darás tuas mãos para ele segurar. Ficarás calada e fingirás grande contentamento com esse casamento. Depois destes anos, teu irmão não te conhece mais, não poderá saber o que queres ou o que não queres. Terá apenas a tua palavra. E tu dirás a ele que ama o Bartolomeu e que te casarás com ele com muito gosto! Ele dirá que és nova demais, que tens apenas treze anos e que isso pode ser uma loucura. Dirás a ele que aqui no Brasil é assim que se faz, que as raparigas casam-se muito moças. Percebes o que digo? Tudo muito bem entendidinho? Pois. Já que conversamos, tenho de dizer-te algumas coisas importantes. São coisas que uma mãe ensina a uma filha, que eu ensinaria mais tarde, e que este teu irmão teve que adiantar! Pois sabes que chegará o dia em que, sem te machucares, sangrarás em tuas partes. Não fiques nervosa, que isto é normal e logo, logo acontecerá. Isso é indicação de que te transformaste em uma mulher. Depois de isto acontecido, poderás ter filhos. E preciso ainda explicar como uma mulher fica grávida e tem filhos. Tu és esperta e já viste muitos bebés nus, não? Viste que as partes dos homens nascem para fora e a das mulheres para dentro. E isso tem razão de ser, foi Deus quem nos criou assim, para podermos ter filhos. O homem coloca o que tem para fora junto do que a mulher tem para dentro. Assim como uma rolha fecha uma garrafa. O homem se movimenta e depois de um tempo deixa dentro da mulher a sua semente. É dessa semente que nascem as crianças. Não te assustes quando o rapaz Bartolomeu fizer isto contigo. Sabes que as pessoas casadas fazem isto para ter filhos, e saber isto é suficiente. Mas não será já. O rapaz Bartolomeu se comprometeu a esperar até seres mulher, até virem as regras, que é como chamamos esse sangramento que, depois da primeira vez, virá todos os meses. É escusado te preocupares. Eu estarei cá contigo, que tu continuarás e viver comigo, há muitas tarefas que precisas aprender e aperfeiçoar. Quando esse sangramento vier, tu avisas que eu te ajudo. Está bem? Percebeste tudo o que te disse? E se teu irmão, quando souber de teu casamento, perguntar se já és mulher, é isto que ele quererá saber. Tu dirás que sim, que tuas regras já desceram. Percebeste bem? Não desobedeças à tia, que teu irmão não tem passagem de volta e, por isso, pode não voltar.

41

São José dos Campos, 26/05/938

Velho Graciliano

Mesmo neste meu exílio-doença, graças aos amigos, fiquei sabendo que o seu livro estava para sair. Depois, recebi o "Boletim de Ariel" e a "Acadêmica", com críticas ao romance. Portanto, seria desonesto dizer que foi uma completa surpresa receber um pacotinho pelo correio, enfeitado por aquela sua letra tão particular – uma letra cuidadosa. Disse surpresa completa porque em parte me surpreendi: com sua demora, convenci-me de que havia se esquecido de mim. Julguei, nos primeiros dias, que era cisma de doente. Mas, depois de ver que até as revistas – não digo os jornais – já falavam do livro, planejava escrever a alguém para comprar o livro para mim. Não há livrarias em São José dos Campos. Em suma, depois dos artigos da Lúcia Miguel Pereira, no "Boletim", do Octávio Dias Leite e do nosso Carlos Lacerda disfarçado de Júlio Tavares (seria um parente do glorioso Julião Tavares, burguês morto em Maceió em 1936?) na "Acadêmica", convenci-me de que o Velho Graça havia me esquecido de vez.

Agora, que recebi, tranquilizei-me, é claro, e rio dos meus cuidados: você não se esqueceria de um companheiro e vizinho que, há menos de um ano, visitava-o diariamente na pensão da dona

Elvira. Impossível esquecer. Murilo e Lúcio, que já o conheciam da "Acadêmica", bateram no meu quarto perguntando se eu não queria conhecê-lo. Quando foi isso? Fevereiro, março? Por aí. Peguei mais que depressa o paletó pendurado na cadeira e o "Angústia" na prateleira. Tinha lido o livro e estava – ainda estou, a bem da verdade – besta com ele. Agora mesmo tenho esse livro diante de mim e leio sua dedicatória, breve mas afetuosa: "Para o Pedro, neste princípio de amizade". A imagem que me vem à mente quando me lembro de você é a deste dia: saído há pouco tempo da cadeia, magro, cabelos muito curtos.

Sinto grande falta das conversas que mantivemos depois daquele dia – e de outras coisas aí do Rio. Mas agora, que a tuberculose me pegou, estou tendo que comer da banda podre, como diria nosso amigo Paulo Honório. Quem pariu Mateus que o balance: eu balanço, mas nego a paternidade.

Mas vamos falar de literatura. Desde o começo. Depois de abrir o pacote e ler seu bilhete, como não queria que nada me atrapalhasse, peguei o canivete e abri o volume todo: primeiro cortei o lado, depois em cima. A hora era propícia. Li o livro na-carreira, no mesmo dia em que chegou. Ontem li de novo. Por aí você pode avaliar meu entusiasmo.

Mas, falando com um homem que gosta de detalhes, vou preferir tratar de umas miudezas que me deixaram admirado. Primeiro de tudo, nem reconheci a cachorra Baleia. Quando saiu o conto, no jornal, o que me espantou foi a humanidade do bicho. Você deve se lembrar do Tarquínio, quando você reapareceu na livraria, dizendo que tinha chorado. Comigo se deu algo parecido, uma comoção, só que sem as lágrimas. Lendo agora o livro, o que me espantou foi o contrário: a bicheza dos homens. A cachorra é só uma cachorra, com desejos de cachorra e submissão de cachorra – a mesma das pessoas. Muda tudo porque, quando ela morre, já sabemos quem ela é e quem é Fabiano. No conto, tinha visto nobreza quando ela, apesar do tiro, continua ideando um mundo com Fabiano. No romance, vejo um hábito de obedecer tão forte que nem o paraíso pode existir sem a obediência.

Esse é, inclusive, um outro detalhe que me chamou a atenção. Homem, como aparece a palavra "autoridade" no seu livro! O soldado é autoridade, o patrão é autoridade, seu Tomás é autoridade, Fabiano é autoridade (pro resto da família), sinha Vitória é autoridade (pros meninos e pra cachorra), tudo funciona pela autoridade. Eu tenho pra mim que esse seu livro, que os recortes de jornal que li estão chamando de proletário, não tira sua força política do retrato do camponês pobre, mas sim do seu protesto contra a autoridade arbitrária, seja ela qual for. É como se a autoridade proliferasse a partir da autoridade maior. Obedecendo continuamente, passamos a ver o mundo pela ótica da obediência. Acabamos impondo essa autoridade a quem nos é possível impô-la. Aos filhos, aos bichos. A nós.

Não consigo esquecer que você estava na cadeia poucos meses antes de escrever o livro. Na cadeia, o preso se submete a todo tipo de autoridade. Aqui, fora da cadeia, o governo do Vargas quer estabelecer o mesmo sistema da cadeia: pau em quem não obedece. Pau no Fabiano e pau no Graciliano.

Mas vamos deixar de lado estas questões por enquanto, que eu quero falar do livro. Outra miudeza me deu muito o que pensar. Você colocou nessas personagens pobres uma vontade de viver enorme. No mesmo parágrafo, na página 31, Fabiano não quer morrer duas vezes seguidas. Uma gente agarrada à vida. Eu tenho pensado nisso o tempo todo. Viver pela metade vale a pena? O que leva pessoas como as suas personagens a querer viver, mesmo que seja uma vida meia-bomba? Haveria por acaso prazer em passar fome? Haveria vida realmente quando não podemos viver integralmente?

Às vezes caía num desânimo desgraçado e respondia "Não!" a essa última pergunta. Pactuava com a doença e desejava morrer. Fabiano, diante de um preá a ser dividido por cinco viventes, quer viver, permanecer um vivente. Por que diabos eu, criatura privilegiada que pode até conhecer essas figuras que jamais nasceram de mãe teria o direito de desejar a morte? Já que é preciso desagradá-lo e ser piegas, deixo de enrolação e digo de uma vez: seu livro infundiu-me vontade de viver. Foi isso.

Você me mandou o livro no melhor momento, como eu já disse, na hora propícia. Briguei com o médico há alguns dias, tive uma grande crise psicológica. Ler o seu livro ajudou-me a tomar certas decisões. Conversei com o médico, reatei o tratamento. É preciso resistir, é preciso não morrer. Agora, quando tudo conspira contra nós, não posso morrer. Os fascistas mandam no Brasil, mandam na Europa e é preciso viver para poder resistir. Se for preciso parar de beber, parar de fumar, paro. O que é isso perto do sofrimento sem saída dos Fabianos e suas famílias? O que é isso perto do seu próprio sofrimento na cadeia? Em 35 escapei de cadeia – outros amigos foram presos. Só passei susto, nada mais. Vou viver. Vou viver. Duas vezes no mesmo parágrafo, como Fabiano.

Embora já esteja abusando de sua paciência, vou falar de mais uma coisa do seu livro, mas não propriamente uma miudeza. Desde pelo menos 1928 que os personagens dos romances brasileiros têm sido proletários ou camponeses pobres. Têm sido, no entanto, somente isto. Em "Vidas Secas", pela primeira vez, vemos pessoas que são pobres, mas não deixam de ser pessoas por serem pobres. Não falam direito, perderam a capacidade de se revoltar. Continuam pensando, desejando: têm vida interior. Depois de "Vidas Secas", Jorge Amado não poderá mais escrever "Cacau" nem mesmo "Jubiabá". Seu romance me fez ver que, para o romance sair do proletário-somente-proletário, não basta uma linguagem mais poética, uma visão de mundo mais terna – ou mais heróica. É preciso escutar, nessa gente, o que não se manifesta, o que está encoberto e precisa estar à mostra. Sob uma crosta grossa de subserviência e ignorância estão lá o melhor e o pior de todos nós – a humanidade.

    Graciliano, já me estendi muito mais do que devia. Como você pode ver, isso se deu por conta da impressão ou, mais que isso, do impacto que "Vidas Secas" causou em mim. Escreva de novo. Mande notícias. Como seu remetente é a livraria, imagino que ainda esteja na pensão. A cadeia tem efeitos de longa duração. O cidadão, depois de sofrer sua injustiça, continua cumprindo pena. A família toda desorganizada, uma situação econômica precária.

    Fica um grande abraço do
Pedro

42

Agora já deve ser bem tarde. A esta altura já descobriram que eu não vou voltar, que estão suspensas as obrigações. Estou numa situação engraçada, de morta-viva. Tão perto de casa e ao mesmo tempo tão longe. O que estará passando na cabeça de todo mundo? Será que existe um "todo mundo"? Ele provavelmente está tentando entender o que aconteceu. Será que agora, sem mim, o cheiro no apartamento é perceptível? Será que agora ele está sentindo o cheiro que, afastado do meu corpo, dá testemunho dele? Será que a vantagem de morrer em vida, de feder sete palmos acima da terra é que dá pra gente pelo menos o direito de, fedendo, permanecer um pouco mais? O cheiro ruim é mais insistente que o bom, impregna tudo. Se for realmente forte, como é o do apodrecimento, fica pra sempre no nariz de quem sentiu. Já viu quando morre alguém e fica uns dias dentro do carro? Dizem que nunca mais sai o cheiro. Se o carro vale vinte mil é vendido por dois. E tem doido que compra. Doido é o que não falta mesmo neste mundo. Mas também muito doido não é doido, a gente é que não entende qual a lógica. Tem coisa que tem lógica, tem coisa que não tem, mas será mesmo assim? Quando a gente vê o que os outros fazem, só vê uma parte. E vendo só um pedaço não dá pra saber qual a lógica. Eu a esta hora da noite, nem sei qual exatamente, mas tarde, entro em Jacareí. Isso quer dizer que já andei uns vinte quilômetros. É muita coisa, mas nem parece. Em casa, ele já chegou – e o que está pensando? Tentou entender e não conseguiu. Será que sentiu a falta do meu cheiro no cheiro normal da casa sem mim? Será que, finalmente, por subtração, não percebeu que tem um monte de coisas acontecendo? Será que pensa que eu fiquei doida? O que dirá pros outros? Que pode ter sido um assalto, um sequestro, uma coisa dessas? Pode até dizer, mas tenho certeza que não tem a menor dúvida. Às vezes, tenho raiva, mas às vezes acho que estamos no mesmo barco. Eu admito, eu sei que está tudo errado comigo, que eu estou doente, que eu quero morrer. Mas desde quando eu sei de verdade? Será que só soube mesmo aquele dia, no centro da cidade, no banco da praça? Fico muito confusa com isso porque de alguma forma estranha eu sei que já sabia muito antes, mas sem vontade de saber, de aceitar. Será que o mesmo não aconteceu com ele? O nariz só sente de verdade o que a cabeça registra. E a cabeça não quer registrar. Se eu decidi acabar com tudo porque é muito difícil saber e mais difícil ainda viver sabendo, ele pode muito bem estar sabendo. É bem capaz de saber o que eu tinha na cabeça ao sair de casa. A única dúvida dele pode ser se eu já fiz ou se ainda vou fazer. São muitos anos. Ninguém conhece ninguém de verdade, não importa quanto tempo passe. A gente conhece muitas coisas de uma pessoa à medida que o tempo passa e a gente vai convivendo com ela. Manias, gostos, até medos. Mas tem coisa que a gente não conhece nem da gente. Ou talvez seja como eu agora, achando que não conhece mas conhecendo. No jornal, outro dia, apareceu essa notícia estranha. Em Portugal, um senhor português de uns 50 anos matou sua namorada brasileira de uns 30. Bateu nela com uma pá até ela morrer. E aí a gente pensa: é um assassino nojento. Mas depois que ele fez isso, saiu que nem um louco pelas ruas da cidade, parece que uma cidade pequena, até encontrar um guarda e dizer pra ele, "o senhor tem que me prender porque eu acabei de matar minha companheira". O filho da puta típico mata e tenta escapar das consequências. Essa pessoa procurou as consequências. Enquanto outros aproveitariam pra dizer que a moça era isso e aquilo, que ela fazia isto e aquilo, contando com a simpatia da polícia que podia muito bem ficar do lado do conterrâneo e contra a imigrante, ele pediu pra ser preso. Sentiu culpa? Talvez. E se foi isso, não é tão má pessoa. Mas bem pode ser que notou que não tinha saída e que era melhor fazer o papel do criminoso arrependido. Isso sempre ajuda na defesa, não existe advogado que não diga que isso prova que o camarada não é má pessoa, que merece menos, ou até nenhuma cadeia. Se foi isso, ele é ainda pior, um filho da mãe sem tamanho. É por isso mesmo que, de uns anos pra cá, eu tenho tido muita dificuldade de dizer o que eu acho disso e daquilo. Em várias ocasiões eu olho e penso: isto é muito, muito errado. Mas depois vem um segundo pensamento, uma suposição e eu já fico um pouco abalada. Tá bom, é errado, mas aconteceu por algum motivo. Por que as coisas acontecem e a gente faz o que faz?

43

e outras dores viriam e não demorou muito para aparecer a nina que eu julgava saber quem era e veio com minha neta mais velha filha do meu filho mais velho a primeira coisa nesse mundo que me fez ver que a gente continua mesmo depois de muito tempo porque tem filhos e os filhos têm seus filhos e isso é uma corrente que continua até o fim dos tempos e vem desde que o mundo é mundo então estamos sempre em contato com o fim e o começo de tudo sem saber sem ver sem sentir mas há sempre uma parcela nossa que viu o começo de tudo sem entender e que verá o fim de tudo sem entender porque não entendemos mesmo o meio disso tudo o pouco que vemos mas não faz mal é melhor e mais importante ver e sentir do que saber que tudo que se sabe um dia se ignora no outro porque tudo se desmente e o que era fixo fica móvel e o que era escondido fica aparente só sei que quando a nina começou a falar tudo veio à minha cabeça naquele momento como agora me veio a lembrança daquele dia por que eu não ouvi a tia cesária por que não percebi que aquela era a única vez que ela tinha razão que me dava um conselho verdadeiro disse ela o que você vai fazer naquele cartório bibiana por medo do bartolomeu é que não deves agir assim o gajo não tem força para enfrentar-te deixa-te disso que maiores confusões acabas criando bem que confias no antónio assim como eu de olhos fechados sei que confias na mulher do teu filho e confio também nela mas com um olho aberto não por ela coitada que é boa rapariga mas pelos irmãos dela sei que são amigos há muitos anos mas sabes muito bem amigo de longe te trouxe um figo mas quando te vi comi-o o dinheiro põe as pessoas todas loucas e quem dirá de pessoas que já são loucas pelo dinheiro tem juízo minha filha e eu não tive achei que tinha mas não engano passei aquela maldita herança para o antónio e nunca mais passamos para o roberto o ivan e a helena a parte que era deles e como todos diziam antigamente que iria acontecer agora a chácara vale muito dinheiro é o único terreno na beira da praia com tamanho para se construir um prédio de apartamentos se pelo menos valesse pouco ninguém se importava e eu ouvia as palavras dela sabe dona bibiana que o antónio e eu sempre lutamos juntos e tudo que construímos construímos juntos e não é justo que agora o que é fruto de nosso esforço fique para outras pessoas quem me fez ver isso foi o jamil que entende muito dessas coisas e sabe das leis afinal é o prefeito da cidade e pôde se informar corretamente o terreno é nosso será aqui da débora ficará na família e eu disse a ela que sim que ela e o antónio lutaram muito para conseguir o que conseguiram mas que aquela chácara nunca fora conquistada pelo suor deles dois que antes mesmo do antónio nascer o terreno era do tio augusto e da tia cesária que eram muito bravos mas trabalhavam como mouros e que haviam conseguido comprar aquela terra e que eu própria recebera contra a vontade aquela terra e era contra a minha vontade porque fui trazida para esta terra para herdar aquilo e nada paga o que eu poderia ter sido sem essa herança amaldiçoada e que por isso tudo o terreno embora pertencesse no papel ao antónio pertencia de direito a todos os meus filhos metade do antónio metade dividida pelos outros três vivos que o paulo há muito já não estava entre nós e agora não precisava mais de muita terra exatamente como o antónio e como todos nós mais ou menos cedo ela não me ouviu disse que o direito era dela e da minha neta eu repeti que ela estava comigo em mais de uma ocasião em que eu e o antónio conversamos sobre isso e prometemos um ao outro refazer a papelada e que toda gente antiga do guarujá conhecia aquele acordo e que há muitos anos quem vivia ali pagando todos os impostos todas as contas era a helena e era o jorge e eram minhas netas e era eu e que qualquer coisa fora daquilo era roubo desonestidade e que eu não iria permitir mas não houve nada que ela ouvisse percebi naquele momento que nada mais desviaria aquela história terminaria do pior jeito possível quase cem anos depois de começar história mal começada só termina em trapalhada essa foi só a primeira conversa que tivemos dali para a frente tudo piorou sempre de forma que quando batiam à porta e era a nina eu pensava fugi gaivotas que aí vem o diabo de botas

44

São José dos Campos, 16/06/938

Prezado Tasso da Silveira

Peço o favor de servir de portador de uma carta. Não sei se sabe, mas estou em São José dos Campos desde o início do ano, tratando uma tuberculose. Chegou ao meu conhecimento que o Newton Sampaio, seu conterrâneo, também foi atacado por essa desgraçada doença. Decidi então escrever a ele, imaginando que um companheiro de letras e de infortúnio viria bem a calhar, tanto para mim quanto para ele. No entanto, não tenho ideia do paradeiro dele. Voltou para o Paraná? Sei que há na antiga cidade da Lapa um sanatório, mas não pude averiguar se é para lá que ele foi, ou se foi para sua cidade natal que, para dizer a verdade, ignoro qual seja.

Ainda no início do ano passado, assisti a uma conferência dele, que abria uma série de conferências suas no Centro Paranaense da avenida Rio Branco. Por isso imaginei que você pudesse encaminhar a carta para mim.

Agradeço muito e antecipadamente sua gentileza.

Com o abraço do
Pedro Marques

São José dos Campos, 15/06/938

Caríssimo Newton

Soube por meios um pouco imprevistos que você tinha caído na mesma esparrela do destino que eu: a tuberculose. Lembrei-me de imediato de que os intelectuais paranaenses têm especial resistência ao bacilo, e prova disso é que o Andrade Muricy esteve internado há mais de dez anos e agora vende saúde, energia e disposição no Rio de Janeiro.

Aliás, tudo indica que haverá uma nova onda romântica em nossos meios literários. O João Cordeiro, da Bahia, o autor de "Corja", acabou de morrer dessa praga, no mesmo mês em que o "Boletim de Ariel" publicou capítulo do seu segundo livro, que espero ele tenha conseguido concluir. Agora, é o grande Marques Rebelo que parece que está doente. Mas esse, apesar de não ser paranaense, tenho convicção de que escapa. Ele tem veneno suficiente dentro de si para isolar qualquer elemento contaminante que possa existir sobre a face da terra. Por enquanto ele não saiu nem do Rio, pelo que eu sei, o que indica que seu caso pode não ser muito grave.

Mas vamos cessar esta conversa de tuberculosos, que os homens sãos considerariam mórbida, sem saber o quanto entre nós se trata de coisa corriqueira: a cor do escarro, a febre, a tosse, a dor de garganta, as hemoptises, tudo pisado e repisado todo dia como se fosse a discussão sobre o tempo que faz lá fora ou sobre os últimos acontecimentos sociais. No homem, aparentemente, tudo vira natureza e naturalmente passa a ser tratado.

Vamos falar de literatura um pouco. Meus velhos companheiros do Rio escrevem pouco, quase nada. Não sei se porque não me têm a mesma estima de antes ou simplesmente porque, absorvidos pela vida, vivem num ritmo muito diferente daqueles que, como nós, vivem nesse espaço intermédio entre vida e morte. Imagino, então, que poderá haver entre nós uma conversa que tenha pelo menos a vantagem de ser realizada num mesmo ritmo, o do tempo que ao mesmo tempo urge e é parado.

Se a doença tivesse nos atingido há três anos, quando você chegava ao Rio, onde eu já estava fazia dois anos, eu talvez hesitasse em escrever esta carta. Você vinha de Curitiba, ligado ao grupo do Tasso, que estava milhas e milhas longe do meu grupo. Preocupações e modos de ver o mundo muito diferentes. Você vinha católico e eu vinha de me integrar à juventude comunista. Não podia haver distância maior. Mas hoje tudo parece um pouco diferente. Ainda há uns dois anos, li um artigo seu publicado na "Nação", em que falava com enorme simpatia do modernismo. Fiquei intrigado com aquilo. Não fazia muito tempo que o Tristão de Athayde tinha destruído o modernismo em nome de uma necessidade de espiritualidade, com uma série de artigos de vários intelectuais católicos, na "Lanterna Verde". Tive a impressão de que você era um católico diferente, que via a literatura, pelo menos, de outra maneira. No ano passado, depois de nos conhecermos pessoalmente, é evidente que passei a prestar uma atenção maior nos seus artigos. E fui confirmando minha impressão de que, se você ainda não tinha modificado sua posição ideológica, pelo menos passava por uma crise. Você foi dos poucos a defender o romance da Rachel de Queiroz, que a direita parecia ter odiado. Conversei uma tarde na José Olympio com o Graciliano Ramos, que comentou comigo não entender o ataque que ela sofria, que tinha achado o romance bom, como eu, e que você tinha sido dos poucos que, à parte as restrições e algum preconceito ideológico, havia indicado que o livro tem grandes qualidades. Por fim, já no final do ano, doente e sabedor de que teria que me retirar do Rio, assustei-me ao ler seu artigo sobre Jorge de Lima no "Boletim de Ariel", em que dizia não entender bem aquela poesia religiosa e, o mais significativo, que não conseguia mais entrar em igrejas. Vejo aí uma crise espiritual, talvez parceira da crise física. No final do ano passado talvez você já sentisse que estava doente, talvez já pensasse na morte. E a morte nem sempre nos reconcilia com a ideia de Deus, não é mesmo? Como seria possível, tão novos, nos conformarmos com a morte e concentrarmos toda nossa esperança numa outra vida, incerta?

E, como não sei bem o que está lendo neste momento – e tenho certeza de que está lendo porque a um tuberculoso pouca coisa resta, o que não é mal para viciados em livros como nós – começo falando da sua literatura, pra começar a conversa.

Na verdade, a primeira vez que notei seu nome foi na *Fon-fon*. Não tenho bem certeza de quando. Sei apenas que foi em 35 ou 36. Era um conto curtíssimo, desses que a gente lê em dois minutos. Nunca me esqueci. Era um diálogo, cheio de malícia. Não lembro o título, e você pode me ajudar nisso. Depois que eu guardei o seu nome, li mais alguma coisa na própria *Fon-fon* que, infelizmente, não me deixou viva impressão como aquele texto curtíssimo, de uma agilidade incomum. Depois aconteceu uma coisa engraçada. Uma tarde na José Olympio, um rapaz muito jovem, adolescente mesmo, estava conversando com uns conhecidos meus de chapéu. Discutiam literatura e ele falou do irmão. E alguém perguntou quem era o seu irmão. Esse rapaz era o Nilo e o irmão, evidentemente, era você. Eu entrei na conversa e disse que já havia reparado no seu nome, mencionei o conto e ele falou que você tinha publicado uma novela num jornal de Curitiba. Eu fiquei evidentemente curioso. Neste grande momento literário que vivemos, apareceu gente de quase todos os estados do Brasil escrevendo romance. Mas ninguém do Paraná. E seu irmão me deu a novela para ler, uns recortes de jornal colados num álbum. E eu gostei daquilo.

É claro que, em parte, parece uma história um pouquinho ultrapassada, com um parentesco com um certo modernismo parecido com o dos escritores de São Paulo, o Mário de Andrade, o Alcântara Machado (outro, aliás, que morreu cedo, mas não de tuberculose, pelo menos, e sim de apendicite). Mas lá estão o Rio e Curitiba, o intelectual e o pobre. O sexo nos arredores da capital do Paraná. O moralismo da nossa elite. Gostei demais do retrato do imigrante polonês que, de raspão, aparece ali. Esse é um mundo que o romance brasileiro só agora começa a descobrir. Não sei se leu a "Revista Acadêmica" que trouxe um texto meu sobre o romance do Antônio Constantino, "Embrião", em que eu falei disso e citei a sua novela. Se não viu, posso pedir que enviem uma cópia.

Perguntei a alguns amigos se o conheciam, e eles disseram que sim, que você era um rapaz muito animado, que vivia em Niterói e era amigo do Tasso. Uns dias depois o Jorge nos aproximou, mais ou menos no mesmo lugar em que o seu irmão falou de você para mim. Nunca comentei que havia lido a sua novela. Achei que podia se melindrar. Se não tinha publicado em livro era porque não tinha mais interesse na coisa. Agora esse tipo de cuidado me parece um pouco fora de prumo, e eu confesso que li, que gostei e que, se eu fosse você, aproveitava o tempo de ócio que a doença dá, fazia uma revisão no texto e procurava editor.

Aliás, você me disse, da última vez que nos encontramos, que escrevia um romance. O que você me disse dele e o próprio título que planejava dar a ele, "Trapo", me pareceram muito promissores e, principalmente, confirmaram minhas ideias a respeito de sua crise espiritual. Não era um romance intimista, era um romance quase "proletário". Gostaria muito de lê-lo. Mesmo que ainda esteja em processo de escrita, gostaria de ver como está, acompanhar o seu trabalho. Podia ir me enviando o que escreve. Isso, claro, se não for algo que o incomode, sei que há muita gente que só gosta de mostrar a coisa pronta, e compreendo perfeitamente.

Vejo que não falei sobre nada de grande interesse. Comportei-me como alguém que se arrogasse a tratar do trabalho de uma pessoa em sua presença, a falar coisas de que ela já está farta de saber. Mas envio a carta mesmo assim. Essa minha arrogância acabou também demonstrando o quanto tenho acompanhado o seu trabalho, e com que interesse. Dessa forma, talvez tenha se tornado uma arrogância temperada de simpatia. E para que mentir? Meu objetivo é que você perceba que tem aqui um companheiro disposto a discutir literatura sem as restrições que poderia haver por conta de antigas desavenças políticas. Acho que esses desacordos nem sequer persistem, mas mesmo que persistam, não proíbem qualquer debate.

Sem mencionar o outro lado de nossa experiência extrema comum. Se me permite um momento de confissão, faço sempre piada com a maligna, mas tive uma crise enorme. Escrevo sobre ela não pelo prazer de repisar os dias doloridos que vivi, mas porque sou um tuberculoso já veterano e posso dizer alguma coisa a um tuberculoso novato como você. Encontro-me em tratamento desde janeiro. No início tudo correu muito bem, e eu acreditei piamente que me curaria em pouco tempo. Em maio tive uma decepção. O exame acusou uma situação mais complicada, que revertia o quadro de melhora que eu vinha tendo. Eu me revoltei com aquilo. Bebi um litro de cachaça, briguei com o médico, mas terminei por colocar a cabeça no lugar e sossegar. Prossegui o tratamento, submeti-me a todas as exigências e terminei por melhorar novamente. Aparentemente, minhas possibilidades de cura não são tão pequenas assim. É que a doença tem suas idas e vindas, é um longo processo de lenta melhora com momentos terríveis de recaída. Como certamente isso acontecerá com você, digo, do "alto" da minha experiência, que não deve desanimar. Um novo ciclo de melhora começará. Sei que você é médico e terá um tipo de conhecimento científico disso tudo que digo. Mas sei também que esse tipo de conhecimento vale pouco diante da experiência concreta da doença, só ao alcance de quem é doente. Por isso me arrisco a chover no molhado também nesse aspecto.

Antes de me despedir, evoco um último tuberculoso mais ou menos recente. Esse infelizmente acabou morrendo exatamente com nossa idade atual, vinte e três anos (fique sossegado, que era mineiro, e não paranaense), o Ascânio Lopes, do grupo da revista "Verde", imagino que você conheça. Ele escreveu um poema do qual eu me lembro todos os dias, que copio, para o caso de você não conhecer:

> Logo, quando os corredores ficarem vazios,
> e todo o sanatório adormecer,
> a febre dos tísicos entrará no meu quarto
> trazida de manso pela mão da noite.
>
> Então, minha testa começará a arder,
> todo meu corpo magro sofrerá.
> E eu rolarei ansiado no leito
> com o peito opresso e de garganta seca.
>
> Lá fora haverá um vento mau
> e as árvores sacudidas darão medo.
> Ah! os meus olhos brilharão procurando
> a Morte que quer entrar no meu quarto.
>
> Os meus olhos brilharão como os da fera
> que defende a entrada de seu fojo.

É isso, companheiro de letras e de bacilo. Defenderemos a vida e voltaremos a ela. Há muita coisa a fazer, e as faremos todas.

Mande minhas lembranças ao Nilo.

O abraço caloroso (da estima, não da febre) do
Pedro

45

Naquele dia o tempo estava assim meio nublado, e eu voltava da fábrica. Reparei naquele rapaz que me olhava. O amigo dele fez alguma piada comigo que eu, sinceramente, não escutei. Na minha cabeça só tinha ódio de quem enchia a paciência de uma pessoa que estava quieta, voltando pra casa depois de um dia inteiro no trabalho. Na minha frente ainda estavam os padrões do que eu tinha passado o dia pintando. Listras coloridas, em forma de ondas. E flores, pequenas flores cor-de-rosa com miolos miudinhos amarelos e folhinhas verdes. Eu pintava mil vezes essas coisas, me esforçando pra ficar um desenho igual ao outro. É engraçado como hoje em dia essas louças que eu pintava e eram comuns valem dinheiro, são do "período artesanal" da porcelana de São José, que eu nem imaginava que tinha fama, mas que tem, pelo que vi numa feirinha de antiguidades em Campinas. É uma coisa louca essa do tempo que passa e o que era comum fica raro e o que era raro – carro, aparelho de TV e outras coisas caras – fica comum. Foi quando reparei nele, apesar de irritada. Nem sei por que. Acho que pelo jeito que me olhou. Porque eu dei um olhar pra fuzilar os engraçadinhos, e notei de repente, naquele rápido instante, que o engraçadinho era só um, que o outro me olhava de outro jeito – meio chateado, acho que com a brincadeira do outro, e interessado, intrigado. Como se me visse mesmo. Não sei explicar de jeito nenhum, mas já naqueles tempos, antes **até**, eu já tinha a sensação de que ninguém repara na gente do jeito que tinha que reparar. Não era complexo, não, sei que não era. Eu até me achava bonitinha. Mesmo na entrada ou na saída do trabalho os rapazes me olhavam, mas não reparavam em mim. Viam uma coisa qualquer que não era eu. É como se qualquer pessoa que estivesse naquele lugar, mais ou menos da mesma idade, com roupas meio parecidas fosse causar exatamente o mesmo efeito. Como se houvesse uma pessoa genérica que eles vissem através de mim. Loucura da minha cabeça, mas é exatamente isso que acontece muitas vezes. Mas não naquela hora, naquele segundo. Foi isso que aconteceu naquele dia e que acabou sendo a coisa definitiva na minha vida. Hoje em dia seria diferente, São José virou uma cidade grande, onde a gente vê uma pessoa na rua e, mesmo que chame a nossa atenção, a gente nunca mais vê, não tem como saber quem é, que lugar costuma frequentar, onde trabalha. Sei que não foi coincidência quando me apresentaram a ele um tempo depois. Naquela época era possível saber quem era uma pessoa nessa cidade, e era impossível não conhecer alguém que pudesse apresentar você a ela. Foi o que aconteceu. Coincidência é outra coisa, é o que aconteceu uns anos depois. Namoramos e decidimos casar. Mas pra casar era preciso que ele fosse lá em casa, falar com o meu pai. Um treco chato, é claro. Ficamos um bom tempo combinando, imaginando se era uma boa hora ou não. Até que um dia combinamos: ele ia lá em casa no dia seguinte. Eu morava perto da estação de trem, na rua Capitão Roberto Ferreira Maldos, não era longe, ia-se bem a pé do centro, melhor ainda pra quem tinha lambreta, como era o caso dele. Eu estava em casa e chega o meu pai, bravo, com a bicicleta toda quebrada: "aquele barbeiro filhodaputa!" E o que tinha acontecido? Um incrível acidente, e ele, com a lambreta, tinha meio que atropelado meu pai de bicicleta. Que azar! Achamos melhor esperar um pouquinho pra poder ter aquela conversa. No final das contas deu tudo certo e o casamento saiu. É uma história daquelas que parecem uma desgraça na hora que acontecem, mas depois, passados tantos anos, mais de trinta, fica só uma história engraçada. O tempo tem esse efeito, de mudar tudo, todos os significados. Agora eu mal consigo rir e acho que nunca vou ter tempo pra achar a história de hoje engraçada.

46

Ó tia, sabe quem é o Adão? Sim, o jardineiro do hotel. É bom homem, sabe? Procurou-me há uma semana e propôs-me casamento. Disse-lhe que casar-me com ele não posso, nem na igreja nem no cartório porque já sou casada. Ele disse que não se importava, que queria casar-se comigo como fosse possível, que não somos crianças e não precisamos dar contas de nossas vidas. Disse que achava o mesmo, mas lembrei a ele que não sou uma donzela casadoira, que tenho um filho já grande e que esse filho viverá comigo enquanto assim desejar. Ele respondeu que não se esqueceu disso e que mesmo a lembrar-se queria muito viver comigo. Eu terminei a conversa dizendo que, se era assim, eu precisava de uma semana para pôr as ideias no lugar e resolver o que quero sem dar hipótese a futuros arrependimentos. Ele despediu-se dizendo que não esperava outra coisa de mim, uma pessoa assisada. E eu passei toda a semana a pensar. Como não há o que pensar? É claro que há! Se faz favor, tia, esteja um minuto calada. Sei de tudo isso que a tia grita, e não o sei porque grita, sei porque vivo e vejo, não sou mais uma miúda há muitos anos e pode ser que tenha me comportado como uma por longo tempo, mas não mais. Sei que é uma situação complicada, que viver com ele seria viver amasiada com um homem, sei que não é uma coisa agradável ou confortável, sei que podem apontar-me na rua quando passar, sei até que posso perder fregueses por causa dessa situação. Sei de tudo. Mas também sei, e parece que a tia já esqueceu, que me casei aos treze anos sem saber nada desta vida, apenas porque a tia obrigou-me a casar-me porque disse que algo podia acontecer ao Nuno. Sei também que este casamento não deu certo e nem poderia dar se de noite o Bartolomeu era casado comigo, mas durante o dia era casado com a tia. Não, não estou a dizer disparates. Foi isso mesmo que aconteceu. A tia dizia a mim o que fazer, como sempre fez, mas também dizia a ele. Por muitos defeitos que tenha aquele homem, não está entre eles o de ser um banana completo. Não sei por que aceitou casar-se de importação comigo, imagino que a tia tenha oferecido boas vantagens, mas não interessa agora, passado é passado, que fique enterrado. Já pedi que se calasse um pouco e me escutasse. Como não era um banana completo, só aguentou alguns anos essa situação. A tia bem sabe o que aconteceu: ele foi-se embora e me deixou aqui sozinha, com um filho recém-nascido, a aturar as ordens da tia. Não o culpo porque para um homem é preciso ser homem e ele fez o que tinha de fazer. Mas o culpo porque deixou-me cá. Não me culpo porque naquele tempo não tinha aprendido a falar alto, só pensava dentro de mim e nunca que tinha coragem para abrir a boca, mas culpo-me exatamente por isso, porque não abri a boca e cá fiquei, a acabar-me dia após dia no que não queria fazer. Não sei se esse meu casamento teria sido feliz se tivesse deixado a casa da tia com o Bartolomeu, o futuro a Deus pertence, e o futuro que não foi nem a ele. Por isso tudo, esse meu casamento, que começou quando eu tinha treze anos e acabou quando eu tinha dezoito não precisa ser o único, tenho direito a viver a minha vida, a quem sabe ter mais filhos. Hoje não sou casada com ninguém, nem sei por onde anda o Bartolomeu e não me interessa. O Adão quis casar-se comigo mesmo sem casamento e eu, depois de pensar uma semana, decidi que quero e que vou viver com ele. Já começa a gritar? Mais uma vez? É escusado fazer essa gritaria, é escusado permanecer com essas ameaças, vejo que às velhas acrescenta outras, novas. Então proíbe-me de trabalhar envenenando todo o Guarujá contra mim? Então mata-me? Pois faça o que tem de fazer e deixe-me em paz, seja viva seja morta o que é certo é o que importa! Não, não disse nada disso. Não disse que odeio a tia, que odeio o tio e que não quero mais vê-los. Não. Digo que vou viver a minha vida do meu modo, não quero acabar como minha mãe, louca de culpa e de ódio. Não cultivo o ódio. A tia é a única avó que o António conhece. Gostava de que o puto pudesse continuar a ter na tia e no tio os seus avós. Gostava de que nos fossem visitar sempre e gostava de continuar a visitá-los. Não quero brigas, mas quero viver a minha vida. É como se diz: a razão dá liberdade. E só agora posso ter minha liberdade porque só agora tomei posse da minha razão, mas não é tarde, ainda há tempo, ainda falta um tanto para eu fazer trinta anos, e a tia é que não pode mudar mais isso. Assim, ou cumpre todas as suas ameaças e decide estragar minha vida mais uma vez, como se terminasse o serviço que fez ao tirar-me de minha casa e de minha mãe, ou então deixa-me ir em paz. O quê? Mas tem a coragem de falar nisso? Assim perco a vontade de visitá-la e perco a vontade de recebê-la em minha casa. Não quero nada da tia. Se a tia quer fazer de mim sua herdeira perde seu tempo. Não quero nada. Nunca quis, e agora quero menos. Tirou-me tudo o que me era mais precioso. Tirou-me a minha mãe, meu pai, meus irmãos. Tirou-me as brincadeiras de miúda quando me punha todo dia a engomar. Tirou-me até mesmo a ilusão de amar alguém fazendo-me mulher casada quando ainda não era tempo para isso. Tirou-me tudo, tudo, tudo. E por acaso pensa que uns tantos contos de réis pagam o que me tirou? E porventura pensa que uns tantos palmos de terra pagam o que ainda pensa em tirar de mim? E sobretudo pensa que é possível pagar a alguém uma vida não vivida? Só se for louca. A louca aqui era eu, que nunca resisti a nada disso. Mas isso mudou. Preferia que não mudasse de vez e que pudéssemos ainda conversar, viver e até trabalhar juntas. Mas vejo que isso não será possível. Paciência. Pensava em me mudar com calma, em alguns dias, depois de arrumar as minhas coisas. Mas vejo que devo sair hoje mesmo desta casa. Já imaginava que isso poderia acontecer e preveni ao Adão, quando disse-lhe que sim, que decidira ir viver com ele. Parto agora mesmo, com o que puder levar de roupas. O restante mando cá alguém a pegar ou, se a tia não quiser que o faça, está certo, a casa é sua, pode tocar fogo em tudo. É até bom, o que o fogo pica purifica e quem mais perto do fogo está mais se aquece. Como disse? Está bem. Arrumo minhas coisas com calma e parto em três dias. Fico contente de que seja assim.

47

São José dos Campos, 24/07/938

Caríssimo Murilo

   Mais uma vez escrevo para enviar um trabalhinho para a "Acadêmica". Era inevitável que eu escrevesse sobre o livro, que tem tuberculose – não o livro, é claro, mas a pobre personagem feminina, que vem a falecer. Aproveitei o domingo para finalizar o artiguinho e já deixo envelopado, que amanhã vai ser um dia longo. O livro é bem interessante e, sob alguns aspectos, é uma continuação do "Totônio Pacheco". Eu insisto nisso, puxar assunto nessas cartas sem nada para contar. Nem vou começar. Veja lá o texto, não vou fazer uma crítica para a revista e outra para você. Economizo sua paciência. E, afinal, não tenho assim tantas boas ideias...
   Aproveito o envelope, no entanto, para contar uma experiência importantíssima que eu tive. Talvez nem seja importante, mas é uma experiência e, por isso, já é importante para quem vive parado. Acontece que meu pai tem um amigo aqui em São José dos Campos. Na verdade, não sei se é mesmo um amigo, mas pelo menos se conhecem. Meu pai andou com alguns problemas financeiros e, de uns anos para cá, começou a se meter em indústria, mas lá para os lados de Campinas, Itatiba, nem sei exatamente.

Parece que fez bem, e os problemas financeiros minoraram. E é nesse meio de industriais que ele conheceu o sr. Olivo Gomes, que também tem uma bela fazenda, onde cria gado leiteiro. Meu pai veio me visitar e aproveitou para levar a família toda para conhecer essa fazenda. Ou ele disse que veio me visitar, mas, na verdade, aproveitou que tinha um filho internado e veio a São José para encontrar-se com o sr. Olivo e conhecer tanto a fazenda quanto a fábrica.

E lá fomos nós, em pleno sábado, almoçar com a família Gomes. Foi tudo muito agradável. Diferentemente do meu pai, uma dessas pessoas que sempre quer se passar e, se possível ser reconhecida, como importante, o sr. Olivo é muito tranquilo. Não se dá maiores ares de importância e mantém alguma coisa de quem já trabalhou na vida – coisa que o meu pai, coitado, só tem feito há pouco tempo.

Enfim o almoço foi excelente. Antes, fizemos uma longa caminhada pela propriedade, em pleno funcionamento. Aí que eu falo da diferença entre os dois senhores. Um meio deslocado, e outro plenamente à vontade na conversa com os empregados, na lida do gado. Mais integrado àquela vida, enfim. Almoçamos maravilhosamente bem e, em seguida, fomos à fábrica.

Não pode haver uma mais bem localizada do que essa. O galpão que abriga os teares fica a poucos passos da ferrovia e a poucos metros da estação. O custo de transporte ali é só mesmo o do trem. O principal produto da fábrica são os cobertores, e centenas de funcionários e funcionárias (na verdade há mais mulheres do que homens) conduzem a produção ali. O barulho dentro do galpão é absolutamente infernal. Todos, eu incluído, fizeram careta e, tenho certeza, ficaram com vontade de levar as mãos aos ouvidos. Minha irmã mais nova chegou mesmo a fazê-lo, sem perceber que havia ali muitas criaturas que não tinham outra opção a não ser aguentar aquele barulho infernal o dia inteiro e que certamente isso representaria um constrangimento para elas. O único que não se alterou foi exatamente o proprietário, que pisou ali dentro como se pisasse a sala da casa dele.

Eu nunca tinha estado no interior de uma fábrica, nunca tinha acompanhado esses trabalhadores de perto. O trabalhador, para mim, é forçoso reconhecer, é uma figura mais ou menos abstrata. Ou é o companheiro de militância ou é o pessoal que chega ou sai da fábrica em dia de tarefa junto ao proletariado. Enquanto meu pai olhava as máquinas, conversando aos gritos com o proprietário, eu vaguei por ali, observando as pessoas como se observasse as máquinas. No fundo, no fundo, esperava ver um monte de gente triste. Mas não foi isso o que vi. Vi de tudo. Havia gente triste. Mas havia gente sorridente, gente taciturna, gente cantarolando, gente de todo jeito. E veio um pensamento horrível na minha cabeça, um pensamento que vem se formando em mim já há um bom tempo, um pensamento que o último livro do Graciliano só fez ficar mais forte. E é o pensamento de que a gente pensa o tempo todo na revolução proletária e não conhece o proletário. Atribui a ele uma série de coisas, inclusive uma tristeza enorme, que talvez sejam apenas meias verdades.

Haverá felicidade no proletariado? Haverá felicidade no capitalismo? Até onde vai a reificação e a alienação? Não haverá nas pessoas uma humanidade irredutível e resistente, que mantém uma capacidade de ser mesmo humano, um estoque qualquer de humanidade sob a forma de nem sei o quê? De vontades, talvez. Um apito soou, as máquinas pararam e eu continuei caminhando. O barulho das máquinas cedeu a vez ao barulho das vozes, dos risos. O fim da jornada é um momento de festa. Não há dúvida. O trabalho naquela fábrica suspende a vida, e o apito avisa que a vida recomeça. A alegria se espalhou por todo o ambiente, e eu não consegui deixar de sorrir. Fui em direção ao grupo que escutava atentamente o sr. Olivo tratar de certos problemas da gerência daquela fábrica. Eu escutei por alguns instantes e decidi ir para fora, apreciar aquela bonita tarde de inverno e a saída de todo o pessoal.

Andei alguns passos e me encontrei ao lado de um rapaz, um pouco mais novo do que nós, lendo um grosso volume de capa vermelha e cor de cinza. Reconheci o livro na hora, era "Cimento", do Gladkov. Ele levantou os olhos e me cumprimentou. Eu respondi ao cumprimento e perguntei o que ele estava achando do livro. Ele estranhou a pergunta. Olhou com desconfiança:

– Por que pergunta?

– Porque li esse livro há pouco, e não tive a oportunidade de discuti-lo com ninguém.

Ao invés de desconfiança, a expressão dele agora era de espanto:

– O senhor leu este livro?

– Sim, há anos que tinha o livro comigo e somente há pouco tempo pude ler.

– Desculpe, mas o senhor não estava aqui de visita junto com o proprietário?

– Estava sim. Por quê?

– Porque não esperava que um amigo do patrão lesse esse tipo de literatura. Pensei que nem sequer lesse romances em português, já que saberia francês e não se entregaria a um tipo inferior de literatura.

Gostei dele. Um provocador. Contrataquei:

– Eu é que estranhei achar alguém com um livro na mão nesta cidade em que aparentemente ninguém se interessa por livros. Muito menos pela literatura proletária soviética.

– O senhor tem tido as companhias erradas, então. Existem camaradas que lêem e gostam de discutir os livros. E outras coisas também.

– É muito bom saber disso. Talvez eu não tenha tido muita companhia desde que cheguei aqui.

– E como veio parar na cidade?

Hesitei um pouco. Estava para fazer um amigo. Mas se dissesse que estava doente, ele bem que poderia se assustar e encerrar a conversa por ali mesmo. Mas decidi ir em frente.

– Estou tuberculoso.

E ele respondeu, sem se alterar:

– Ah! Então a maligna pegou o senhor.

– De jeito.

– É por isso que eu gosto da tuberculose. Pega tanto um ricaço feito o senhor como um pé-rapado como eu.

– Eu confesso que não gosto muito dela, apesar de seu caráter democrático.

– O senhor me desculpe. Estava brincando.

– Não há o que desculpar. E você podia parar de me chamar de senhor, afinal devemos ter mais ou menos a mesma idade. Eu me chamo Pedro. Satisfação.

Estendi minha mão e ele nem teve dúvida, estendeu a dele também.

– Satisfação. O meu nome é Hag.

– Como? – perguntei.

– É estranho mesmo. Sou filho de uma "polaca". Pra dizer a verdade, uma prostituta judia, daí vem o meu nome esquisito. Hag Reindrahr.

– E onde seus amigos se reúnem para conversar de literatura e outras coisas?

– Olha, pra falar de literatura tem um lugar certo. A barbearia do seu Tico, bem perto aqui da fábrica. Sabe aquela avenida que sai da porta da estação ali em frente?

– Sim, sei.

– Pois fica ali. São duas portas verdes, de duas folhas.

– Sei qual é. E quando vocês se reúnem por ali?

– No fim do turno das duas horas da tarde, todos os dias tem alguém por lá.

Nisso me chamaram. Perguntei:

– E você, quando vai dar uma passada por lá, para discutir o "Cimento"?

– Logo na segunda. Aproveito que amanhã é domingo e termino de ler o livro, que já está no fim, e vou dar uma passada lá.

– E o seu Tico, é bom barbeiro?

– É dos melhores.

– Que bom. Como você pode ver, estou precisando cortar o cabelo e ainda não tinha encontrado um bom barbeiro em São José.

– Pois agora encontrou.

– Então acho que logo na segunda eu vou lá cortar o cabelo, no começo da tarde.

– Se precisa de barbeiro, é uma excelente ideia.

– Pois é mesmo. Está decidido. Agradeço a indicação.

– Não tem de quê.

– Boa tarde. E bom descanso.

– Obrigado. Boa tarde.

Curiosamente, meu pai fez contato com o capital e eu fiz contato com o trabalho. Não se pode dizer que não temos nada em comum!

Confesso minha ansiedade por encontrar alguns companheiros de conversa amanhã, na barbearia. É uma caminhada apenas razoável e poderei almoçar às onze horas, fazer meu descanso até a uma e em seguida descer a ladeira que leva até a estação. Enfim um acontecimento importante.

Mande meu abraço a todos

Pedro

UM ROMANCE DE TODAS AS CLASSES

Há três anos o sr. João Alphonsus estreava no romance. Era um dos ganhadores do prêmio Machado de Assis organizado – e aliás nunca mais realizado – pela Companhia Editora Nacional de São Paulo. O livro se chamava "Totônio Pacheco" e tem muitos pontos de contato com este "Rola Moça", que acaba de sair.

Antes, porém, de falar deste novo livro, é importante pensar num aspecto do atual romance brasileiro que não tem recebido a atenção merecida. O romance proletário operou um corte vertical em nossa literatura, indo diretamente até as camadas mais profundas da sociedade brasileira e pondo sob a luz do sol a nossa face mais pobre. Isso todos sabem.

O que talvez venha acontecendo, e é a isso que precisamos ficar atentos, é que há uma variação importante desse tipo de romance ganhando espaço. No mesmo ano em que aparecia o "Totônio Pacheco" também apareceu o fabuloso romance do sr. Érico Veríssimo, "Caminhos Cruzados", talvez o mais claro exemplo do que se quer demonstrar aqui. Nele, o corte vertical foi substituído por um longo corte horizontal através do qual tudo pudesse ser visto. Do pobre ao ricaço, nada escapava ao olhar atento do escritor – e, portanto, do leitor.

Neste "Rola Moça" João Alphonsus opera o mesmo tipo de corte. O jovem advogado Anfrísio construiu uma casa num recanto de Belo Horizonte, bem longe do centro. Onde o mato, a custo, cede lugar à cidade. Não que a cidade já não existisse por ali. O jovem bairro da jovem capital já existia. Mas não de maneira oficial. Afinal, é nos cantos da cidade que vão se esconder aqueles que não têm meios para viver. E os vizinhos desses novos moradores oficiais que tomarão conta do lugar são os pobres e os doentes. Sim, lá para os lados do morro do Rola Moça há um sanatório, onde uma moça, cheia de vida e cheia de morte, revolta-se contra o seu destino de doente. A leitura do livro vale só pelo drama da moça, que Santa Rosa captura brilhantemente na ilustração que criou para a capa.

Mas há muito mais a ler aqui. Há as histórias paralelas desses dois mundos, o oficial e o não-oficial. As semelhanças que, apesar de tudo, ainda existem entre a vida do moço que sofre para pagar suas dívidas e manter a sua vida burguesa, a arraia-miúda que procura se manter viva e os doentes que também procuram se manter vivos, mas que têm outra vida.

Chama a atenção como todos olham todos. Do alto de seu sobrado, Anfrísio olha o sanatório e as casinhas pobres. De cima do morro do Rola Moça, onde fica o sanatório, a moça Clara olha o sobrado de Anfrísio e as casinhas pobres. De baixo, a multidão de coitados olha para cima e pode muito bem ver os dois.

Parece que homens como Érico Veríssimo e João Alphonsus estão procurando ampliar o foco de interesse do romance brasileiro de hoje. E vão seguindo um bom caminho, que ampliar o alcance da literatura é sempre uma coisa louvável. Especialmente se, como é o caso desses dois escritores, não abandonam o que já havia sido conquistado: o retrato da vida daqueles que não apareciam nem na literatura nem nos jornais – a não ser no necrológio, que é onde o sr. João Alphonsus coloca aquele Antônio Cândido, que tem parentes importantes mas prefere viver a liberdade que encontrou na sua vida pobre de sempre, parentes interessados em transformar sua morte – e, com isso sua vida – numa coisa respeitável.

É mesmo o caso de a gente se perguntar, ao ler o novo livro de João Alphonsus, se não é nesta literatura, que olha para todos e na qual todos se olham, que está o futuro do romance brasileiro.

48

Aqui, no meio de uma cidade que eu não conheço, começo a sentir um frio desgraçado. As ruas estão paradas, fico pensando que horas serão. A blusinha que eu trouxe não vai ser capaz de segurar esse frio. Preciso arranjar um lugar pra me livrar desse vento, pelo menos. Pra onde ir num lugar estranho? A esta hora nem uma igreja eu encontro aberta. Botecos sim, mas não tenho como ir pra um deles. Se eu tivesse trazido algum dinheiro, bem pouquinho, podia pedir uma bebida e enrolar um tempão. Ficava livre do vento. Mas não ficava livre dos outros. Num bar é perigoso. Engraçado como de repente fiquei arrepiada, de medo, exatamente como quando contam uma história terrível pra gente. É tarde e eu tenho medo. Passei pelos lugares mais ermos que conheci na vida. Escuridão. E não tive medo. Agora me bate o medo. A rua está vazia. A esta hora, seja qual hora for, se aparecer alguém é, com sorte, um desocupado. Sem sorte, alguém querendo me roubar. Mas eu não tenho nada, e o cara pode ficar violento. Preciso arranjar um lugar pra ficar um pouco. Preciso sentar um pouco, minhas pernas estão doendo que é uma desgraça. Tudo isto porque sou uma covarde, não consegui fazer o que eu tinha que fazer. Desgraçada! Ali adiante é o fim da rua, parece que tem uma avenida. Quem sabe lá não encontro um lugar mais fechado. Se não achar, vou andar até a perna arrebentar. Parada não fico, na praça não deito. Sim, é uma avenida maior. Graças a Deus! Tem um pronto-socorro ali. Vou entrar na sala de espera e sentar um pouco. Assim descanso e ponho as ideias no lugar. Droga, tem um segurança na porta, não vai me deixar entrar. Tem sempre um segurança, que não protege ninguém. Se um maluco aparecesse e me atacasse, o cara não ia fazer nada, mas é bem capaz de ele não me deixar entrar no pronto-socorro. Não, não é possível, a esta hora, o único lugar normal pruma pessoa ir é um pronto-socorro. É fácil. Se ele perguntar qualquer coisa, digo que estou procurando um parente que sofreu um acidente. É isso, está resolvido. Olha só, o cara nem perguntou nada. Simplesmente me deixou entrar, sem qualquer problema. Que bom. Aqui dentro não venta. Que alívio, tem um monte de cadeira. Preciso escolher uma que não dê na vista. Ah! lá daquele lado ficam as enfermeiras. O segurança não vai entrar, então vou ficar longe das atendentes e das enfermeiras, deste lado da sala. É bem grande, ninguém vai me ver. O problema é que está quase vazio aqui no fundo. Vou me sentar mais ou menos perto daquelas duas pessoas ali, fica parecendo que eu estou com elas e ninguém vem me aborrecer. Ah! Como é bom sentar! Metade da alegria da vida é a gente se aliviar de alguma coisa. E eu preciso ir no banheiro. Agora que percebo que estou estourando de vontade de fazer xixi. Deve fazer mais de dez horas que eu não vou ao banheiro. Onde é? Que bom, é aqui no fundo. Vou já pra poder ficar um pouco sentada. Sim, é aqui, um pouco sujo, menos do que eu esperava. Ai, que bom. Pronto. Vou aproveitar pra lavar o rosto. Meu rosto está igual? Está sim. Sou a mesma. A roupa ainda está ajeitada, não estou molambenta. Dez horas é muito tempo pra quem não fez xixi, mas não pra quem tomou um banho. O único problema é que o cheiro já está aqui, comigo, me acompanhando. Alegria de pobre dura pouco, não mais que o tempo de fazer um xixi. Mas é isso. Metade da alegria da vida não é alegria, é alívio só. Vou aproveitar e tomar um pouco d'água, da torneira mesmo, que ela está tão fresca... Sempre me lembro de quando eu era pequena quando tomo água deste jeito, pegando da torneira com a mão em concha. No começo eu gostava da escola. Antes de São José, ainda em São Paulo. Gostava primeiro por causa do uniforme. A saia, a camisa branquinha. Mas eu não tinha nenhum sossego naquele tempo. Assistia à aula, gostava da aula. Fui boa aluna no primeiro ano, aprendi a ler e escrever com facilidade. Isso porque eu gostava da escola. Depois que aprendi a escrever e a ler, aquilo virou uma chatice pra mim. No quarto ano eu passei, mas minhas notas eram baixas. Apesar de gostar das aulas no começo, gostava mais ainda do recreio. Brincava com as outras meninas, corria que nem uma condenada. No primeiro dia, voltei pra aula toda afogueada, suando, descabelada da brincadeira. Levei uma descompostura daquelas. Aquilo não era jeito de uma mocinha se apresentar numa sala de aula! Eu não tinha vergonha? Sinceramente, eu não tinha vergonha nenhuma. Fiquei com muita raiva, mas fiquei quieta. Reparei que todas as outras meninas estavam com a aparência que a professora queria que elas tivessem. No dia seguinte, fiquei quieta. Comi meu lanche, tomei minha limonada e não quis brincar. Percebi que, no final do recreio, as meninas iam pro banheiro. Fui atrás delas e vi que todas molhavam os pulsos, lavavam o rosto e penteavam os cabelos. No dia seguinte levei um pente e fiz a mesma coisa. Brinquei muito, corri muito e cheguei decente na aula. E todo dia era assim Chegava no banheiro, molhava os pulsos, lavava o rosto penteava o cabelo. Bebia a água exatamente deste jeito, pegando da torneira com a mão em concha, e isso me refrescava. Era o prazer de dois alívios. O alívio da sede e o alívio da falta de decência. Agora, não tem água no mundo que tire este meu cheiro. Vou voltar pra sala e ficar menos perto das outras pessoas. Nem tão longe que pareça sozinha, nem tão perto que chame a atenção pelo cheiro. Se bem que, se isso acontecesse, eu pelo menos ia ter certeza que todos sentem esse cheiro, que não sou apenas eu. Aqui está bom. Como é bom sentar!

49

mas aquele foi o dia que determinou minha sorte e não sei como só hoje vejo isso era já final do dia quando ela foi embora dizendo a única coisa que me disse em todos os dias depois daquele que ela havia lutado muito e que tinha direito ao resultado dessa luta e eu me perguntei que luta foi essa travada ainda antes do início do mundo e eu não me conformava e tive uma dor de cabeça infernal e comi meu jantar e deitei isso tudo foi num domingo o dia em que costumavam vir me visitar os filhos e só no fim do dia porque ela esperou o roberto e o ivan irem embora a razão dá costas ao covarde dizia meu pai mas ele estava errado pobre de meu pai que nunca mais vi o covarde é que dá costas à razão mas a razão é caprichosa como moça nova desprezada que valoriza quem a desdenha e se apega ao que a ela dá as costas só agora vejo porque só hoje de fato entendo o que acontece comigo ninguém deu muita importância muito menos eu mas eu deitei-me no domingo e acordei na terça-feira sem saber o que tinha feito na segunda acordei e disse bom dia fui tomar café e minha neta perguntou está melhor vovó eu disse claro minha filha ontem só tive uma dorzinha de cabeça não vovó a senhora passou o dia inteiro na cama ontem eu estranhei não filha não ontem foi domingo acordei tomei café cuidei da roupa que para a roupa não há feriado nem dia santo cuidei de umas plantas no quintal fui à missa voltei fiz o almoço depois descansei um bocadinho seus tios vieram aí com seus primos suas tias no final da tarde veio sua tia nina e foi por causa dela que tive uma dor de cabeça não vovó isso não foi ontem foi no domingo e ontem não foi domingo não vovó ontem foi segunda e a senhora passou mal não conseguiu nem se levantar comeu na cama e não se animou a nada talvez não se lembre talvez o aborrecimento do domingo tenha deixado a senhora doente eu só podia concordar porque precisava me acostumar com o fato de ter perdido um dia da minha vida não me lembrava de nada para mim havia deitado no domingo e acordado na segunda mas era terça o que aconteceu comigo eu e todo mundo pensamos que não tinha acontecido nada que era o aborrecimento da briga que tinha causado um tremendo mal estar e eu fiquei na cama e dormi e não lembrava neste dia de hoje é que eu entendo o que aconteceu eu já estava ficando gagá mas não fiquei de uma vez fiquei aos poucos esse esquecimento demorou a se repetir e parecia bem justificável mas não era era apenas a minha nova pessoa que começava a aparecer ali e imagino que agora essa pessoa que vive em mim quando eu não vivo que sou eu mesma e não sou eu porque me esqueço ao mesmo tempo que nunca me lembrei tão claramente de certas coisas coisas velhas acho que essa pessoa começou a existir nesse dia o dia em que tive com clareza a consciência de que nem no final na velhice a minha história ia ter um desenvolvimento calmo e bonito a perda com a morte do antónio foi dupla a perda dele e a de mim mesma só que a dele foi repentina e a minha foi lenta mas tão certa quanto a dele hoje nem sei que dia da semana é não sei o mês nem me lembro da última vez que me lembrei de quem sou porque sou o que lembro mas com consciência da ordem do que me lembro não posso ser a pessoa que se lembra tão bem de viver que não vive mais o agora isso é coisa de gente louca e meu Deus e se nunca mais eu voltar se um dia for o último dessa mulher que eu tenho sido que ideia horrível o trabalho que dou a todos porque devo fazer como vi muitos velhos fazerem imagino que me comporte como uma criança e com certeza que me aconteceu isso ontem se eu acordei com uma sensação viva de ser criança e de ter estado na festa de santo antónio em ruge água região de leiria portugal e o dia de santantónio lá é no calor e estamos no inverno eu devo ter saído no frio porque estava dançando não eu mas a pessoa que nasceu no fim de semana seguinte à morte do antónio a mulher que é tanto eu que nem sou mais eu mas não há outra forma de dizer isto fui eu que saí no frio sem roupas porque sentia o calor daquele dia há mais de setenta anos que triste figura fiz que sofrimento causei a helena ao jorge às meninas meu deus hoje pode ser um dia que jamais se repita enquanto é provável que ontem se repita todo dia meu deus estou fora do mundo nada do que eu faça agora terá valor perdi minha voz

50

São José dos Campos, 27/07/938

Lúcio, caríssimo

Nem se fosse de propósito, a minha demora em escrever poderia dar o resultado que deu. Sejamos francos. Ninguém me escreve. E por mais que eu admita que eu é que sou o diferente, jogado na inação, e que meu tempo forçosamente terá um fluxo mais lento do que o de vocês, ninguém me escrever também já é demais. O Murilo e o Carlos jamais me escreveram. Somente você e o Moacyr se arriscaram. De toda forma, respondi ao Moacyr, procurando convencê-lo de que é inteligentíssimo e desde o nascimento preparado para ser o grande crítico da nossa geração, alguma coisa assim como o Mário é para os da geração anterior à nossa. Mas acho que ele esperava que eu dissesse outra coisa. Mas isso não tem a menor importância. O Moacyr é um amigo querido, o Murilo é um amigo querido, o Carlos é um amigo querido. Quatrocentos quilômetros de distância não deixam dúvida: a estima que tenho por todos parece, a esta altura, indestrutível.

Dentre amigos queridos, você é o mais querido. Por isso, garanto: não foi com o fito de preocupá-lo que permaneci em silêncio. Um pouco de desânimo, um pouco de falta de assunto, um pouco de tudo. Mas não intenção.

E digo que tudo isso foi muito bom porque contribuiu para uma coincidência que muito me alegra. Sua carta chega exatamente naquele dia em que me sinto particularmente feliz. Escrevo muito pouco tempo depois de ter enviado uma carta ao Murilo, que ajudará a compreender por que este dia é tão bom.

Depois do almoço e da sesta pós-almoço, com um dia absolutamente maravilhoso – céu muito azul, sol bastante amarelo, árvores verdíssimas – saí a pé pela cidade. Como dispunha de tempo, saí da pensão do sr. Ramón Ovalle e tomei a primeira rua à direita. Segui reto, passei na frente da mais antiga igreja da cidade, a antiga matriz de São Benedito, que fica bem na frente da praça que homenageia o Afonso Pena. E segui ainda mais. A vantagem de a cidade ser pequena é que logo se chega aos seus confins e eu cheguei lá. Gastei cinco minutos olhando o Banhado, o mais bonito panorama do lugar. Voltei, desci a avenida São José (não importa muito que você não conheça, pense que essa avenida margeia esse Banhado, essa espécie de depressão, que ficava à minha esquerda enquanto eu andava) até chegar à atual Matriz, uma igreja bem mais nova e imponente que a outra. Virei à direita, passei pela igreja, atravessei a praça da matriz e peguei a rua Siqueira Campos. Passei na frente do Mercado Municipal. Mais adiante entrei na rua Mário Galvão e desci (aqui literalmente, que é uma ladeira). Por ali, entrei numa barbearia e pedi ao barbeiro, o seu Tico, que me cortasse as madeixas. O que ele fez. Estava no final do serviço quando escuto um "boa tarde".

Suspendo a narrativa e respondo diretamente sua pergunta, com o intuito de acalmá-lo. Sim, caro Lúcio, minha última carta foi escrita no dia de maior crise de toda minha vida até agora. Mas as coisas acabaram se resolvendo. Olha, senti um medo profundo de morrer, e decidi falar com o médico. Receei que ele não fosse me receber, então escrevi uma carta. Foi uma carta muito sincera, na qual eu falei do que sentia e de como reagi. Falei que um médico não pode simplesmente mandar no paciente, que só quem está numa situação como a minha, à beira da morte e da extinção, pode saber o que eu passei. Que é fácil para o médico ficar ali, parado, vendo os pacientes passarem, estropiados, na sua frente.

Nem sei mais o que disse. O que sei é que no dia seguinte recebi um recado, que pedia minha presença no consultório dele. Eu fui, na hora pedida. Confesso que estava desanimado, pensando que teria que ter outro médico, nem sei o que pensava.

Fui recebido com a máxima consideração por ele, que me disse que havia meditado muito no que eu havia escrito. E que havia alguma razão em mim. Se você quiser saber a verdade, foi uma conversa muitíssimo interessante, na qual eu falei muito pouco. Ele me disse que um de seus maiores esforços como médico era jamais perder o interesse humano. É uma pessoa muito estranha esse dr. Nélson. Disse que, por causa disso, sempre procurou dar ao ganho a importância que ele tem, e não ficar excessivamente ligado ao dinheiro. Por isso, disse ele, é que jamais quis montar um sanatório ou algum tipo de clínica que lhe daria muito dinheiro, mas o tornaria muito mais um negociante. Que sempre procurou atender toda gente. Tinha recebido os pagamentos mais imprevisíveis por causa disso. Galinhas, perus, leitões. Houve mesmo uma senhora que o presenteou com um vestido, para sua mulher. Era costureira e tinha ganhado uma fazenda muito boa. Que não podia pagar o que ele tinha feito por ela, já que o preço da cura não pode ser calculado, mas que deu o que ela conseguia fazer, com as próprias mãos, na esperança de pelo menos agradecer essa cura. Aquilo o comoveu, oras! Podia haver algo mais comovente do que isso? Atendia todo dia sem cobrar. Às vezes mal tinha tempo de ver os pacientes, tantos eram. Há tardes em que, meu Deus, sai de casa com o carro, desce correndo na porta de um paciente, examina, dá suas recomendações e corre para o seguinte. É tanta gente que ele nem desliga o carro nem fecha a porta. Que se visse um maluco andando de automóvel com a porta aberta, pronto para de uma hora para outra, zás!, pular de lá de dentro, eu podia acreditar, era ele. Mas nunca havia pensado que podia estar sendo tão impositivo, tão agressivo. Sempre pensara, com absoluta convicção, que apenas dizia o que ele sabia, pela prática médica e pelo que estudara, ser o melhor para o paciente. Aquilo era uma necessidade, não uma imposição pessoal dele, compreende? Sabia que podia ser antipático, tinha plena consciência disso. Uma vez um industrial riquíssimo de São Paulo foi a ele, com o filho, em quem depositava todo seu carinho e toda a esperança de continuidade da família e do negócio. Era seu único herdeiro. O rapaz estava doente e o homem, desesperado. Ele analisou o rapaz e viu que o estado dele era complicado. E, bem, ele disse tudo ao pai. O pai queria que o rapaz fosse para a Suíça, para ter um tratamento decente. O dr. aconselhou que o internasse ali mesmo, que ele teria muito mais possibilidades de cura em São José. Uma viagem cansativa e longa respirando a umidade do mar como essa o prejudicaria. O homem esbravejou, que diabos, só porque me vê assim rico quer tomar o meu dinheiro! O dr. Nélson insistiu, garantiu, falou que trataria gratuitamente o rapaz. O pai saiu batendo os pés. Passados dois meses, em pleno domingo, batem na casa dele. Era o homem. Aperta-lhe a mão e diz que aquele automóvel, exatamente o carro que usa para trabalhar até hoje, era um presente. Que fora muito injusto com ele e que desejava mais do que tudo ter escutado o seu conselho. O rapaz morrera e ele pensou que precisava fazer alguma coisa. Informou-se sobre a situação do dr. e descobriu que ele poderia atender muitas outras pessoas se tivesse um automóvel. Por isso, decidira comprar aquele e lhe entregar. Não apenas para pedir desculpas, mas também para ajudar alguém de uma forma que ele não tinha conseguido ajudar o filho.

Essa história, segundo ele, servia apenas para me dizer que ele também tinha sofrido injustiças e que tudo tinha sido superado. Que ele tinha razão naquele caso não porque era um gênio da medicina. Não se considerava superior a ninguém. Mas que tinha sido doente e viera para esta cidade primeiro como doente. Decidiu ficar por aqui e já estava tratando de tuberculosos há muito tempo. Que essa experiência era sua sabedoria.

Enfim, que aceitava continuar o meu tratamento, mas que não saberia continuá-lo de nenhuma outra forma que não fosse aquela. Eu precisaria continuar comendo bem, descansando muito, caminhando um pouco e não bebendo nada. Se eu não fizesse isso, havia um risco muito grande de a doença piorar. A piora naquele último exame não era uma surpresa. A tuberculose não cede sem muita resistência. Que eu precisava entender que aqueles altos e baixos faziam parte da sequência natural das coisas. Enfim, que ele sabia que, no final das contas, estava dizendo a mesma coisa, que nada mudara. "Mas garanto-lhe que mudou. Apenas desconheço outra maneira de ajudá-lo".

Para encerrar o assunto: fiquei comovido. Retomei o tratamento. Viajei para São Paulo alguns dias depois, para tirar novas chapas do pulmão, e fiquei algum tempo com minha família e meus amigos de lá. Voltei para cá e nunca mais bebi nada. Procuro permanecer bem. Já fiz outras consultas desde então, e nenhuma outra regressão foi descoberta. Segundo ele, há realmente boas possibilidades de cura. Espero que isso de fato aconteça.

Voltando à narrativa do dia de hoje. Quem dizia aquele bom dia era um rapaz arruçado, como se diz no interior, alegre, talvez um pouco pálido demais, mas sorridente. Eu e o barbeiro dissemos, quase juntos: "Boa tarde!" Esse rapaz atende pelo curioso nome de Hag Reindrahr, operário da Tecelagem Parahyba, leitor de Gladkov e, como eu descobriria mais tarde, poeta. Passamos uma boa hora conversando. Discutimos o livro. Ele é um militante e fez excelente leitura do "Cimento". Comparamos o livro com Zola, pois ele já leu um bocado de Zola. Aprendeu a ler sozinho, aos quinze anos, mas já que sabia falar alemão, aprendido com a mãe, que é estrangeira, e teve sorte de por algum tempo conviver com um farmacêutico alemão, que o ajudou a ler também nessa língua e, além de Zola traduzido para aquela língua, leu também Marx e Engels. Enfim, o rapaz leu Marx no original. Eu, como você sabe, tive a paciência de aprender alemão exatamente com esse fim. Temos muito em comum. Eu perguntei se havia alguma coisa que ele gostaria de ler e que eu pudesse eventualmente ter comigo para emprestar. Ele me disse que tem poucos livros, não há biblioteca na cidade e, portanto, ele e outros gostariam que eu emprestasse todos os livros que considerasse interessantes.

    Fiquei intrigado porque ele me disse que havia outros companheiros acostumados a frequentar a barbearia. Parece que há mesmo esse grupo. Mas que nem todos ali são militantes. Ali a política não entrava nas conversas sobre literatura porque havia alguns rapazes que não gostavam de política, mas eram excelentes confrades literários. Na verdade, o que deve ter acontecido é que ele desconfiou de mim, o que era natural, e me indicou um dia em que ninguém deve frequentar a barbearia. Fez perguntas a meu respeito e parece que descobriu alguma coisa que o tranquilizou – o que não é de surpreender. Num lugar como este, com tão pouca gente e tão pouco assunto, todos sabem tudo. Convidou-me para estar lá na barbearia na próxima quinta, trazendo alguns livros. Eu lá estarei.

    Na saída, entregou-me um papel:

    – Sei que você escreve crítica literária. Peço que leia o que vai neste papel e depois me dê sua opinião. É um texto meu. Não, por favor, não abra. Leia em casa e quinta-feira conversamos.

Nos despedimos. Olha o que tinha dentro do papel:

Trecho de Vida
(Aos meus companheiros de prosa do mictório da fábrica)

O operário tuberculoso, aquele dia
Tinha trabalhado demais e estava cansado.
Sentia, naquele dia, muita falta de ar.
O gerente xingou e ele mandou o gerente
para aquele lugar.

O gerente perdeu o apetite.
O operário perdeu o emprego.

O gerente chegou em casa chateado
com a má-criação daquele sem educação.
A mulher do gerente, aquele dia chorou
por não ter ido ao cinema.

A mulher do gerente era uma beleza.
Também, por obra de deus, era uma burguesa.

A mulher do operário chorou também.
Seus filhos no dia seguinte iam chorar
porque não iam à matinê (era domingo)
e segunda-feira iam chorar de fome.

A mulher do desempregado era uma pária.
Também, por obra de deus, era operária.

Foi assim que fiquei sabendo o que devia ter percebido desde o princípio: ele também está doente. E eu o conheci sábado passado. No dia seguinte não houve matinê.
Um grande abraço
Pedro

51

O que é isso, um grito? Onde é que eu estou? Ah! Sim, agora me lembro: na sala de espera do pronto-socorro. Que grito terá sido este? De alguém com dor? De alguém morrendo? De alguém que perdeu alguém? Não, não é isso. É a enfermeira que chamou aquela mulher, que é minha xará. O nome da gente é o nome da gente. Sempre queremos responder. Ainda bem que eu não fiz isso, fiquei aqui quieta. Devo ter feito cara de assustada. A enfermeira olhou pra mim, e eu chamei um pouco de atenção. Não muito, porque ela se satisfez ao ver que a minha xará se levantou. Melhor assim. Que ideia, a minha, buscar descanso num pronto-socorro... Aqui não existe descanso, só o eterno, que ninguém quer. Ou que alguns querem, pra abreviar a dor. Chega a ser inacreditável a força do corpo da gente. Passei o dia todo com o coração aos saltos, incapaz de descansar. Nem passava pela minha cabeça a possibilidade de dormir. Mas andei por horas e mais horas. E isso cansa. Sentei aqui só pras pernas se recuperarem e me perdi nos meus pensamentos. Cochilei. E foi gostoso. Todo mundo diz que a cabeça não pára de funcionar quando a gente dorme, que mesmo quando a gente acorda e não se lembra de nada, ficou a noite inteira sonhando. E daí? Aquilo que a gente esquece é como se nunca tivesse existido. Eu em geral durmo fundo, odeio ser acordada exatamente por isso. Dormir é muito bom. Será que morrer é parecido com dormir? Tem noites que eu deito na cama e quando vejo acordei. O pensamento roda um pouco e eu apago. Acordo no dia seguinte e tento me lembrar de algum sonho, do pensamento que tinha, ou de qualquer coisa que separe o sono do estar acordado. Não consigo. Morrer talvez seja assim. A gente está pensando numa coisa e de repente não está mais. A diferença é que a gente não acorda na manhã seguinte. Toda a vida da gente desaparece de uma hora pra outra porque tudo fica sendo um sonho que é impossível recordar porque só depois de acordado é possível lembrar alguma coisa, e como a gente não acorda mais, cai tudo no esquecimento. Mas se tudo que fica das pessoas é uma pequena lembrança delas mesmas, tem pelo menos um jeito de a gente ficar um pouco. Eu nunca tinha pensado nisso. Minha mãe morreu, é claro. Mas eu lembro dela muitas vezes, como se lembrasse de alguém que está vivo e que encontrei noutro dia. Vai ser assim comigo também. As pessoas que me conheceram vão se lembrar de mim de vez em quando e eu vou ficar viva, como um sonho que a gente não esquece quando acorda. Todo mundo diz que os filhos são o prolongamento da gente. Mas o que se pensa é que a gente passa um pouco da gente pra eles. Na verdade, não é por isso que eles são nosso prolongamento. É porque é muito difícil, talvez impossível, esquecer a mãe da gente. Se eu sou mãe de alguém, vou viver desse jeito na lembrança dos meus filhos. Talvez dos netos. Essa talvez seja a vantagem de ser avó tão cedo como eu fui, aos quarenta e três anos. Meus netos mais velhos viveram o suficiente pra se lembrar de mim. Talvez assim eu chegue, como lembrança, aos cem anos de idade. Talvez por isso tenham valido todas as horas cumprindo obrigações. Não sei se isso é um consolo, talvez não, mas é melhor do que nada. A ideia de desaparecer pra sempre desde já é muito pior do que a de ficar viva, como um sonho lembrado, na cabeça de quem conheceu a gente. O silêncio que faz agora é muito bom, combina com essa moleza que eu estou sentido no corpo todo. No final das contas, apesar de horrível por um lado, por outro foi mesmo boa a ideia de vir parar aqui. Quem não tem cão...

52

Meu querido Santo António
Vou comer minha sardinha
Vou tomar meu caldo verde
Vou ficar bem bonitinha

Meu querido Santo António
Agradeço por seu dia
A canção que canto agora
É por sua alegria

Sei que canto muito mal
Sou miúda e nada sei
Sei porém que hoje é teu dia
E a cantiga eu inventei

Sei que estou muito feliz
Santo meu do coração
Quando eu for já bem crescida
Faz feliz meu coração

Sei que pulo sem parar
Sei que o santo está cansado
Sei também que isso é mentira
Santo pula sossegado

Nunca vi santo suar
Nunca vi santo mandar
Pra parar esta menina
Que deseja festejar

Festejar o Santo António
Com muita satisfação
Vê daqui sua mãezinha
Pela mão de seu irmão

Danço agora ao som do canto
De quem já sabe cantar
Mas aqui para mim mesma
Não consigo me calar

Só sei que eu estou contente
Eu só sei que estou feliz
Não me importa que o sol
Vá queimar o meu nariz

O dia de Santo António
É um dia de verão
O calor que alegra a alma
Faz sorrir o coração

Quem tem três é que é sabido
Quem tem dois conta com um
Pois ensina o meu santinho
Quem tem um não tem nenhum

O que escuto lá em casa
Santo António por favor
Faça que eu escute errado
Que isso dá-me grande dor

Meu santinho Santo António
Pra o Brasil não quero ir
Lá é terra muito boa
Mas quero ficar aqui

Por favor meu Santo António
Sei que é Santo de encontrar
Mas também pode perder
Os papéis de viajar

Assim fico aqui em casa
Com a mãe e com o pai
Deixa a minha tia ir
Que com o tio Augusto vai

Dê pra eles alegria
Uma filha pra brincar
Dê a eles bom dinheiro
Que eles gostam de ganhar

Eu prefiro estar aqui
Eu prefiro cá estar
Bem ao pé de minha mãe
Bem juntinha de meu pai

Sou assim tão pequenina
Falo baixo e ninguém vê
E somente o meu santinho
É que pode me valer

Eu prometo ser quietinha
Muito mais do que já sou

Se o meu Santo Antoninho
Demonstrar o seu valor

E me der um tal presente
Que nem mesmo Pai Natal
Pode dar para os meninos
De todo meu Portugal

O presente é muito fácil
Nem precisa carregar
Permita meu bom Santinho
Cá ficar neste lugar

No próximo mês de junho
Eu queria cá estar
No dia do meu santinho
E com ele festejar

Mas agora meu santinho
Dê licença pra parar
Que eu acabo esta cantiga
Com vontade de chorar

Nossa, miúda, como estás rubra. Não tomas jeito mesmo. Mas tomarás. A partir de agora comigo tomarás. Vamos a casa. Vamos nos deitar que amanhã o dia será longo. Por que choras? Não sabes que daqui a mais dois dias verás o mar? É lá que a água verdadeiramente ruge, não nesta terra em que nem sequer um bom rio há. Deve ter este nome porque D. Dinis de ida para Leiria verteu água nesta freguesia, mas o fez com tanto gosto e com tanto empenho que o barulho batizou a localidade. De certeza.

53

São José dos Campos, 07/08/938

Caro Mario

Li agorinha mesmo sua carta e já garrei a responder. É que fiquei muito feliz, muito de verdade, depois de ler. Mas entenda bem, não fiquei feliz por causa do que você diz, não, mas pelo fato único e simples de você me escrever! Padeço há tempos de inveja, de uma gorda inveja, aliás, do Murilo, do Lúcio e do Carlos, que faz tempo recebem suas cartas, sempre tão deliciosas. E justo eu, que de todos sou o que te conheço há mais tempo. Lembro sempre daquele barbeiro italiano. Foi lá no salão dele, levado por meu pai, que eu fui conhecer o poeta e professor de piano. Você mais tarde se lembrou de mim, né?, quando nos encontramos no Rio, na saleta da "Acadêmica". Também, não é pra menos, o tanto que eu, admirador do "Pauliceia", te perturbei mostrando aquele monte de versos inúteis de adolescente, aproveitando da sua boa vontade e do seu conhecimento antigo do meu pai. Lembra daquilo?

> Olhando primeiríssimamente pras suas pernas
> Me lembrei foi do rio que corta comprido
> A cidade cinza de prédios pardos...

Argh! Que ruim! Aceite meus atrasados (atrasadíssimos, pra manter o tom) pedidos de desculpas.

Pensando melhor agora, vendo rápido o que escrevi até aqui, talvez tenha de me corrigir. Digo que o que você disse em sua carta não me alegrou. Decerto que não, porque eram coisas tristes: você sofre, aí no Rio. Mas, de uma certa forma, esse seu sofrimento me alegra, porque é um sofrimento que não é meu. Embora eu me recuse a acreditar de verdade nisso, começo a admitir que, pelo menos numa coisa o Octavio de Faria está certo: o homem é naturalmente, definitivamente mau. Essa coisa tão bonita, tão cantada pelos ingênuos poetas adolescentes, da solidariedade humana, desconfio que não existe. Nesses meses todos que estou aqui tenho sentido coisas que nunca havia sentido antes e me assusto.

Quando morre alguém, por exemplo. É certo que vem uma tristeza que é quase um desespero, mas vem misturado nisso um alívio, uma quase alegria de não ter sido eu... E isso não é porque a gente se acostuma com a morte, logo no começo senti essa coisa estranha. Mesmo a tristeza não é só a tristeza pelo outro que morreu, é também a tristeza da confirmação de que essa porcaria dessa doença mata mesmo, e a certeza de que minha vez não deve estar longe. Ou seja, mesmo a tristeza, ela não vem por causa do sofrimento dos outros, mas dos meus mesmos, sejam eles verdadeiros ou imaginados. É por isso que eu digo que a tristura (você é que gosta desta palavra) da sua carta talvez tenha me alegrado um pouco também, ver que você também sofre, e bastante. Talvez seja essa a forma mais possível da solidariedade, uma solidariedade que uma das partes ignora e que nasce do consolo de não se sofrer sozinho...

Agora, eu tenho que dizer que foi uma surpresa pra mim esse seu sofrer. Nas cartas, é verdade que bem raras, dos nossos amigos aí do Rio, nunca ninguém me disse ter percebido qualquer tristeza em você. Falaram da camaradagem mais amiudada com você, das compridas rodadas de chope e até da trabalheira que as aulas estão te dando. Mas a impressão que tive era a de que você estava bem, sentindo falta da sua mãe, da sua tia e das suas coisas, mas bem. Pelo seu pedido de não comentar em carta com ninguém o que você me diz, noto que tem feito esforço para que a impressão deles seja essa mesma. Erro seu. Não adianta nada você ficar chateado, achando que está sendo explorado pelos rapazes, pagando todos os chopes e conhaques. Se você dissesse isso a eles, ia ser uma chateação geral, porque eles não te exploram, só se aproveitam de ter um amigo mais velho, que eles, apesar de terem notícia de todos os seus problemas recentes em São Paulo, com toda certeza – como eu mesmo – acham que é um tanto endinheirado. Pare com isso! Faça ver a eles que você também tem suas despesas e que o chope bebido tem que ser pago. Tenho certeza de que a coisa se resolve sem brigas e sem ressentimentos. Se eles soubessem que suas cartas estão sendo escritas agora em vermelho, pra aproveitar melhor a fita da máquina e economizar 7$500 réis, ficariam mais que envergonhados de estarem obrigando você a gastar. De qualquer jeito, fica a palavra de que não conto nada pra ninguém. Você está aí há poucos meses, mas deve ficar algum tempo. Se permanecem as coisas como estão, os problemas só aumentam. Não deixe de falar com eles. São seus amigos.

Ao contrário de você, há meses que não bebo nada, nem uma gota de álcool bate na minha língua pra amortecer. Não vejo nada de errado em beber. Se você tem bebido mais e desconfia que isso pode te fazer mal qualquer hora dessa, pense em duas coisas: mal talvez vá fazer, pelo menos é o que os médicos garantem (eu duvido, mas melhorei sem beber), mas isso pode não ter essa importância toda; depois, se você aumenta a dose pra "disfarçar as mágoas", talvez o que tenha aumentado sejam as mágoas e a bebida aí é só sintoma. De qualquer jeito, não se preocupe. Sofrimento maior é o de querer beber e não poder mesmo. Comigo aconteceram algumas coisas que me obrigaram a parar de verdade, porque me deram medo de morrer – eu que achava que não tinha medo de morrer coisa nenhuma, descobri que tenho sim.

 Tenho me lembrado muito de você nos últimos tempos. Explico. Você se sente exilado, fora de seu lugar, sem entender direito o Rio e os cariocas. Eu não senti isso no Rio, muito pelo contrário, o que eu queria era estar aí, coisa que eu acho que nossa diferença de idade pode explicar. Agora imagine o que é estar em São José dos Campos! No começo, a morte parecia uma doce alternativa pra essa vida vegetativa daqui. Nos últimos tempos, entretanto, fiz camaradagem com algumas pessoas, e isso mudou toda a minha visão da cidade e da minha situação aqui. Lembro sempre de uma longa conversa que tivemos naquele café ali perto da casa do Murilo, em que você tentava explicar a diferença entre a sua geração e a nossa, entre o seu tipo muito particular de hedonismo e nossa necessidade de participação política. Minto. Na verdade você falava que era feliz. Eu é que classifiquei isso de hedonismo. E, nessa felicidade, você falou de muita coisa que não me saiu da cabeça. Do prazer estético, do gostar de um livro por gostar, não pelo que ele diz. Do prazer de conviver com gente do povo. Com o prazer de ouvir um quarteto de Beethoven ser equivalente, para você, ao prazer de dar uma longa e alegre caminhada. Lembrei na hora, e relembro agora, de uma crônica do seu amigo Manuel Bandeira sobre o livro do seu ex-amigo Oswald de Andrade, em que ele comparava a feição séria do comunista com a do Octavio de Faria, incompatível com a alegria do Oswald.

 Desde que comecei a aceitar esse tipo de prazer, que é um prazer físico – e isso é recente, de poucas semanas – sinto-me uma pessoa mais completa. Faço longas caminhadas pela cidade, às vezes só, às vezes em companhia de algum colega de pensão. E aos poucos vou descobrindo a cidade. Ando até os confins do município, descubro as paisagens – e também as fábricas. No campo da paisagem, preciso contar de um belíssimo lugar aqui. É uma depressão enorme, e a cidade toda está construída à margem dela. Não é um abismo profundíssimo (!), intransponível. Mas numa terra mais ou menos plana como esta, dá uma perspectiva. É como se a gente subisse numa montanha sem subi-la porque já estávamos lá em cima e nem notássemos! Lá embaixo passa a linha do trem. No inverno, a serração, como dizem aqui, baixa e toda aquela depressão, de quilômetros quadrados, fica como que cheia de algodão. É bem bonito mesmo. No campo das fábricas, é incrível como esta é uma cidade basicamente de tuberculosos e operários. Além de uma indústria têxtil, sem dúvida a maior de todas, há algumas fábricas de louça. Em certos horários, o pessoal sai todo e alegra a rua. É bonito e me faz sentir essa espécie de felicidade que talvez seja aquela de que você falava.

Mario: penso que só agora, dois anos depois, talvez entenda o que você dizia naquele dia. Que a vida é para ser vivida, em todas as condições. E descubro isso tísico, o que não deixa de ser trágico e inevitável.

Mas não desejo entrar nessa sorte de confidências agora. Mesmo porque, passo por um turbilhão e preciso saber exatamente o que confessar. Por agora, é melhor não fazer carta muito longa, não quero cansá-lo. E espero que você me escreva mais, e não só pra desabafos, mas também pra desabafos.

Desligo aqui, então, com um abraço
Pedro

54

O dia inteiro diante de mim. Quantos dias vivi até hoje? Bom, são cinquenta e sete anos. Cinquenta e sete vezes 365. Quando dá isso? Trezentas vezes cinquenta dá quinze mil. Sessenta e cinco vezes cinquenta dá, hum... Sessenta vezes 50 dá três mil, mais 5 vezes cinquenta dá 250. Então isso tudo junto dá quinze mil mais três mil, dezoito mil, mais 250, 18.250. Olha, eu já vivi quase 19 mil dias, descontando os erros de conta mais os meses que passaram dos 57. E nenhum dia foi como este. Ontem a conta devia se arredondar de vez. Não arredondou. Vou achar o caminho de volta pra Dutra. A Dutra é um lugar incrível. Uma vez, deve ter sido em 69 ou 70, a gente vinha de viagem e bem defronte à Alpargatas – hoje nem existe mais, virou um shopping, que tudo vira shopping, igreja ou estacionamento – tinha uns bezerros, umas vacas, bois, sei lá, no meio da Dutra. Eu estava no banco da frente do carro e vi o bicho voar, quando a gente bateu nele. Do nosso lado parou um caminhão, que também tinha batido num dos bichos. O motorista não teve dúvida. Desceu com o ajudante e botou o bicho – agora carne – no caminhão e tocou pra frente. Com a gente foi diferente. A gente ficou ali parado. Minha sogra, com a freada, bateu o peito no banco da frente, e ficou roxo e dolorido. Com meu filho nada aconteceu. E o teto do fusca – um fusca verde, nosso primeiro carro – afundou. Eu não estava vendo coisas, o bezerro voou mesmo, passou por cima do carro, batendo, e caiu lá atrás.

Não morreu. O policial rodoviário que chegou sacrificou o animal com um tiro. Foi a primeira vez que ouvi um tiro de verdade, fiquei muito impressionada, sem entender muito bem e tendo que explicar pro meu filho que aquilo era porque o bicho estava muito machucado, não podia ser curado e ia sofrer até morrer e então era melhor matar logo, que pelo menos não sofria. Será que é isso que eu quero fazer? Sacrificar agora pra evitar o pior? Não era isso não. Eu só queria que me vissem, que sentissem esse cheiro ruim, esse fedor que sai de mim agora e que parece que nunca mais vai parar. Quando eu entrei na cidade ontem, é curioso, notei que a Dutra e a estrada velha se cruzam. Ali pode ser um bom lugar pra eu fazer o que eu tenho que fazer. O tiro de misericórdia, o sacrifício cheio de boas intenções. Acabar com a dor antes que ela acabe comigo. Descobrir o sentido de tudo, porque nada faz muito sentido. Mas este sol... Não, morrer num dia assim, não. Com um sol assim! Não. Sou covarde, não vou conseguir agora. É melhor esperar quando tiver escurecido. Aí sim, faz sentido. Não imagino como vou poder passar mais uma noite sem ter onde ficar e sem me humilhar voltando. Quem sai sem dizer tchau tem que ir embora de vez. Voltar como a coitada que morreu. Puta que pariu, só agora me toquei que vou ser coitada de um jeito ou de outro. A coitada que apodrece sem escapatória ainda viva ou a coitada que se matou pra não apodrecer sem escapatória ainda viva. É tudo uma covardia danada, não interessa o que eu faça. Sei que a covardia maior é não fazer o que eu saí pra fazer. Mas o que eu queria fazer não é uma espécie de covardia também? Evitar o pior. E quem pode garantir o que é o pior? Sinto fome e sei que comer qualquer coisa agora ia ser uma delícia. Viver mais um pouco não valeria isso? Uma semana a cada três pode não ser tão ruim assim. Só é horrível se a gente pensa numa vida normal, porque faz parte da normalidade achar que a gente não vai morrer, só assim num futuro distante e indefinido, pra lá dos 110 anos de idade, quando tudo for muito diferente do que é hoje. Na falta de normalidade que virou minha vida agora, a morte é uma coisa perto, pertence ao presente e não a um futuro qualquer, um dia desses vai acontecer mas por enquanto só acontece pros outros. Não. Vai acontecer logo. Como será saborear um pedaço de pão com manteiga sabendo que ele pode ser o último? Não terá esse pão com manteiga um sabor especial? Será que não valerá a pena aguentar duas semanas de inferno pra comer um pão com manteiga desses, finais? Que bom, uma praça. Vou sentar aqui um pouquinho, tomar um sol, me esquentar e tentar descobrir se vale a pena sofrer pra poder comer mais alguns pães com manteiga. Sinto saudade dos meus filhos, mas uma saudade enorme, como se fizesse anos que não visse ninguém. Saudade de fazer um sanduíche, preparar um leite com chocolate numa tarde qualquer, a coisa boa das obrigações. Será que quem morre sente saudade? Tomara que não. Porque os vivos sentem saudade, mas se distraem com a vida, sempre é preciso fazer isso e aquilo, consumir a própria vida. Mas os mortos não têm distração, ficam presos a esta vida, mas fora dela. É que nem quando a gente é pequena e fica doente. Lá estamos nós, presos numa cama e com a cabeça ligada naquilo que os outros devem estar fazendo. Os mortos olham os vivos com saudade deles, com saudade de estarem vivos e sem poder fazer nada. A saudade dos vivos é menos irremediável, pelo menos. Sentem saudade mas se distraem. Eu sei disso porque perdi meu pai, perdi minha mãe e tenho saudade. Mas não fico assim o tempo todo, são alguns momentos. Alguém fala alguma coisa que meu pai sempre dizia. Eu vou cozinhar alguma coisa que minha mãe sempre fazia. Pronto. Bate uma saudade. Mas é preciso fazer as coisas, não posso ficar curtindo a saudade. Quando eu vejo, já aconteceu outra situação que desperta a minha saudade, sem eu mesma me dar conta de que a saudade anterior já tinha acabado. Os mortos, ao contrário, ficam apenas vendo os vivos, tenho certeza. Olham do céu ou do inferno, sei lá, mas não podem fazer mais nada. Não há distrações na eternidade, que dura muito e não acaba jamais.

55

e sem voz o que farei tudo está perdido já não posso consertar o desconserto não posso restaurar o que era justo está tudo agora entregue nas mãos de deus e deus ajuda quem cedo madruga ou será que não que mais vale quem deus ajuda do que quem cedo madruga não sei se deus ajudará a acertar as contas a arredondar o quadrado a remendar o rasgado meu deus estou sem voz e sem razão porque com o tempo tudo apenas piorou meu genro percebeu que o futuro do guarujá do turismo do guarujá estava na praia da enseada e resolveu montar um grande posto de gasolina lá e o posto foi construído e o posto levou todo o dinheiro que ele tinha porque o posto foi financiado pela shell e assim que abrisse começaria a render o suficiente para pagar esse financiamento mas aconteceu que o jamil era o prefeito e o jamil queria aquilo que a tia cesária e o tio augusto conseguiram aquilo que queriam me dar e para isto me afastaram de minha casa e que não é dele só ficou perto dele porque a nina se casou com meu antónio que morreu de repente e o jamil aproveitou-se e deu ordens para que as licenças do posto se atrasassem mas os pagamentos tinham que ser feitos e no meio de toda essa embrulhada foi preciso vender um apartamento foi preciso vender o outro e por fim foi preciso vender o próprio posto e até mesmo o outro negócio que eles tinham e no fim hoje agora só restou esta casa que nos querem tirar que só tenho por causa daquela minha levada de casa quando era menina tudo acabou envenenado agora não é mais uma questão de justiça é também uma questão de vida ou morte e eu sou a única eu era a única que poderia fazer alguma coisa eu poderia declarar em juízo convocar as testemunhas e comprovar que apenas metade da chácara é da nina que nada é do jamil que metade é para ser dividida entre o roberto o ivan e a helena só assim a helena vai poder retomar sua vida que eu estraguei porque um dia decidi ir ao cartório passar tudo para o nome do antónio melhor seria até mesmo se o bartolomeu tivesse ficado com tudo que aquilo não valia tanto assim há anos atrás e essa confusão não teria acontecido e minha filha não estaria na situação em que está agora tudo porque um desgraçado quis ter o que não era seu a qualquer custo aceitou arruinar um homem aceitou enlouquecer uma velha aceitou ser um safado um pilantra um filhodaputa um desgraçado lazarento meu único consolo é que com esse dinheiro vai essa espécie de maldição que aquele pedaço de terra parece que tem e se não tem eu amaldiçoo agora o ladrão que roubar se conseguir roubar este terreno porque com este terreno roubou toda minha vida mais a vida de minha mãe e agora a vida de minha filha três gerações mas não há de roubar a vida de meus netos aqui se faz aqui se paga e esse dinheiro não vai render vai chegar o dia em que tua vida desandará miserável estarás na sarjeta sem valor sem alegria sem família sem nada sem nada nada nada mas por agora a verdade é que a única vez que deveria ter ouvido tia cesária eu me recusei e por causa disso uma desgraça que eu não podia imaginar como poderia pode acontecer já está a acontecer e minha filha agora não sei se terá condições de começar tudo do zero já está perto dos cinquenta e terá que ter uma energia difícil de ter em qualquer idade ao invés de descanso terá pela frente mais trabalhos e por isso eu vejo que não fiquei louca agora sempre fui só que agora sei que sei e sei que todos sabem que sou louca por isso meu desejo nada vale minha vontade nada conta minha voz não se escuta tudo está fora de controle porque a minha loucura de hoje é como a loucura de minha mãe visível a olho nu e o tempo é dos espertos dos ratos que correm atrás das migalhas e às vezes ousam buscar o pão todo sobre a mesa os loucos dão os banquetes e os avisados comem-nos ao que parece é chegada a hora do banquete

56

São José dos Campos, 19/08/938

Caro Octavio

Não foi sem surpresa que recebi sua longa carta. Afinal, nossa camaradagem não é mais a mesma nos últimos anos, apesar de ter sido bem intensa há algum tempo. Muitas coisas acabaram nos separando, o que é inevitável em nosso tempo. É uma carta muito gentil, que me põe em contato com muita coisa que acontece no Rio. Traz notícias de tanta gente cuja ausência, só agora vejo, me enche de saudade.

Também senti saudade de mim mesmo, de quando cheguei ao Rio para estudar Direito. Não sei se estudei direito, mas certamente me dediquei à literatura e à filosofia. É disso que tenho saudade. Havia tempo para ler todas aquelas coisas. E você vem me recordar agora as longas conversas que tivemos sobre essas coisas. Naquele tempo eu me entusiasmei pela "República", imaginando uma sociedade governada pelos mais sábios. A idealidade que há ali me encantava. Embora nem seja tanto assim, sua carta me fez pensar naqueles tempos como se fossem uma espécie de pré-história, uma época passada e para sempre superada. Foi nesse tempo que conversávamos quase diariamente

Hoje mudei totalmente minha visão daquilo. Onde estará esse ideal? Num outro mundo? Pois o que temos é este. Desde a morte de minha avó, talvez a pessoa mais gentil e francamente boa que tive o prazer de conhecer, que eu, ao invés de me aproximar da religião, como é comum com as pessoas que se defrontam com a ideia de que a vida acaba, fui é me afastando dela. Não consigo aceitar uma visão de política que ponha os olhos num mundo de idealidade que, a rigor, não existe. Mesmo que exista de fato esse mundo – seja a realidade dos conceitos puros, o mundo das ideias ou o céu cristão – ele não é tangível e, portanto, não pode regular a existência das coisas tangíveis. O catolicismo em que eu fui criado fazia algum sentido como aposta, já que eu seria salvo se fosse bom. É o cristianismo prático de São Paulo, hoje eu sei disso. Mas o cristianismo filosófico de São Tomás de Aquino, tal como eu li na "Suma Teológica", me diz outra coisa. Me diz que a salvação não depende de mim. Estou predestinado ou não, por Deus, para a salvação, o que implica a ideia de um Deus voluntarioso e com características de caudilho ou coronel: favorece os seus prediletos. E pronto.

Foi assim que a ideia de finitude, ao invés de me aproximar de um ideal de eternidade, me jogou diretamente na própria finitude. A vida é esta. E por isto mesmo ela é o que conta.

Peço que me permita, caríssimo Octavio, ser franco com você. Sempre li o que você publica, mesmo quando passamos a apenas nos cumprimentar nos raros encontros, sem conversarmos. E nada do que você escreve é banal. Você é um homem de crença sólida. E essa solidez aparece inteira em tudo o que você escreve. Mesmo discordando, não consigo deixar de admirar sua força e seu espírito combativo, que sempre achei contrastar com o seu jeito, sempre gentil, sempre educado, tímido até.

No ano passado, assim que saíram, atirei-me aos seus dois livros. Do primeiro, o romance, gostei muito. Embora, como seria inevitável, tenha considerado parte dos problemas ali colocados um pouco, como dizer?, deslocados, fora de esquadro. Problemas que não são problemas. Afinal, na minha perspectiva, um adolescente masturbar-se parece algo absolutamente normal. Eu diria até: satisfaz uma necessidade incontornável. Mas você, logo na abertura do livro, dá tanta intensidade ao drama moral do seu adolescente, em sua luta para não cair em tentação, que consegue criar uma cena de grande vigor. Então veja que o meu elogio é bastante grande. Na minha perspectiva, você conseguiu, como romancista, dar força a alguma coisa que não tinha nem verdade nem intensidade. Enfim, seu romance marca nosso tempo e, em sua cena final, resume o drama de uma época, com aquele grupo de rapazes indo para um lado, e um outro rapaz, que parece ser o candidato ideal a herói para a continuidade que você anuncia (e, se ainda o conheço, já tem adiantada e deve mesmo concluir), vai para a outra. Como se o caminho da virtude fosse necessariamente solitário num mundo como o nosso. Não sei se compreendi bem suas intenções, mas isso tudo que digo aí não entra em contradição com o que você tem dito nos jornais e nas revistas.

Em duas palavras: você tem força como romancista. É claro que, se ainda me permite algumas outras considerações, em todos os gêneros que pratica, você escreve muito. Às vezes acho que a concisão auxiliaria muito seu talento de romancista. Às vezes acho que não, que as duas coisas são inseparáveis: a intensidade que você consegue e a torrente verbal que usa para criá-la.

Isso quanto ao romance. Agora, o segundo, o ensaio, preciso confessar, achei repulsivo. Não consegui passar das primeiras páginas. De onde você tira aquela ideia de que as pessoas comuns não têm direito à liberdade? Por que razão você acha que você mesmo tem direito à liberdade enquanto as outras pessoas devem ser dirigidas, fazer aquilo que pessoas como você determinam? É claro que entendo seu argumento. É claro que olhamos as pessoas nas ruas e duvidamos sinceramente de sua capacidade de discernimento. Mais um motivo para lembrar do Platão. A concepção geral é a mesma. As pessoas são burras e más, com a exceção de uma pequena elite intelectual (que, no caso do seu livro, parece ser também a elite econômica e política, ou seja, nós), que deve dirigir os destinos dos demais. Isso em nome de uma justiça – pelo menos no caso do Platão, um obcecado com essa ideia – que só pode ser estabelecida pensando em coisas muito elevadas, naquele mundo ideal que ele chama real. Imagino que, no seu caso, esse seja o mundo de Cristo.

O que eu me pergunto é muito simples. Será que você não está caindo num engano? Como seria possível identificar de fato quem são esses homens superiores, com condições e mesmo responsabilidade para definir os destinos dos outros homens? A instrução resolveria? A ligação com o mundo que seria superior, mais puro e espiritual? E, por outro lado, como é possível afirmar que os demais homens, penso mesmo nos pobres, jamais estarão preparados para a liberdade?

É um pouco o velho exercício de entender o que são as causas e o que são as decorrências. Como o mundo é um grande processo em andamento, tudo nele se mistura. De minha parte, mantenho a impressão de que o estado atual de ignorância da maioria das pessoas é decorrência de um mundo organizado para que apenas uns poucos possam desenvolver o que têm de melhor. Será possível que uma pessoa esteja destinada a ser burra e má de nascença? Numa sociedade mais justa, em que houvesse pão para todos, não seriam menores a maldade e a burrice? O que aconteceria ao Octavio de Faria e ao Pedro Marques se tivessem nascido em uma família de operários? Seriam ainda assim bons e inteligentes?

A desgraça da nossa sociedade só pode existir porque sua lógica é a da desgraça. Às vezes fico imaginando quanto talento é jogado fora todos os dias. Quantos permanecem analfabetos e, sob outras condições, não desenvolveriam obra letrada de valor?

Nas últimas semanas aconteceu a segunda coisa mais importante deste meu primeiro período aqui. O primeiro foi a compreensão mais profunda – mais ainda do que a que tive quando da morte de minha avó – de que a vida acaba e não demora. Isso coloca todo o mundo numa outra perspectiva. Só que, ao contrário dos homens religiosos, essa compreensão não me deu nenhuma fé adicional. Não transferi nada para um outro mundo. Sei o quanto é importante para você aquela ideia, que está nos "Irmãos Karamazovi", de que num mundo sem Deus tudo é possível, não há limites. Pois eu vejo tudo muito ao revés dessa ideia. Num mundo sem Deus e sem vida eterna, esta vida é tudo o que temos e, portanto, o respeito a ela passa a ser o único valor a se defender. O assassinato deixa de ser um simples pecado. Passa a ser o maior dos crimes.

Eu sinto que o próprio Dostoievski tinha consciência disso. E a tinha tão profunda que deixa o moralismo barato, do meu ponto de vista, o mundo com Deus, no seu, para o final do seu melhor livro. A culpa vem antes para o Raskolnikoff. Vem da compreensão de que eliminou, naquela velha desprezível e – ela sim – má, todo um mundo. Porque é isso que acontece quando alguém morre: um mundo acaba. Isso fica evidente até na estrutura do livro, já que o final parece meio colado ali, imprevisível no resto do livro. O que não é um defeito literário, veja bem, é a vitória do grande escritor sobre o moralista fechado.

Mas, voltando ao que eu dizia antes: a segunda coisa mais importante que me aconteceu aqui, e que talvez tenha sido mesmo a mais importante, foi o contato, ainda recente, com pessoas que pertencem a essa massa burra e má. E o que eu encontro é muita gente que nada tem de burra e má. Temos discutido literatura, mais do que política. Eu mesmo achava que proletários que tinham uma consciência política de esquerda estariam interessados sobretudo em discutir sua própria condição, coisas práticas. Isso não é verdade. São rapazes – e agora algumas moças – interessados em literatura. Temos um grupo de estudos. E eu, que sou o mais letrado de todos, acho que sou o que mais aprende. Eles aprendem coisas de literatura comigo, mas eu aprendo como é viver de um jeito que eu não vivo. Aprendo que a gente – a direita e a esquerda – só fala de uma certa vida material, sem levar em conta a enorme necessidade espiritual dessas pessoas. E não falo de espiritualidade, religião, não. Falo das coisas do espírito. Falo de literatura. Eles se interessam por tudo, querem conhecer tudo. Resumindo: essas pessoas, se ocupassem a posição social que nós ocupamos, talvez pudessem estar no nosso lugar, propondo que nós é que não temos o direito à liberdade. Não sei se me compreende.

Enfim, a liberdade concedida a um grupo da elite pressupõe que essa elite tem alguma qualidade que falta aos demais homens. É uma visão estática e, por isso, estreita. Se olharmos para esse problema de forma mais dinâmica, talvez fique claro que os homens dessa elite têm essas qualidades não por serem superiores aos outros, mas por estarem em condições superiores. Noutro momento, numa esquina da história, que a todo dia se escreve, as coisas poderão ser outras. Daí a necessidade de todos terem liberdade. Ou, na sua perspectiva, que todos tenham as condições que possibilitem a liberdade.

Talvez você contemple tudo isso no restante do livro. Mas tenho a intuição de que não. Gostaria de ouvir o que você tem a dizer sobre isso, fora do espaço público, entre nós. Seria um bom caminho para restabelecermos uma camaradagem que se iniciou exatamente com o interesse mútuo pela filosofia. Esse interesse me levou depois para Marx, o que acabou por nos distanciar. Mas aqui, verdadeiramente distante de todos, vejo que esse distanciamento é errado, e mesmo mau. As diferenças não anulam propriamente as proximidades. Nos encerramos em nosso canto, admitindo não mais que os nossos companheiros do presente, sem perceber que os laços pessoais, as histórias vividas juntas, o papel que uma pessoa acaba tendo na vida da gente, tudo isso permanece.

A estima revelada pela sua carta me fez lembrar a estima que, pessoalmente, mantive pelo velho amigo. Enfim, agradeço muito sua carta e espero que insista em me escrever, apesar de minha evidente descortesia no comentário dos seus livros. Lembre-se de que podemos ir, nuns aspectos, em caminhos opostos. Mas talvez não seja necessário ser assim em todos os caminhos.

Um grande abraço do
Pedro

57

    Um dia de sol neste tempo frio. É uma delícia. Nesta praça, neste banco, ninguém me incomoda. Este cigarro está uma delícia. Respiro nele e me sinto mais viva do que em muitos períodos da minha vida. A minha sorte é que não é vergonha nenhuma pedir cigarro. A gente pode pedir, sem ficar muito chato, pra um completo desconhecido na rua. Ainda bem, porque passou aquela moça fumando, andando devagar, numa distração danada. E eu pedi. E ela até sorriu, dizendo "claro!" Parecia até que eu tinha uma espécie de direito legal de filar um cigarrinho dela. E me deu o cigarro, e chegou perto de mim para acender. Sei que ela sentiu o meu cheiro. Sei disso, tenho certeza, porque ela fez uma cara de espanto. Não de nojo, mas de surpresa, como se não esperasse sentir um cheiro como esse vindo de uma pessoa como eu. Aproveito. Como é que eu consegui parar de fumar? A única explicação é que eu devo ser muito teimosa. Ninguém faz uma coisa dessas, tão difícil, sem ser de uma teimosia desgraçada. É o pedaço da Terremoto que ficou em mim. À custa de repreensão e culpa, conseguiram me deixar bem comportada. Mas lá no fundo ficou alguma coisa, que me faz tomar umas decisões e nunca voltar atrás, nem mesmo quando eu quero. Porque o que eu quero mais é sustentar certas coisas até o fim. É por isso que eu preciso tomar minhas providências já. Eu saí ontem de casa, abandonei meu lugar a sete palmos num terceiro andar decidida a feder em silêncio, longe de

todo mundo, já que nem este cheiro enjoado me faz ser notada.
É isso que eu tenho que fazer. Mas não consigo agora, com este
sol, com este lindo dia nem quente nem frio, com este céu azul
azul azul. Vou me concentrar inteira neste cigarro. Sim, ponho na
boca. Aspiro fundo, fundo. Demoro um pouco. Conto até 12. 1,
2, 3, 4, 5, 6, 7, 8, 9, 10, 11, 12. Pronto, agora solto devagarinho a
fumaça. Assim... Que coisa boa! A vantagem de ter ficado tantos
anos sem fumar é que agora é como se eu nunca tivesse fumado.
Dá aquela tonturinha gostosa. Rápida, mas gostosa. Talvez essa
tontura se dê por conta de eu não ter comido nada um dia inteiro.
Meu estômago está agora como estavam meus pés ontem à noite.
Eu sinto dor e não sinto nada ao mesmo tempo. É como se eu
tivesse tomado um anestésico vagabundo, que parasse a dor mas
ao mesmo tempo deixasse aquela sombra de dor sempre presente,
pra não esquecer que estava com dor. Sim, o dia passou e eu nem
vi. E o que tem isso, se a minha vida passou e eu nem vi? Deu pra
ficar no pronto-socorro um bom tempo, mas não tempo demais.
A sala de espera começou a encher. Eu ali sentada, um monte
de gente chorando, crianças reclamando. Foi acumulando gente
em cima de gente, já não tinha mais lugar pra ninguém sentar.
Um monte de gente de pé. Perto de mim, percebi pelos olhares,
sentiam o meu cheiro. Parece que agora todo mundo sente esse
meu cheiro. O ar foi ficando pesado, não conseguia mais ficar ali.
Mesmo porque uma hora eu ia ter que sair mesmo. E fiz isso.
Passei no banheiro. Bebi água, que aquele ar pesado me deixou
com sede. Agora já é de tarde, e eu preciso comer alguma coisa.
Hum, aqui tem um supermercado, vou entrar. Supermercado é
igual em todo lugar. Os preços aqui não estão muito bons não. Eu
pago menos em São José pelo Tay. Aqui está bem carinho. Mas
por que é que eu estou preocupada com isso? Nunca mais vou
comprar esse negócio. Cândida, água sanitária, tay. Nomes de uma

coisa que limpa tudo, mas que seria incapaz de tirar o meu cheiro. Preciso sair daqui. Estou com fome mesmo. Essas bolachas, esses queijos, até esse feijão cru – tudo me dá vontade de comer. Mas não tenho um centavo. Pedir comida não é pedir cigarro. Ninguém acha normal filar comida. A não ser aquele famoso "dá um teco?" quando a gente é pequena, está na escola e come um pedacinho do lanche de alguém. Pelo menos era assim há uma infinidade de anos atrás. Num supermercado ia ser ridículo. Já imaginou? Eu chegando pra moça no caixa e pedindo pra levar um pacote de bolacha de graça? Tinha muita graça mesmo. Não iam me dar e era até capaz de acharem que eu estava roubando alguma coisa. Eu podia roubar alguma coisa pequena. Não é bem crime uma pessoa roubar alguma coisa pra matar a fome de mais de 24 horas. Mas nunca roubei nada na minha vida, não é hora de começar. Vou embora daqui. A fome é uma coisa impressionante. Vai virando uma ideia fixa. Bastou eu me lembrar dela, e ela ocupa a minha mente inteira, todo meu pensamento. Preciso comer alguma coisa. Aqui é uma loja de ferragens, aqui é uma casa vazia, engraçado como em pleno centro da cidade pode existir uma casa dessas, sem ninguém morando e sem comércio. Ali na esquina tem uma padaria. Puxa, essa pode ser uma ideia. Pedir um pão velho é quase tão normal quanto pedir um cigarro. Pão mata a fome rápido e é uma comida barata. Numa padaria sempre sobra pão, não é possível que eles acertem todo dia o quanto vão vender. A esta hora já deve ter saído o pão pro lanche da tarde, é bem possível que tenha ficado por lá algum pãozinho de hoje cedo ou mesmo de ontem. Não vai estar tão ruim o pão, só um pouco borrachento. Se tivesse uma manteiga – ai! que vontade de comer um pãozinho com manteiga e um café bem forte! Não, com a fome que eu sinto, só pãozinho borrachento já me dá água na boca. Sim, é esta a padaria, está praticamente vazia e dela sai um cheiro muito bom. Tem um homem no balcão, com cara de calmo. Não sei o que eu faço. Volto e entro na padaria? Vou dar uma volta no quarteirão enquanto resolvo. Estou no meu direito, preciso comer. Já dei muita comida pra muita gente. Quando morava em casa, então, nem me fale. Era todo o dia. Sempre tive pena de quem tem fome. Às vezes chegava gente pedindo um prato de comida logo depois de eu ter lavado toda a louça. Que saco, agora que eu ia sossegar. Mas não aguentava. Sempre tinha alguma coisa, e eu esquentava – sempre odiei comida fria e não consigo entender essa gente que, só porque a pessoa é pedinte, dá comida tirada direto da geladeira, dentro de uma lata nojenta, eu nunca fiz isso. Esquentava a comida, punha num prato e dava pra pessoa. Uma vez, era um sujeito tão sujo, tão fedido, tão feridento, que eu tive nojo. Deus me perdoe! Mas peguei um prato bem velho e dei pra ele tudo, falei que ele não precisava me devolver nada, nem os talheres. Deus me perdoe! Por que é que tem gente que tem que viver assim? A coisa mais horrível do mundo. Não ter uma casa onde ficar em sossego. O que será que aquele cara fez com o prato de louça, um pouco lascado na beirada, mas bem bom ainda, que eu dei pra ele? Será que conservou com ele, pra pedir em outro lugar? Mas como é que ele ia conservar um prato de louça sem ter nem como carregar direito, tendo que dormir no chão ou num banco de praça qualquer? Deve ter quebrado logo. Que desgraceira! Já imaginou se ele dormiu e sem querer rolou por cima do prato e o prato quebrou e fez um corte? Como dói corte! Deus me perdoe, não devia ter pensado nada disso, não devia ter nojo da pessoa, não devia ter dado um prato de louça só pra me livrar dele. Nojo de quê? Cuspe é cuspe, mijo é mijo, merda é merda. Não importa de quem. Todo mundo faz as mesmas coisas, e fica achando que a meleca do seu nariz é mais limpa que a dos outros. Que miséria! Fiz errado? Fiz. Mas agora já foi. E quem está com fome sou eu. Vou entrar naquela padaria e pedir um pão amanhecido. Quem tem fome precisa comer. Um pão não quer dizer nada pra uma padaria, caramba! Quanto custa um pãozinho? Quase nada! E um pão velho, que não foi vendido? Menos ainda. Só se o cara for fazer torrada ou farinha de rosca. Mas mesmo assim, um pãozinho deve dar quanto? Menos de uma xícara de farinha de rosca, com certeza, bem menos. Que prejuízo pode ter quem dá duas ou três colheres de farinha de rosca pra alguém? Acho que eu tenho o direito de comer um pãozinho. Vou entrar na padaria e pedir, pronto.

 Ainda bem que eu pedi. O homem olhou pra mim, como se me enxergasse mesmo. E me deu não um, mas dois pães. Frescos. Vou procurar um lugar pra sentar, quem sabe não volto praquela praça. Hum, que cheiro bom! Vou pegar um pedacinho já. Que crocante! Uma delícia! Nunca imaginei que um pãozinho assim puro pudesse ser tão bom. E é! Vou aproveitar cada pedacinho, aqui sentada. Depois de tanto tempo sem comer, o sangue parece que estava parado e volta a circular pelo corpo. Eu me sinto muito melhor agora. Tenho a ideia de que nada disso está acontecendo, que uma coisa qualquer vai acontecer porque este é um pão milagroso que vai fazer tudo voltar ao normal. Eu vou acordar em casa, dez anos mais moça e isto vai ser só um daqueles sonhos horríveis que fazem a gente pensar no futuro e decidir viver melhor. Fazer essas coisas que as pessoas fazem hoje em dia: caminhar, comer verdura sem agrotóxico, fazer meditação, sei lá... Mas não. Isso é ilusão, e eu já acreditei demais nessas ilusões. Agora tenho que encarar o que eu tenho que encarar e não tem jeito. Eu tenho câncer. Eu deixei passar muito tempo. Ninguém notou nada, nem cheirando mal. Eu saí de casa pra não voltar mais. Minha covardia está atrapalhando. Minha obrigação de ontem, que eu mesma me dei, está atrasada. Mas eu sou teimosa e vou começar agora a deixar de fazer o que eu tenho que fazer? Não, cacete, não! Vou agora mesmo acabar com essa merda, uma agonia sem fim. O que é que eu faço agora? Telefono pra casa, a cobrar, dizendo, vem aqui me buscar em Jacareí? E como fica minha cara? Que explicações eu vou dar? Não quero falar mais sobre isso, não quero falar mais sobre nada. Nada mais interessa. Chega de enrolar, de dar desculpas. Eu tenho muita raiva de estar assim, doente, morrendo, fedendo. Esse cheiro não me incomoda mais, eu já acostumei com ele, mas me irrita profundamente. Vontade de bater em todo mundo, de xingar todo mundo, de dizer tudo aquilo que eu tenho vontade de dizer pra todo mundo. Quando a gente é criança, vivem dizendo pra gente que mentir é muito feio, é pecado. O cacete! Uma pessoa que não mente seria internada como louca. Seria, no mínimo, considerada um exemplo de má educação. Eu tenho coisas, muitas coisas pra dizer. Mas desde que minha mãe morreu eu fico com medo de falar umas coisas e depois mudar de ideia. Antes eu nunca mudava de ideia. Agora eu mudo o tempo todo. Fico me perguntando qual a razão de um filhodaputa agir filhodaputamente. Será possível que quanto mais a gente pensa menos paz a gente tem? Será que amanhã alguém vai estar me condenando ou será que vão também perguntar por que razão eu fiz o que fiz? Será que vão imaginar o que é estar no meu lugar? Será que vão inverter tudo e achar que a covardia é fazer o que eu tenho que fazer? Será que não vão perceber que a covardia verdadeira é esta agora, que me faz tremer de medo ao notar que estou fraquejando? Viver é que é fácil. Difícil é morrer, é pular da ponte, é entrar na frente do carro. E não é pela dor que é difícil. É porque nenhuma esperança vai existir depois disso. Nenhuma ilusão vai me distrair. É uma desistência de qualquer coisa. Diz o povo que tudo tem jeito, menos a morte. Mas o câncer também não tem jeito. Não se o peito já tiver uma ferida enorme, inchada, cheirando mal. Isso também não tem jeito. Acho que já estou morta. Só falta criar as condições pro enterro. É preciso dar pro rabecão um cadáver frio, deitado. Não um cadáver quente e ambulante como este que eu sou agora.

58

Ó António, pegaste todos os documentos que pedi? Muito bem, então vamos. Explico o que faremos agora. Sei que não me compreendes exatamente. Mas compreenderás, de certeza. Vamos agora ao cartório, pois preciso acertar a papelada da chácara. Não é segredo que tia Cesária e tio Augusto me deram, como herança, aquela enorme chácara em frente à praia, com casa, árvores e tudo. Eu não queria nada daquilo, mas eles não tinham qualquer interesse em saber se era ou não meu desejo. Disseram-me que eu era a única pessoa que importava para eles, que me trouxeram de Portugal exatamente porque haviam-me escolhido como herdeira, que ainda no século passado compraram aquilo por pouco dinheiro, mas que agora, passados mais de quarenta anos, é coisa de valor, no futuro, valerá muito mais, é uma segurança financeira para mim e para os meus filhos, que aquilo é meu e não querem nem saber da minha opinião. Eu insisti: não quero nada, nada paga o que passei ao vir para cá. Nada paga o que sofri até finalmente voltar a ter voz e liberdade. Não houve jeito. A papelada estava confusa, mas o terreno ficou sendo meu. Como sempre, fizeram o que quiseram e passaram toda a propriedade para o meu nome. Já conheces toda esta história, mas não custa repeti-la. Agora ela é minha, independente de minha vontade. Mas a minha vida mudou muito, desde que teu pai foi embora, deixou-me sozinha contigo. Eu mal tinha completado 18 anos, tinha que cuidar de ti e aturar meus tios. Quis ir-me com ele. Mas minha tia ameaçou matar-te. Tive medo, deixei-me mais uma vez ficar, calada. Bartolomeu não quis saber de nada, deixou-me ali sozinha. Muita coisa aconteceu. Conheci o Adão, tive outros filhos, teus irmãos. Tu ajudaste-me sempre deveras. És um bom homem, como foste bom menino, e confio demasiado em ti. Por isso quero fazer isso. Não, não é porque quero. É porque preciso. Sei que tu não concordas. Ninguém que sabe concorda. Mas pensa nas consequências. Entende que eu nunca quis aquilo, que nunca quis nada, que sempre quis apenas poder fazer o que achava certo, nada além disso. A chácara só tem utilidade se for para vocês, meus filhos. Se vier a valer uma fortuna, tanto melhor. Só não quero um centavo daquilo, já me basta viver naquela casa. Sabes que o teu pai está a ficar velho e procurou-me, pedindo dinheiro. Sabes também que a vida não dá garantias e que eu posso morrer a qualquer momento. Não poupa a morte nem o fraco nem o forte. E, se eu morro, teu pai vai se lembrar de que até hoje e para sempre é casado comigo. Esse casamento não serviu para ele me auxiliar na vida, mas pode servir para ele tirar de vocês a chácara. Se eu morro, ele é meu herdeiro. É uma dívida eterna que tenho, e tu bem sabes que a dívida é o primeiro herdeiro, não espera testamenteiro. E que a marido, serve-o como amigo e dele guarda-te como inimigo. Por isso, se a chácara fica no teu nome, ele nada poderá pedir. Acaba a dívida. E é um velho, já não era criança quando nasceste. Morre antes de ti, de certeza. À morte de meu marido, pouca cara e muito gemido. Acho até que morre antes de mim, mas não quero correr risco de entregar a ele nem uma colher da terra que não é minha, mas é dos meus filhos, percebes? Tiramos proveito de que os papéis não estão em ordem e os arrumamos, colocamos tudo em teu nome. Só precisas falar com tua mulher, que ela passa a ser herdeira, e não teus irmãos. Confio nela porque confio em ti.

Marido ataviado, mulher ao lado. Quando teu pai morrer, refazes a escritura de acordo com o que é certo. Metade fica para ti, metade para teus irmãos. Já expliquei a eles por que divido assim. Eles compreendem. Respeitam minha vontade. Sei que tu não concordas, sei que quem sempre vive lá comigo é tua irmã, sei de tudo isto. Mas sei também que quem me fez sobreviver e me deu voz foi meu filho mais velho. Foi por tua causa que tive coragem de dizer a minha tia tudo o que tinha de dizer, foi por tua causa que tive coragem para começar uma nova vida. Essa vida não foi nenhuma maravilha. Mas se sofri, sofri o que escolhi e isso já é um alívio. Portanto, quero que fiques com a metade. Sabes que haverá muito dinheiro ali. Todos sabem que o Guarujá está mudando. Quando era miúda, só gente muito rica vinha ter cá. Lembro-me dos chalés à beira da praia que os ricaços de São Paulo frequentavam. Houve mesmo uma vez um terrível incêndio num deles. A madeira estalava e as chamas tinham não sei quantos metros de altura. É uma das minhas maiores impressões de miúda. Lembro-me de como era o Grande Hotel e lembro-me mesmo do dia em que o Santos Dumont matou-se no Grande Hotel. Cheguei lá para receber um pagamento e vi a enorme confusão. Choradeira, gritaria, a polícia a chegar, que chegou depois de mim. Uma tristeza. Eram homens e mulheres ricos que vinham para cá. Sempre servi a essa gente. Sabes que a única herança de minha tia que realmente me aproveitou foi a clientela dos hotéis. Lavo-lhes os lençóis, lavo-lhes as toalhas, lavo-lhes as roupas de mesa. Mas agora muitos mais vêm para cá. Um prédio atrás do outro. Não se constrói um prédio sem terreno. E os terrenos começam a valer muito. Em breve aquele será o último defronte à praia. Espera dez anos, ou um pouco mais, e verás. É o que todos dizem, e que eu vejo acontecer. O mundo tem muita graça às vezes. Quando o Guarujá começa a ser ocupado por gente com menos dinheiro é que o dinheiro aparece com mais força. Muita gente gasta sempre mais do que pouca, não importa a riqueza desta pouca gente. Teu pai não é cego, também vê isso tudo. Por isso mesmo é que me procurou, de certeza! Não quero saber de uma injustiça assim. Sei que o que faço é o certo, e não quero saber de recusas. Cá estamos. Devemos entrar neste cartório e proteger o que não quero daquele que muito o quer. Precaução e canja de galinha nunca fizeram mal a ninguém.

59

São José dos Campos, 19/10/938

Moa, Moa, Moacyr!

Há muito tempo que não escrevo uma carta aí para o Rio. E posso dizer que isso se deve ao excesso de trabalho que tenho tido. Desde que fui pela primeira vez à barbearia do seu Tico, perto da Tecelagem Parahyba, minha vida mudou radicalmente. É claro que, num certo sentido não mudou. Continuo um doente exemplar, e a doença tem regredido. Sigo todas as recomendações e mantenho os meus horários. A diferença é que tenho trabalhado numa série de coisas.

Bom, tudo começou com a literatura. Na barbearia, em torno do meu amigo Hag, todo um grupo se reúne. Os mais frequentes são dois rapazes muito diferentes entre si, tendo em comum, de todo jeito, a magreza e a tuberculose. Um desses rapazes se chama Deolindo. Era marceneiro, e pegou a maligna. Perdeu o emprego, perdeu a profissão. Se não fosse o Luís, seu irmão, de quem ele sempre fala, estaria morto. Pois esse irmão tem custeado o tratamento dele aqui. Já sabe que não poderá ser marceneiro, seria fatal a ele respirar todo aquele pó. Tem se dedicado a aprender um pouco de alfaiataria. Tenho a impressão de que vai acabar se especializando nisso mesmo. Vive aqui com a mãe, numa pensão para doentes das mais baratas. Isso, aliás, é muito comum aqui. Pessoas jovens, de diferentes condições, acompanhadas por suas mães. É que em algumas dessas pensões o tratamento não é tão completo como na minha, que funciona como um verdadeiro sanatório particular. Há quem tenha que comprar sua comida, que cuidar da rotina toda. Não há empregados para cuidar dessas e de outras coisas. Nos acessos de febre, são essas mães que passam as noites em claro. Mas o Deolindo é um tipo curioso, um pouco piadista apesar de ser, ao mesmo tempo, extremamente sério. Gosta de ler. E lê de tudo. Tem sofrido com a falta de livros. Foi através dos livros que conheceu o Paulo Setúbal, imagine só, que andou em tratamento por aqui, e morreu do bacilo, no ano passado, você deve se lembrar. Disse ele que estava um dia numa praça e viu aquele senhor lendo um livro, tendo pousado no banco, ao seu lado, inútil, um outro livro. Aproximou-se. Tomou coragem e pediu se poderia ver o livro que não estava sendo lido. O homem quis saber por que. E ele confessou que gostava de ler. O Paulo Setúbal se interessou em saber que tipo de leitura ele já tinha feito e o convidou para ir até a sua casa porque aquele livro que estava no banco só interessaria ao Deolindo se ele entendesse francês. Como não era o caso, foram até a casa do Setúbal, que lhe trouxe lá de dentro "O Guarani", do Alencar. Durante alguns meses o Deolindo teve abastecimento de leitura. A única coisa que ele tinha que fazer era falar um pouco do livro. Só recebia um se tivesse lido o outro. Não é realmente curiosa a história? O Setúbal chegou a convidá-lo, um pouco antes de ir desenganado para São Paulo, para almoçar com ele. O Deolindo, que não é de ter vergonhas inúteis, me disse que avisou o escritor de que não teria uma roupa muito melhor do que aquela e poderia ser inconveniente aparecer para almoçar trajado daquele jeito. A resposta foi comovente, para o Deolindo e para mim também. Que não poderia ser inconveniente nunca receber em casa um amigo. Que naquelas semanas, aquele convívio tinha sido uma das melhores coisas que acontecera a ele aqui em São José e que não poderia ir para São Paulo, de onde não iria para nenhum outro lugar que não o cemitério, sem se despedir de seu grande amigo. E ele foi.

Está certo que as diferenças entre o operário e o escritor ricaço não desapareçam. O que comove é ver que os homens poderiam mesmo estar mais juntos uns dos outros, que não deveria ser a iminência da morte a única coisa a aproximá-los em meio a tantas diferenças.

Depois dessa história, pedi para minha família comprar o livro de memórias do Paulo Setúbal, que saiu no ano passado e eu não dei a menor importância.

O outro se chama Paulo (mas não Setúbal, é claro). É o mais jovem do grupo, tem dezessete anos. Cultiva um bigodinho, talvez para se sentir mais velho. Pegou a tuberculose de um jeito estúpido. Ele nasceu no Guarujá. Engraçado, a gente nem imagina que nasça gente no Guarujá, nem que possa haver alguém que viva ali o ano inteiro. É uma cidade de veraneio e, como o costume é de apenas passar algum tempo por lá, fica sempre a ideia de que as portas da cidade são fechadas ao final da temporada e reabertas alguns dias antes, para limpeza e preparação. Mas não é assim. Os hotéis de luxo precisam de quem lave as roupas, de quem prepare a comida, de quem corte a grama dos jardins, de quem pinte e conserte os móveis, de quem dirija os automóveis. Pois a mãe do Paulo faz parte desse grupo de pessoas, é uma senhora que desde muito nova, pelo que entendi, trabalha na lavagem da roupa dos hotéis de luxo. A curiosidade é que essa senhora viu o corpo do Santos Dumont ainda pendurado, no dia do suicídio. A história tem as testemunhas mais imprevistas, como essa mulher que vai levar roupa limpa ou buscar roupa suja e dá de cara com a morte de um homem célebre. Enfim, o Paulo não trabalhava nesse tipo de coisa não. Trabalhava no porto, com carpintaria naval. Fazia um curso sobre construção de barcos e nos mostrou vários desenhos que costuma fazer deles, os futuros barcos que ele pensa em construir. Mas seu trabalho não era o de desenhar. Num final de dia recebeu uma pancada forte no peito, de uma viga de madeira mal transportada. Caiu de costas no chão, sentiu dor, perdeu a respiração. Mas logo depois levantou-se e terminou o dia de serviço. Nunca mais foi o mesmo. A saúde piorou, e o diagnóstico não tardou: tuberculose. Apesar das dificuldades, veio para cá. Sua mãe não pode estar aqui o tempo todo com ele, mas tem vindo sempre. Um dia me confessou sentir falta de alguma visita do pai. É mais melancólico do que o Deolindo, e parece se interessar mais por desenho e por pintura do que por literatura. Em todo caso, prefere a poesia, aparentemente lida numa dessas coleções que hoje se compram, o "Tesouro da Juventude", que teria sido dada de presente para uma irmã mais nova, a Helena (nome parecido com o da minha própria irmã, Heloísa). Fiquei surpreso porque dei-lhe para ler o último livro do Drummond (aliás, já faz tempo que o Drummond não nos dá um livro, está perdendo tempo escrevendo para a "Acadêmica") e ele mostrou ter de verdade sensibilidade poética. Produziu um belo desenho a partir do "Necrológio dos Desiludidos do Amor". Penso pedir a ele e enviar ao poeta. Vamos ver. Sua atenção com o desenho apenas confirmou minha admiração pelo Santa Rosa. Quando pega um livro, sempre examina o desenho da capa, e me perguntou se um artista ganhava bem para fazer aquilo. Que poderia tentar aquele ofício quando ficasse bom. Isso no caso, claro, de não poder mais trabalhar com barcos.

 Há outros camaradas, mas não vou tratar de todos eles aqui. São mais eventuais na barbearia. O Hag, o Deolindo e o Paulo são jovens e solteiros. Os outros não. Dispõem de pouco tempo. Desses, o mais frequente é o Jair (seu irmão de nome indígena!), um negro magro, alto e particularmente interessado no romance proletário. Muito calado, é o mais revoltado de todos. Mas, diferente do Hag, não quer saber do partido. Diz que já recebe ordens de todo mundo: do patrão, do capataz, da mulher, dos filhos, do senhorio, dos vizinhos e não precisa de mais ninguém dizendo o que ele tem de fazer. É um leitor voraz, pede-me dois livros de cada vez, que comenta com entusiasmo sempre. Dei-lhe o "Germinal" e ele o leu duas vezes seguidas! Não trabalha na Tecelagem Parahyba, mas sim numa das fábricas de louça, fazendo algo totalmente incompatível com a doença: trabalha na manutenção do calor dos fornos que cozem as porcelanas. Temo que não vá sobreviver muito tempo.

Algumas mulheres também surgem às vezes, acompanhando seus irmãos ou seus maridos. Não são frequentes e nem poderiam ser. A camaradagem entre homens e mulheres é ainda mais complicada em São José dos Campos do que aí no Rio, e entre operários os limites da decência são ainda mais estreitos. Dentre essas, a que mais tem vindo conversar conosco é a irmã de um camarada chamado Nélson, xará do meu médico. Chama-se Olívia e realmente ama a literatura. Dei-lhe um livro da "Biblioteca das Moças", e ela me perguntou se não teria algo mais adulto. Caí em mim: julguei que fosse uma tonta qualquer e rapidamente me dei conta de que a gente tem uma ideia meio besta de que as mulheres não se interessam por nada de mais sério, só querem saber de amores mornos, boiando em água-com-açúcar. Fui lhe emprestando outros livros. Já leu a Rachel de Queiroz e anteontem pegou o "Em Surdina". Vamos ver o que diz desse romance passado em ambiente burguês, com uma mocinha que não se casa e que procura alguma coisa na vida, sem encontrar. Estou curioso.

Você poderia estar se perguntando, a esta altura: "mas esse Pedro virou biblioteca e não participa do movimento operário?" E eu te responderia que não. O Hag, de todos o mais engajado na luta e o mais meu amigo, já falou de mim para os companheiros.

Mas parece que encontrou muita desconfiança. Não queriam um elemento burguês entre eles, filho de um industrial que almoçava na casa do patrão. Não achei errado, não, achei até bem correto. Em certo sentido, a convivência que tenho agora com os operários talvez seja mais legítima do que aquela que a gente tem dentro da militância. Ali vejo como eles vivem. O que eles pensam das coisas mais diversas. Tenho visitado alguns, muitos deles doentes. Já conheço bem o maior bairro operário daqui, a Vila Maria.

Inesperadamente, tenho praticado a advocacia. Conhecendo tantas pessoas, fui também conhecendo os problemas delas. Há quem tenha comprado um terreno e nele tenha erguido, muitas vezes sozinho ou com o auxílio eventual de parentes e amigos, uma casinha. E não tem a posse legal da propriedade. Eu tenho ajudado nessas e em outras coisas. Pobre, quando consegue alguma propriedade (sempre uma casa pequena onde vivem muitas pessoas) e morre, também precisa fazer inventário. Eu já fiz alguns. Começo a tomar gosto por uma profissão que nunca me atraiu realmente, que sempre duvidei que seguiria no futuro. Sempre tive planos de ganhar a vida como jornalista.

A notícia mais inesperada, no entanto, deixei para o fim. Desde que conheci essas pessoas, tenho saído muito mais da pensão. Tenho conversado muito mais com os companheiros de pensão. O que é bom e terrível. Bom porque, se vivemos com os outros, nos sentimos mais vivos, mesmo quando nos irritam profundamente. Terrível porque cultivar amizades com tuberculosos é um negócio arriscado. Nos últimos dois meses, três de nós morreram. Eu nem quero comentar o impacto que isso tem sobre mim. Sobre nós todos.

Mas, como eu dizia, tenho saído muito. Já conheço a cidade toda. Noutro dia dei um passeio de mais de duas horas, sozinho. Fui até o centro da cidade e me desloquei para um lado meio vazio da cidade, justamente uma zona sanatorial. Segui por uma grande rua, a Paraibuna, até chegar a um lugar bastante ermo. Entrei numa rua recém-aberta e fui dar com os costados nas costas do sanatório judaico, o Ezra. Havia um outro rapaz por ali, caminhando, desolado. Será que teve más notícias do médico? Não sei. Só sei que nesta cidade todos pensam na vida sem que o pensamento da morte relaxe. Percebi nele a crise que vivi há alguns meses atrás. Talvez fosse imaginação minha. Segui andando, até chegar na frente do maior sanatório da cidade, o Vicentina Aranha. Depois disso, andei mais um pouco e cheguei na beira da estrada que liga o Rio a São Paulo. Não tive vontade de ir nem para um lugar nem para o outro. Voltei para a cidade. Enfim, nessa volta, encontrei um companheiro de pensão, o Manuel, na praça Afonso Pena, a mesma em que vivi minha maior crise. E ele estava com a irmã. Uma linda moça. Inteligente. Não sei o que aconteceu que, mesmo depois dessa longa caminhada, não me cansei de ficar ali, de pé, no meio da praça enquanto o dia terminava, conversando com eles. Com ela. A moça ficou alguns dias aqui – são de uma cidade não muito distante, Bananal – e fizemos uma grande amizade. De minha parte, caro Moacyr, preciso admitir que estou amando. Mesmo os fracos do peito se apaixonam. É claro que ela nem desconfia disso, e nem eu permitiria que desconfiasse porque sou um cadáver em retardo, não posso me aproximar de uma moça. Mas fico com mais vontade de me curar. Muito mais.

Bom, paro por aqui. Esta é uma carta compridíssima. Um pouco porque há muitas pessoas novas sobre quem falar. Um pouco porque eu queria fazer uma confissão amorosa que eu mesmo gostaria de não fazer e deixei para o último minuto.

Agora te largo.

Um abraço muito saudoso do

Pedro

60

Ela entrou aqui, como tanta gente entra, e pediu um pão amanhecido. Estava com fome. Cheirava mal, como tanta gente que entra aqui e, com fome, pede alguma coisa. O cheiro era ruim, mas não era de sujeira. Era um cheiro doce, forte, que se espalhou rapidamente por toda a padaria, um cheiro estranho misturado com perfume, um perfume bom, usado sem exagero que, no entanto, ficava exagerado, como se o cheiro ruim aumentasse o alcance do perfume.

É como se o mundo virasse de cabeça pra baixo de repente e a limpeza começasse a cheirar mal. E tudo na figura dela lembrava limpeza: os cabelos, as roupas, os sapatos, as mãos. Uma mulher de 50 e tantos anos, de boa aparência, não era pobre, não estava abandonada na rua, não era louca. Mas pediu um pão.

Estava triste. De uma tristeza que não tem remédio, daquela que parece que fica escondida atrás dos olhos da pessoa, contaminando todo o rosto. De mistura com uma espécie de ódio ou de revolta. E fez um pedido humilde. Não pediu um pão fresco, não pediu nada além de um pão amanhecido, uma coisa que não dá prejuízo, não serve mais, que já ia pro lixo, e que parece coisa de antigamente. Hoje em dia as pessoas não pedem mais pão velho. Difícil entender, mas o pedido era humilde, não a pessoa. Ela pediu de forma direta, com poucas palavras, com educação mas sem excessiva humildade, de um jeito que não era possível recusar. Mesmo hoje em dia, em que a gente não consegue dar dois passos na rua sem que alguém peça alguma coisa, e a gente nem olha mais quem pediu, só diz "não", como quem diz "cai fora, não enche o saco", tive a sensação na hora de que aquele era um pedido justo, que era preciso que ela pedisse – e era preciso que eu atendesse. Como se o pedido viesse de outro mundo.

    E eu peguei dois pães frescos, ainda quentinhos. Pus num saquinho, como faria com qualquer freguês que fosse pagar, e entreguei a ela, que pegou o pacote, disse um "obrigada", virou de costas e saiu. Simplesmente saiu. O cheiro permaneceu por vários minutos, como uma espécie de fantasma, uma alma penada que, obrigada a desgrudar do corpo, andasse pelo mundo pra deixar uma memória de si mesma. Alguma coisa que insistisse em ficar, não aceitasse assim de imediato um fim que, de um jeito ou de outro, vai chegar.

    Eram quatro e meia da tarde, tinha pouca gente na padaria. Eu não sei o que aconteceu, talvez seja como nos filmes, quando aparece um fantasma. Um rapaz que estava comendo um sanduíche no balcão ficou parado, mesmo depois de ela ir embora, como se sentisse o mesmo que eu senti.

    Agora já anoiteceu. O chão já foi lavado, o caixa do dia, fechado. O cheiro dela já foi substituído pelo do sabão em pó. Mas eu ainda sinto. Onde andará?

61

vieram ver-me minhas netas já foram para o colégio meu genro e minha filha passaram cá pelo quarto escutei antes seus passos e fingi que dormia escutei helena dizer graças a deus minha mãe parece bem não tosse não pegou uma carraspana como ela mesma dizia o frio não lhe causou mal pode ter-se machucado um pouco ao se debater agora que a viu jorge já pode ir para o trabalho sim já vou mesmo e foram saindo do quarto encostaram a porta que fico tranquilo me senti muito mal poxa de pensar que podia ter machucado dona bibiana não não se machucou pode ir tranquilo quando ela levantar faço um café fresco mas acho que agora vou aproveitar que ela ainda está dormindo e vou dar um pulinho rápido ao supermercado à tarde quando as meninas estiverem de volta vou até lá te ajudar acho que não faz mal deixar a mãe sozinha um pouco não é acho que não ela parece que dorme bem deve ter ficado cansada de ontem quem sabe não será um daqueles dias em que ela vai ficar na cama o dia todo o que mais me impressionou quando fui atrás dela é que naquele frio garoa gelada ela parecia feliz cantarolava cantarolava e eu não entendia nada do que ela dizia não posso saber o que se passava na cabeça dela deve sofrer não não sei às vezes não será que tem consciência do que lhe acontece não sei penso se nos dias em que acorda bem um pouco confusa mas conversando normalmente esses dias que quase não acontecem mais e acho que uma hora vão parar de vez de acontecer ela pode saber aí sim sofrer espero que não pois é então vou embora sim saímos juntos e eu me pergunto para onde ele vai se não trabalha mais onde trabalhava se não tem mais o que tinha deve ter arranjado algum trabalho graças a deus a situação não está tão ruim e isso tudo que eles dizem me diz que pensam na mesma coisa que eu e acham que o melhor é mesmo não saber e talvez por teimosia por birra típica de uma velha gagá eu começo a mudar de ideia só para discordar deles não não é por isso é que me ocorreu que se serão mesmo esses os acontecimentos concluo que o melhor é mesmo saber porque agora eu sei e sei que nada posso fazer e sei também que atrapalho e pelo menos isso pode estar em minhas mãos hoje resolver bem anda quem vai por seu pé e só deus sabe quando isso se repetirá se é que se repetirá e isso me anima porque tenho algo a resolver e tenho urgência de resolver um dia não são dias só não sei exatamente como mas vou saber em bem pouco tempo

62

São José dos Campos, 31/10/938

Caríssimo Lúcio

Finalmente chega uma carta sua. Mas do que reclamo? Eu mesmo tenho escrito cada vez menos aos amigos. Nada é novidade para sempre. Aos poucos fui-me acostumando com a vida aqui e vou perdendo de vista a vida que até outro dia era a minha. Mas sinto que não é só isso.
Você percebeu bem a ironia que é a gente fazer amizade com proletários na casa do proprietário. Mas foi o que aconteceu. Entrei pela porta da frente. Saí pela dos fundos. E descobri amigos na saída dos empregados. E como quem acha um acha todos, acabei me envolvendo com um monte de gente. E isso é muito bom. O Moacyr deve ter dado a vocês a notícia de que estou virando advogado na marra.
É possível que também tenha contado de minha nova vida sentimental. Na verdade, as coisas parece que podem ficar sérias. Recebi uma carta da irmã do meu companheiro de pensão, o Manuel. Na verdade, já não tenho vontade de me referir a ela com esse intermediário. O nome dela é Laís. Apesar de inteligente, parece carecer de um mínimo de bom senso. Só uma descabeçada completa poderia interessar-se por um doente.

Não, a carta não é declaradamente apaixonada. Mas o próprio fato de ela ter-me escrito uma carta indica que ela viu alguma coisa em mim, do mesmo jeito que eu vi nela. Na verdade, eu não vi algo nela, eu vi a pessoa, entende? Não sei bem o que fazer. Fiquei feliz quando a carta chegou. Mas fiquei triste por não poder corresponder a ela como eu gostaria. Minha tendência é a de esperar um pouco, enrolar a moça até meu próximo exame. O médico tem dito que melhoro muito rapidamente. Se isso se confirmar, respondo a ela dizendo o que eu gostaria de dizer.

Mas esta carta não é somente uma confidência amorosa. É um lamento. Que a sua carta só veio a aumentar, com a notícia, pelo visto bem atrasada, de que o Newton Sampaio morreu. Gostaria de ter sabido em cima da hora, mas compreendo que o Tasso e mesmo vocês tenham se sentido melindrados em contar para um tuberculoso a morte de outro. Só os tuberculosos podem saber o quanto essa notícia é comum. Pelo visto a doença dele foi galopante, não lhe deu qualquer oportunidade de cura. Menos de quatro meses depois de internado acabou-se. É uma merda essa vida! Me consola um pouco que ele tenha lido minha carta e a tenha referido ao irmão. Imagino que, mesmo que tivesse tido vontade de responder, já estivesse mal, impossibilitado mesmo. Sempre é uma última conversa, mesmo a distância, com um amigo e companheiro de infortúnio.

Pois é. Tudo o que é bom dura pouco. Nossa roda de amigos se desfaz. Mas não se desfaz como a roda do romance do Cyro dos Anjos, os amigos se distanciando por conta das dificuldades do tempo em que vivemos.

O Deolindo foi embora de São José. O dr. Nélson deu alta a ele na semana passada. Fiquei muito feliz com a cura dele – e redobrei a esperança de eu mesmo me curar. Voltou para Jundiaí há dois dias. Vai, ele próprio, com a esperança de rever a noiva, que há tanto tempo espera por ele e, quem sabe, se casar. É claro que está preocupado. Não tem bem uma profissão e não está preparado para sustentar uma família. Vamos ver o que acontece com ele.

Mas fiquei triste com a perda do companheiro. Uma amizade nascida nas atuais circunstâncias ganha uma força inesperada. É uma tristeza alegre, mas é uma tristeza. Despedimo-nos anteontem, na estação.

E ontem, um outro acontecimento. Mal havia perdido um camarada e lá se vai outro. O Paulo havia piorado. A febre sempre mais alta. Chegou a ir para casa, visitar todos. Reviu o pai, reviu os irmãos. Falou muito de um passeio que fez pela beira da praia com a irmã, uma menina de sete anos. Comprou uma gasosa para ela, conversou muito, despediu-se, na verdade. Acho que ele já sabia que não durava muito. Acabou-se antes dos dezoito anos, o que é uma desgraça.

Não tenho ânimo para escrever para você como deveria depois de tanto tempo sem uma palavra. Fica para a próxima vez.

Deixo um grande abraço meu.

Pedro

63

Agora é uma boa hora pra arranjar um jeito e acabar com esta história, cumprir esta última obrigação. O sol já se pôs, e o friozinho do inverno baixou. Meu corpo assim frio já está preparado. Será verdade que quem se mata vai pro inferno? Em todos os casos? No meu caso não é possível. Eu vou morrer de todo jeito, mesmo. Assim só economizo um bocadinho de tempo. No tempo da ditadura, só depois fiquei sabendo um pouco dessa história, muita gente morreu torturada pela polícia, pelo exército, sei lá. Diziam que eram terroristas, mas parece que não eram. Mesmo que fossem, eu sempre me perguntei se gente que morre assim vai pro inferno. Será necessário? Existiria um Deus assim tão mau que puniria eternamente alguém que morre sofrendo de um jeito absurdo? Quando a gente lê no evangelho que os pobres vão pro céu, acho que pobres são todos os que sofrem demais, só pode ser. Pra que sofrer se já sofreu? Talvez seja por isso que até eu mesma acabe indo pro inferno. Se eu acho agora um lugar pra pular, não economizo só tempo, economizo sofrimento. O cheiro, esse já sei como é. A dor já conheço um pouco, mas sei muito bem que é só um pouco, vai ser muito pior. Se eu acabo com tudo agora não sofro. Mas será que o que já sofri não basta? Noites sem dormir, pensando no que vai acontecer. Já vi todas as fases dessa merda no hospital. E tem o tratamento. Não sei o que é pior. Ir apodrecendo direto ou apodrecer com um tratamento que faz as pessoas perderem os cabelos, vomitar tudo o que trazem dentro do corpo, aguentarem queimaduras e mais um milhão de coisas horrorosas. Aquela senhora me disse uma vez que, fazendo quimioterapia, vivia uma semana em cada três. A primeira depois da sessão é uma porcaria. Enjoo, mal estar, indisposição, vômitos – o tempo todo. A segunda é boa. Passam essas reações que tornam a vida uma espécie de ferida aberta e é possível ter um pouco de alegria. Comer, andar, conversar. A terceira é estragada pela expectativa de passar pela primeira semana tudo de novo. Uma semana de vida entre duas não de morte, mas de inferno. Valerá a pena? Não me importa se existe ou não existe céu, inferno ou Deus. A raiva que eu sinto me dá vontade de enfiar a cabeça naquele muro. Vontade de bater em todo mundo, de dizer todas as coisas que eu já tive vontade de dizer e nunca disse, pra todo mundo. Só a minha covardia é maior que a minha raiva. Foi ela que me impediu de me jogar na Dutra. Covarde, estúpida! E por que essa covardia? Não existe nada dessas fantasias em que a gente cresce crendo. Nenhum Deus nos governa. Como é possível imaginar que um mundo louco como este é governado por um ser superior, cheio de sabedoria e bondade? É verdade que, quando criança, minha mãe me mostrou um Deus que era muito mais bravo do que bom. A imagem terrível do Cristo na cruz, ensanguentado, em agonia, era uma coisa que me assustava. Deus me assustava, mas por muito tempo, minha vida inteira, apesar do receio, sempre pensei num ser de bondade, sempre. Quanto mais a gente cresce e olha pro mundo, menos vê bondade. Vê várias coisas disfarçadas de bondade. Vê até criança ruim. Esse Deus de bondade foi então incapaz de criar um mundo bom? Sempre soube que Deus pode fazer tudo que quer, não é incapaz de nada. E nesse caso é pior ainda porque ele não fez um mundo bom porque não quis. Começa pela própria lógica da vida, que se alimenta da morte. O prazer de um belo churrasco só existe porque um boi teve que morrer, só Deus sabe como. Dizem que os bichos, no matadouro, adivinham que vão morrer. Tudo que vive quer ficar vivo o máximo de tempo que for possível. Um boi percebe que vai morrer e, mesmo que na hora H se use um método qualquer que nem sequer doa, a consciência de que a vida acaba naquele minuto enche aquele bicho de sofrimento. E eu compro um pedaço dele, tempero e asso na brasa, rindo muito e gostando muito. Que droga é essa? Que bondade existe nisso? Será que um Deus que poderia ter escolhido qualquer coisa no momento da criação estava bondoso quando criou este mundo? Hoje é o dia de encarar todas as verdades, e eu preciso encarar mais esta: não existe Deus nenhum, e é melhor assim porque, se existisse, estaria preparando um lugar pra todos no inferno. Tanto faz pular ou não pular na Dutra, morrer queimado num acidente ou apagar devagarzinho aos 110 anos. Se houver esse Deus no céu, o céu é só pra ele. Pra nós, o inferno. Mas sem Deus e sem céu, o que sobra? Só sobra esta vida. Só sobra o que tenho pra viver da minha vida. Sei que não vou chegar aos 60. Sei que vou vegetar pelo menos duas semanas em cada três. Sei que depois vai ser ainda pior. Mas sei que é só isso que eu tenho. Não tenho nada além disso. Nunca tinha me dado conta de que as coisas eram assim. Sem Deus, o que sobra é uma solidão desgraçada. Que, quando bate o desespero, rezar é uma forma de falar sozinha. Meu Deus! Só agora entendo como tudo, absolutamente tudo é urgente. Quanta vida eu já perdi esperando. Esperando filho sair da escola, da casa do amiguinho sei lá de onde, esperando chegar a vez na fila do banco... E tanta coisa urgente. Só agora vejo que quando a gente nasce, nasce sozinha, e quando morre, morre sozinha. Ninguém vai com a gente. Nos filmes de guerra, sempre aparece aquele soldado que pede pro outro segurar a mão dele. Pra quê? Não tem jeito. Uma mão fica, outra mão vai. Pra uma o tempo continua contando, pra outra o tempo pára. Todos os relógios param. Precisei morrer pra entender a vida. Uma vida terrível, sem Deus nem companheiros. Mas, é engraçado, com companheiros. Companheiros provisórios, é verdade, mas companheiros. Gente que no bolo da vida repara na gente. Gente que a gente vê no bolo que é a vida. O tempo todo acaba sendo o fim do filme de guerra. A gente está só, uma mão segura na mão da gente e depois vai embora. A única diferença é que o tempo continua passando pras duas, mas sem passar. Como é estranho encontrar alguém que já foi próximo e deixou de ser. Muitas vezes, a gente não tem nada pra dizer praquela pessoa. Mas acaba dizendo e se sentindo transportada prum outro tempo, o tempo que passou e ficou congelado naquela pessoa. Morrer deve ser mais ou menos isso, sem a possibilidade de reencontrar o passado. Diante dos carros passando, neste mesmo ponto da noite passada, não tenho força pra fazer nada do que queria e devia fazer. Mais uma vez não vou conseguir. Preciso ainda de um tempo. Preciso pensar nessa confusão toda que sinto, preciso entender este vazio e este alívio que nunca tinha sentido antes simplesmente porque nunca tinha me dado conta de que nenhum Deus toma conta de mim. Não sou especial aos olhos de Deus, e ninguém pode ser. Mas sou especial aos olhos de quem, então? De ninguém? Eu estou inchada por este cheiro, e agora já faz mais de um dia que eu não tomo banho e o inchaço deve ser ainda maior. E nem assim sou especial aos olhos de ninguém. Só aos meus, talvez. Por isso é que não consigo. Preciso de um tempo, preciso de um pouco de tempo.

64

Bibiana, vou-me embora, percebes? Não me olhes assim. Queira-me bem que não te custa nada. Já não posso mais suportar as intromissões da boa tia Cesária, do caridoso tio Augusto. Não posso mais. Vamos embora desta casa, desta cidade. Se tivesse dinheiro, dizia mesmo: deste país. Voltávamos a Portugal, eu, tu e nosso filho. Somos marido e mulher.

Tirei-te de Portugal, ó ingrata, tirei-te da miséria e te dei comida, escola e uma profissão. O que digo? Várias profissões, todas que eu mesma aprendi. E agora cais na conversa deste estupor de teu marido e queres dar-me a paga de tudo que fiz por ti abandonando-me? Sou tua carne, teu pai é meu irmão! E é possível que preferes ir com este estranho só porque casou-te contigo? Arrependo-me de ter-te arranjado este marido!

Mas não posso, não tenho nada de meu, a não ser os meus braços e com eles só posso ir a nado. Mas podemos mudar para um lugar mais perto, cá mesmo no Guarujá. Sabes bem que tenho carinho por ti e que sou teu marido, mas cá não fico mais. Vejo como ela trata-te. É um absurdo, percebes? És uma boneca de pano com motor. Já te vi interromper um trabalho que fazias por ordem dela porque ela chamava-te a fazer outro trabalho e depois levavas um grito por teres abandonado o primeiro.

Sei o que ele anda dizendo pelos cantos. Que te exploro, que faço de ti uma escrava. Bebe um pouco de cachaça e sai dizendo parvoíces por aí, cheio da coragem que só os covardes têm. Chegou aos meus ouvidos que ele diz que se vai embora daqui. Que o diabo o carregue. Mas tu não vais com ele! Se não falou contigo, ainda falará. Nada me escapa, ó filha, nada! Tudo vem ter comigo. Quem tem razão jamais perde a mão. Se estás escondendo algo, crê que nada escondes. Eu saberei, eu já sei. Isso se tiver coragem para falar contigo, que aquilo é um parvalhão, só tem mesmo garganta e seria incapaz de ganhar a vida por si mesmo.

No princípio não me incomodava, são parentes e sabem como devem tratar-se uma à outra. Cada um sabe onde se lhe aperta o calo. Mas a repetição disto envenena um homem que tem sangue nas veias! Passado algum tempo, começou a querer tratar-me da mesma forma. E tratou-me da mesma forma, percebes? Mandava-me fazer uma coisa e outra. Agora já domina minha vida inteira. Já não sou mais nada, não tenho vontade.

E mesmo que teu marido esteja decidido. Pensas o quê? Que sais daqui e tua vida melhora? Achas que trabalhas muito? Trabalhas o que é justo e por isso tens tudo de que precisas. Casa. Cuidados para ti e agora para o puto. Ao saíres daqui, o que te espera? Mais trabalhos do que aqui. E o que terás? Muito menos do que tens cá. Nada mesmo. Confias no tal Bartolomeu Martins? Se fosse mesmo um Martim, como é o pássaro, tinha casa e ia à pesca. Nem tem nem vai. E tu, como ficas, sem casa e sem comida, com um puto no colo? Quem fica entre os seus junto está de Deus.

Parentes? Que nada, isto aqui é uma escravidão. Parentes são os dentes e mesmo assim incomodam. Incomodam, percebes? Quem trabalha para parente nunca tem boa patente. Tu nunca terás patente alguma, serás sempre o soldado raso do batalhão, o enxergão que nunca sai do chão. Mas não vês nada, ficas aí feita um dois de paus. Pareces um trapo velho que se joga daqui para lá. Eu não! Eu respeito-te! Mas tu não percebes isso, olhas para mim desde o primeiro dia com essa feição de medo e de susto. Não percebes que somente eu valorizo-te? Não, não percebes nada, és tão parva que nem que pudesses ver por dentro a alma preta de tua tia enxergarias o que te faz ela!

Mas és muito parva se pensas que podes fazer o que o paspalhão do teu marido quer. Sempre foste muito parva mesmo, e mais uma vez provas que o és. Vejo pelo teu jeito que a ideia de deixar esta casa agrada-te. E por que uma idiotice dessas agradaria a alguém? Porque esse alguém é um parvo, que não vê nada, mesmo que esteja bem na sua frente, a um palmo de seu nariz.

Não! O tempo da escravidão acabou-se! Ser escravo de uma velha urubu de saia preta, lenço preto, xale preto, olho preto, fala preta, ideia preta, tudo preto é que não! É que não, percebes? Tenho pena de ti, que não tens vida, só o trabalho. E agora nos nasce o puto. Que alegria deu-me este filho! Finalmente temos algo que é só nosso, com que teus tios não podem meter-se. E o que me acontece? Metem-se de qualquer jeito! Não posso estar com meu filho. Tu tens de cuidar de teu filho do jeito que te mandam cuidar dele. Chegou-me o pensamento de que tu gostas de ser tratada dessa maneira. Que tu gostas, percebes? Afinal, quando cheguei cá eras praticamente uma miúda, compreendia-se tua atitude. Agora já não. És maior de idade, tens dezoito anos! Podes fazer o que bem entenderes! E nada fazes.

Se pensares em ir com este estupor, arrebento-te as fuças, para ires de fuça quebrada. E vais sozinha porque teu miúdo fica nesta casa, com ou sem vida. Sabes que não tens a quem reclamar, sabes que isso é o certo porque fui eu que lhe fiz o parto e coloquei este puto no mundo. Quem o pôs no mundo pode muito bem tirá-lo dele. E isso talvez seja o melhor para o miúdo. Antes morrer sem ver a vida do que viver à míngua com um pai como o Bartolomeu, desocupado e vagabundo, e uma mãe como tu, inútil e estúpida. Só teria sofrimento, passaria fome e humilhação constantemente. Sim, isso é o melhor: vai sozinha que livro teu filho das dores da vida.

Decidi-me de maneira definitiva: vou-me embora contigo se quiseres ir comigo ou vou-me embora sozinho agora mesmo, deixo-te a ti e ao miúdo, se não quiseres ir comigo. É com teu silêncio que me respondes. Só me resta dizer adeus. Colocas-me em uma posição difícil sem outra hipótese que não a de deixar-te aqui com teu filho. Percebes como me obrigas a partir? Adeus.

65

São José dos Campos, 16/11/938

Caro Murilo

Não tenho hoje disposição para escrever muito, por isso vai apenas um bilhete acompanhando meu artigo sobre o último romance da Lúcia Miguel Pereira.

Morreu ontem meu amigo Hag Reindrahr. Uma vez disse a alguém, numa das minhas cartas, que quando morria alguém conhecido, eu sentia uma mistura de alegria e de tristeza. Alegria porque não tinha sido eu. A tristeza eu não preciso explicar.

Neste caso é só tristeza. Eu via que o meu companheiro de conversas e de literatura, de política e de assuntos quaisquer, piorava. Mas essa doença é insidiosa. As pioras, assim como as melhoras, podem ser bem bruscas, e eu nunca compreendi melhor a ideia de "visita da saúde" como aqui. Eu achava que era mito. Mas vi gente acamada, quase inconsciente, que, por um ou dois dias, melhorava, chegava a sentar-se, conversar e acalentar a esperança de que o pior já tinha passado. Mas não. A morte vinha a galope. Provavelmente só precisara fazer um pequeno desvio para pegar um outro desgraçado e se esquecia por um momento do primeiro. Mas a memória da morte é boa.

Quando puder, por favor me diga o que achou do texto.
Um abraço
Pedro

UM ROMANCE DO MOMENTO PRESENTE

Se alguém quiser explicar, certamente não será capaz. Mas a verdade é que, quando a gente termina de ler um grande livro, sabe exatamente que se trata de um grande livro. Não há quem tenha terminado de ler, por exemplo, o "Vidas Secas", do sr. Graciliano Ramos, e não tenha sabido de imediato que tinha nas mãos uma obra que veio para envelhecer sempre nova.

O mesmo se dá com este "Amanhecer", recentíssimo romance da sra. Lúcia Miguel Pereira. Ao virar sua última página, o leitor como que sente uma plenitude e um vazio. A plenitude da experiência literária e o vazio de ter de parar de lê-lo. E vale a pena tentar entender por que isso acontece.

Em primeiro lugar, por causa da prosa segura, límpida, precisa e fluente em que o romance se apresenta. Pouca gente no Brasil, hoje, mesmo entre os maiores, é capaz de manter esse nível de tensão numa língua tão naturalmente escrita.

Em segundo lugar porque, não interessa que reflexão se faça a partir do livro, sempre se encontrará nele algo de fundamental. Basta tomar um exemplo qualquer, quase ao acaso. Se lermos o "Amanhecer" como uma espécie de imagem do encontro do Brasil rural com o Brasil das grandes cidades (algo absolutamente fora do centro de interesses do romance), mesmo que o livro fosse só isso, já compensaria largamente o tempo empregado na leitura. A chegada da gente da capital àquela pequena cidade de São José, localizada no interior do Estado do Rio de Janeiro, e os efeitos que provoca seja na protagonista, a Maria Aparecida, seja na vida dos outros moradores, já acrescentaria algo aos retratos das cidades provincianas que nos últimos anos têm sido traçados – o mais forte aquele que aparece em "Caetés". Mas há também o outro lado, o tamanho do impacto da vida na pequena cidade na menina da alta burguesia carioca que é essa personagem impressionante, a Sônia, que por uma série de razões complicadas, acaba se afastando da vida alegre e se encaminha para a vida religiosa.

Até aqui só falamos do que é lateral neste grande romance. Não chegamos ainda àquilo que constitui mesmo o seu núcleo. De que "Amanhecer" se fala aqui? De um terrível amanhecer, aquele que surge depois de uma noite terrível, o amanhecer do dia que, sabemos, trará experiências dolorosas. O amanhecer que vivemos hoje, à espera de uma guerra que com certeza virá, só resta saber se daqui a dois meses ou dois anos.

É talvez o mais representativo romance publicado entre nós sobre este instante da história da humanidade que nos cabe viver. E não porque pretenda abarcar inteiramente essa realidade complexa. Muito ao contrário, restringe-se à vida de uns poucos jovens que procuram e encontram seu caminho na vida. Com isso, fala de tudo, até porque, aqui, encontrar esse caminho não é encontrar a felicidade.

Já explicamos o caso de Sônia. Virou freira. Encontrou o êxtase religioso? Não, não encontrou. Diz-se feliz, mas se percebe claramente nela uma insatisfação de quem não encontrou a resposta de que necessitava. Vejamos o caso de Maria Aparecida. A menina inteligente, claramente superior ao meio intelectual da cidadezinha, segue para a capital. Apaixonara-se por Antônio, primo de Sônia. Segue o rapaz, que anseia por uma vida ampla, livre, sem limites. Deseja Aparecida ao seu lado, mas não pode prender-se a ela. E Aparecida aceita como inevitável essa situação porque compreende seus sentimentos como inescapáveis. Mas não é infeliz. Submete-se, mas se mantém independente. Trabalha e constrói uma vida que pode continuar sem Antônio, caso este decida um dia não aparecer.

E esse Antônio, o que se pode dizer dele? É o único que tem certezas, que descobriu na luta social uma razão de vida. E o que faz ele? Busca a libertação do proletariado, com sua ação política e com sua ação intelectual, mas submete Aparecida, seu amor, seu corpo e seu trabalho, como se tivesse direito a isso. Suas certezas políticas não permitem ver que ele reproduz com a moça, que afinal de contas ama, séculos de exploração da mulher, transformando Aparecida numa coisa sem sentido a não ser que esteja ao seu lado.

Vivemos um tempo de dúvidas, um tempo em que as maiores certezas parecem provisórias diante do imprevisto dos acontecimentos. Um tempo difícil para o romancista, que olha para a sociedade e não encontra pontos de apoio seguros onde fixar as bases de suas personagens e do entrecho de suas vidas. E é nesse terreno movediço, da dúvida e da melancolia, que Lúcia Miguel Pereira triunfa.

Talvez seja por isso que o leitor, ao fechar este "Amanhecer", saiba que acabou de ter uma das mais intensas experiências literárias que um autor de nosso tempo poderia lhe proporcionar.

66

– Aquela senhora já estava aqui na noite passada. E usava a mesma roupa. Engraçado. Sentada naquele mesmo lugar. Não, não é uma mendiga que aproveita que o hospital fica aberto a noite toda pra se abrigar, como às vezes acontece. Olha, as roupas são boas, estão um pouco amassadas, mas limpas.
– Qual senhora?
– Aquela ali, de camisa vermelha, calça azul e blusa de lã marrom, não tá vendo?
– Ah! Aquela do lado do barbudo de camisa verde?
– Isso mesmo.
– Mas ela já tava aqui ontem?
– Hum, hum. Eu reparei nela porque uma hora que eu fui chamar uma paciente, ela estava cochilando e acordou. Olhou pra mim um pouco assustada, lá do outro lado da sala de espera, e eu até pensei que ela era a paciente. Talvez fosse o mesmo nome.
– Então não era ela.
– Não, uma outra pessoa veio e eu deixei de lado. Esse lugar é um circo, tem todo tipo de maluco, ou de gente que está maluca. Isto aqui é um pronto-socorro, meu Deus!
– Pois é. Deve ser parente de algum acidentado ou coisa assim.
– Você sabe que não é possível. Um acidentado teria sido internado, não ficaria aqui tanto tempo, a gente não tem onde enfiar todo mundo.

— Mas nos hospitais também não. Pode estar esperado alguma vaga.

— Lá isso é verdade. Deve ser isso. Bobagem da minha cabeça.

— É, tá na hora de voltar pro batente. Meu café já acabou.

— O meu também. Vamos lá.

A conversa não tranquilizou a enfermeira. Aquela mulher tinha alguma coisa. Viu que ela cochilava de novo. Mas tomou conta do trabalho e esqueceu. Mais tarde, já pelas quatro da manhã, não aguentou mais e se dirigiu a ela:

— Senhora, senhora.

— Hein... desculpe, eu cochilei

— Não faz mal. A senhora é parente de algum paciente?

— Bom... não, não sou.

A enfermeira não pôde ignorar que ali, no fundo da ampla sala de espera, um cheiro doce e enjoado entrava pelo nariz e se impunha. Percebeu na hora que o cheiro vinha daquela senhora e que ela estava doente.

— E por acaso a senhora veio procurar um médico? A senhora está passando bem?

— Não, tá tudo bem, eu não preciso de médico.

— Então a senhora não pode ficar aqui.

— Por que não?

A enfermeira não conseguiu compreender bem o que aquela senhora queria dizer com aquilo. Entendeu perfeitamente todas as palavras. Mas a atitude dela emprestava um monte de sentidos diferentes à frase familiar. Era uma mistura de raiva, tristeza, decisão, desamparo. A ideia que lhe ocorreu era de que estava diante de alguém que tinha descoberto um segredo e que preferia não tê-lo descoberto. O segredo da vida talvez, e ele acabasse sendo uma revelação que não resolvia nada. Quase ficou sem ter o que responder, abestalhada com aquele jeito de falar e de olhar, mas rapidamente reassumiu o controle e disse:

— Porque este é um pronto-socorro e só podem permanecer aqui os que aguardam atendimento e seu familiares e amigos.

— Eu sei muito bem que isto aqui é uma sala de espera de um pronto socorro, e eu podia muito bem dizer que era filha da dona Maria e que estava esperando ela ser atendida.

— E não disse.

— Não disse. Preferi dizer a verdade. Sabe, moça, eu tô muito cansada, muito cansada mesmo. Não vale a pena contar a história toda. Nem uma enfermeira de pronto-socorro tem tempo pra ficar aqui escutando. Lá fora tá frio. E escuro. Eu tenho medo. Você sabe que não é seguro ficar no centro de Jacareí sozinha no meio da noite, e eu não tenho pra onde ir agora. Aqui não atrapalho ninguém. De manhã sim, a sala fica lotada, com gente de pé. Agora não. Prometo que amanhã não volto aqui. Mas agora não posso sair, estou morrendo de medo. Imagine o tamanho do meu medo pra querer ficar neste lugar. Tem gente gritando, tem gente chorando, tenho certeza de que tem gente morrendo lá dentro, e eu quero ficar aqui. Por favor, me deixa ficar aqui até clarear o dia.

A enfermeira sentiu de novo uma coisa muito estranha. O jeito daquela senhora pedir pra ficar dava a nítida impressão de que era necessário que ela pedisse e que era necessário que ela fosse atendida. Impossível tentar entender por que. Mas era assim. Então falou apenas:

— Tudo bem. A senhora pode ficar aqui.

— Muito obrigada.

Toda vez que podia, a enfermeira olhava, de longe, aquela senhora. Oscilou entre o sono e a vigília, é claro, como todo mundo que dorme sentado numa sala de espera de pronto-socorro. O trabalho exigiu sua presença até um pouco antes de amanhecer e só pôde ir espiar de novo com o dia claro, na hora em que ela própria ia para casa. A cadeira estava vazia, a senhora já tinha ido. Sabia que era verdade, que na noite seguinte ela não estaria mais lá.

67

quem cochicha o rabo espicha mas a voz às vezes também se espicha um pouco mais do que o cochicheiro quer e chega aos ouvidos e se quem escuta o rabo encurta tenho o rabo mais curto e consigo entender por que às vezes não entendo bem como pode ser quinta-feira se ontem mesmo era domingo estou velha velha velha e a cabeça não funciona mais parece que estou doente da cabeça parece que não é todo dia parece que hoje em dia é quase todo dia parece que já foi horrível parece que estive num asilo parece que faço coisas absurdas pelo visto saí no frio sem roupa como se fosse pleno verão parece que converso com minha mãe que morreu louca como parece que eu vou morrer também tal mãe tal filha filho de peixe peixinho é mas comigo não vou me recuperar porque não estou louca estou doente por certo é arteriosclerose o sangue não passa direito para a cabeça que falha não é loucura é só arteriosclerose deve haver uma mezinha qualquer que me faça melhorar ou um esforço qualquer que eu faça nos dias em que me lembro e me sinto bem como hoje que evite esses esquecimentos e essas coisas que a minha nova pessoa na verdade minhas velhas pessoas isoladas num dia fazem são cada vez mais espaçados os dias em que estou bem já não há necessidade de me esconder nada porque mesmo à minha frente não consigo ver ouvir entender saber e a gente se acostuma a tudo há sofrimento e tem de haver porque uma pessoa como eu deve provocar não com certeza provoca um inferno na vida de todos é preciso vigiar-me olhar-me escutar-me evitar que me machuque e quem será uma pessoa sem memória será ela mesma e nem sei se é esse o caso se sou uma pessoa sem memória ou se sou uma pessoa que na maior parte do tempo é só memória sem memória só memória mas o pior é que num dia como hoje sinto-me em plena posse da minha memória sinto como se tivesse visto minha mãe ontem como se tivesse ao meu lado anteontem meu filho morto há tantos anos e na semana passada meu filho mais velho morto há pouco tempo e minha tia e meus dois maridos e meu irmão que veio me buscar e não pôde há muito tempo que não quero nem de longe lembrar-me dessas coisas já queimei todas as fotografias para que guardar a cara dos mortos ou dos vivos que mais dia menos dia vão estar mortos a única coisa certa nessa vida é a morte e o futuro a deus pertence a mim é que não estou velha e pode ser que um dia desses seja o último em que eu saiba o que acontece comigo e meu destino vai se encerrar como o de minha mãe na loucura arrependida do que deixou acontecer será que eu posso evitar isso morrer pelo menos sabendo o que vai em torno a mim talvez não ninguém pode evitar a loucura e agora estou convencida de que não tenho arteriosclerose nenhuma tenho culpa e fiquei louca porque tudo está a afundar por minha causa por causa do que não fiz por causa do que fiz eu preciso fazer alguma coisa se bêbado te vires sentir foge à companhia e vai dormir

68

São José dos Campos, 18/11/938

Mana querida!

Mais uma vez fui ao médico e, como ninguém passará por aqui, eu preciso dar as últimas notícias. Acabei de voltar da consulta com o dr. Nélson, afinal é sexta-feira. E vou escrever rapidamente, com pressa, porque notícia boa não deve tardar.

Foi como sempre. Final do dia. Conversamos um pouco, já que estamos mais amigos. Entrei na parte reservada. Fui examinado. Reexaminado. Auscultado. E as palavras mágicas saíram da boca do glorioso dr. Nélson:

– Meu rapaz. Parece que está bem melhor. Eu arriscaria a dizer que uma cura está no nosso horizonte. Não é certeza ainda. Preciso de uma chapa para averiguar. Peço a você que permaneça com os mesmos cuidados de sempre. Na próxima semana tiraremos a chapa e em quinze dias teremos uma nova consulta, quando confirmaremos ou não o que agora eu percebo.

Ainda não é o caso de soltar o foguetório de São João. Mas talvez em breve seja.

Espalhe a boa nova para todos. Que brindem por minha saúde!
Um beijo grande a todos!
Pedro

69

Não. Definitivamente não tenho tempo nenhum, mais nenhum tempo, nada. Não consegui fazer o que eu tinha decidido fazer e por isso tenho que encarar a verdade da minha completa covardia. Covarde, covarde, covarde. Talvez eu nunca tenha querido fazer isso mesmo. Talvez. Mas me decidi, e isso deveria me bastar. Traio pela primeira vez, de verdade, a Terremoto que sempre viveu dentro de mim, que nunca morreu, apesar da disciplina de ferro que minha mãe usou pra acabar com ela e que ela morreu achando que tinha matado, mas que sempre esteve aqui dentro e que dava as cartas quando eu queria fumar e queriam que eu parasse e também quando eu vi que achavam que eu não era capaz de parar e então eu parei. A Terremoto é essa raiva que eu conservo agora até por mim mesma porque decidi que ia fazer um negócio e não fiz. Saí de casa. E como vou voltar agora? Com o rabo entre as pernas? Dando explicações? Não. Pelo menos isso. Não vou dar explicações pra ninguém. Tem coisa que é só da gente mesmo. Nem tudo é obrigação. O que eu quero dizer pros outros de mim mesma é problema meu. Não falo mais nada. Mas o que está acontecendo? Vejo que já sei, agora com certeza, que não vou me matar. Talvez por isso a palavra evitada já pode ser pesada: suicídio, suicídio, suicídio. Não me suicido mais. Este é o momento em que eu sei, que eu sei que sei e mesmo que isso me contrarie não tem volta.

E talvez seja melhor assim mesmo. Se já não tenho tempo, por que haveria de encurtar ainda mais esse tempo? Se não sou uma pessoa especial aos olhos de Deus, se talvez nem sequer exista um Deus e um céu, se tudo que tenho é este corpo e agora este cheiro, que nem sinto mais, acho que eu mesma não me vejo mais, por que devo encerrar de vez esse tempo, antes do tempo? Talvez o melhor seja fazer outra coisa. Viver mesmo uma semana em cada três por algum tempo. E não sei se sonhei com todos antes de a enfermeira vir me acordar querendo me tirar daqui, será que uma pessoa não pode ter paz nem mesmo num lugar como este? Não sei se sonhei com eles, mas estou com a nítida impressão de ter todos aqui na minha frente. Os vivos e os mortos. Meu pai, minha mãe, minhas tias, meus tios, amigos que não vejo desde o tempo em que brincava na frente da minha casa em São Paulo ou na frente da barbearia do seu Tico quando morava na Capitão Roberto Ferreira Maldos, vejo alguns deles ainda crianças, quando me viam, outros crianças e adultos ao mesmo tempo, um embaralhamento. Meu irmão, que tem sido meu companheiro pelos anos afora. Vejo meu irmão ao mesmo tempo com todas as idades, nem sabia que trazia na memória tantas imagens assim dele. Dos meus filhos eu sabia. Sempre vi cada um deles, o tempo todo, em todas as idades. Não valeria a pena ainda mais algumas vezes conversar pelo telefone com o mais velho, levar os filhos dele, meus netos, mais uma vez pra Caraguá no final do ano, ir à praia, tomar sorvete, comer pastel? Não valeria ainda a pena mais uma vez visitar minha filha, ensinar a ela mais uma receita, passear pela cidade com as filhas delas, minhas netas? Não valeria a pena viver um pouco mais e, pelo menos, já que não vou poder estar com meu filho mais novo mais adiante, não vou poder conhecer os filhos dele, meus netos, poder estar na formatura dele, ver o menino definitivamente já grande, formado, ter a sensação de que pelo menos fiz o que pude por ele? E não por obrigação, por amor.

E não valeria a pena viver mais um pouco com ele? Sim, ele me viu quando eu tinha quinze anos. Hoje parece que não me vê mais, não sente meu cheiro. Mas se eu mesma não quis sentir esse cheiro, achei que era da roupa... Pensar isso não diminui a raiva que sinto dele, por não ter me ajudado. Agora não quero mais ajuda nenhuma. Agora, que eu tomei uma decisão sem volta, mesmo voltando, ou porque estou voltando, tenho certeza que ele vem com esse papo furado de precisamos ver o que está acontecendo. Eu já sei, estou mais careca do que o Kojak de saber que eu estou morrendo, que agora não há o que fazer, não há tratamento que me salve. Mas ele me viu, eu o vi. Alguma coisa aconteceu naquele inverno e é por isso que a raiva vive junto com um outro sentimento. Hoje não me vê direito. Não me toca. Mas já me tocou, já nos tocamos. Passados os primeiro momentos, de medo e de susto, tive também momentos de alegria. Tivemos esses momentos.

E se é verdade que não tem um Deus lá no céu, a vida só vai ter sentido por causa dessas alegrias que eu tive. No fundo, desde aquele dia, outro dia frio, na praça Afonso Pena, sozinha, que eu já sabia disso. Só que eu ainda não sabia. O que eu já sabia, não sabia que sabia e fiquei sabendo de verdade era isso: eu tinha câncer e ia morrer. O resto, Deus, as alegrias e até mesmos estes dias de ensaio da morte, sim, o ensaio da morte não é o sono e sim a gente sair de casa sem dar notícia a ninguém, é ninguém saber o paradeiro da gente, antecipando o que vai acontecer quando a gente estiver apodrecendo embaixo da terra e não em cima dela, todas essas coisas eu também passei a saber naquele dia, até mesmo que eu ia sair de casa procurando o suicídio e não ia encontrar, mas passei a saber daquele jeito que a gente não sabe que sabe. Só agora é que eu sei que sei tudo isso.

As almas não se comunicam, mas a gente vê umas pessoas, repara nelas. Algumas pessoas vêem a gente, reparam na gente.

E nisso se resume toda a vida. Lá fora o sol aparece, preciso ver o que eu vou fazer agora. Meu corpo, mesmo apodrecendo, acorda. Sinto fome, sinto frio. A vida também pode se resumir nisso, um corpo que quer tudo, mesmo sabendo que o tempo de querer já está no fim.

70

Minha Maricotinha, que menina mazinha! Acabei de trocar-te e já estás suja de novo? Filhos casados, cuidados dobrados e filhos pequenos trabalhos não menos! Minha querida Maricotinha, desculpa a mamãe. Fala assim por falar, não por sentir. Sabes que ainda há a roupa a lavar, almoço a fazer? E que o papai já está a chegar da lida no campo? Trocar-te, meu anjinho, não é trabalho que assuste, faço-com carinho.

– Desculpa lá, Cesária, mas a menina não te deixo levar!
– E por que não, ó minha querida?
– Porque é minha filha e não vivo sem ela. Faz-me companhia a toda hora. Quando venho à cozinha, ela vê e segue-me.
– Mas tens tantos outros filhos...
– Cesária, filhos não são peneiras, de que se precise somente uma. Filho e dinheiro nunca é sobejo!

Vamos então ao trabalho, Maricotinha. A roupa suja já despi, agora vamos à limpa. Isso, muito bem, agora sim, cheiras bem mais uma vez. E agora, por que choras? Meu Deus, como passa o tempo, já é hora de teu almoço. Espera só um momentito que vou ali apanhar umas ervas para poder preparar-te uma sopa.

– Isso é fácil de falar mas é para ti, que tens muitos filhos. Para mim também não é difícil falar, mas é impossível fazer. Pois não sabes que não tenho e jamais poderei ter filhos?

— Sim Cesária, sei-o bem, e tenho muita pena de teu sofrimento. Mas não se pode remediar uma infelicidade dessas, é a vontade de Deus.

— Não quero remediar o que Deus deu-me ou não me deu. Deus me livre de uma ideia como essa, é com este gênero de pensamento que acaba o cristão a dar com os costados nos quintos dos infernos.

— Se reconheces que não podes e nem deves remediar o quinhão que te foi dado por Deus, por que insistes em levar a minha Bibiana contigo pra o Brasil?

Pronto! Cá estão as ervas, hmmmmm! Verás que delícia fica a tua sopa. Pronto, primeiro pego as cebolas e as corto bem pequenitas. Assim. Agora deito o azeite à panela, deste jeito, e jogo lá as cebolas. Agora jogo estas ervas todas e, enfim, um bocado d'água. Já ia-me esquecendo: o sal. Um pouco mais. Agora está perfeito, basta esperar um bocadinho.

— Porque aquilo, filha, é um fim de mundo, uma selva. Não és capaz de imaginar a minha solidão...

— Imagino, Cesária, imagino. E tu não pensas que não fico muito sozinha sem minha menina?

— De certeza que não ficas, tens cá o teu marido...

— E por acaso não tens lá o teu?

— Sim, tenho o meu marido comigo, mas não tenho meninos a fazer-me companhia. Os maridos saem de manhã e só tornam ao fim do dia, não é mesmo?

— Isso lá é verdade, mas não explica tudo.

— E o que falta explicar?

— Tudo. Não importa, ó Cesária, quantas pessoas temos ao pé de nós. Se nos falta uma a quem amamos, é como se não houvesse ninguém, a solidão é a mesma.

– Isso é que não é. Uma pessoa sempre distrai a falta da outra.
– Não é assim, garanto-te.
– É fácil para ti dizer isso. Quem não tem ninguém é mais só. Eu não tenho ninguém em quem confiar. Algumas pessoas trabalham para mim lá no Brasil. Ajudam-me a fazer o serviço. Entretanto as mais das vezes atrapalham. Eu preciso ser dura com todos, não me sobra tempo para ter carinho. Uma única miúda, tão pouco para ti, seria tudo para mim.
– Compreendo, Cesária, mas fazes uma conta onde não há conta possível.

Viu como esta sopinha fica pronta loguinho? Deixa experimentar para ver se não está quente. Ui! Está sim muito quente, vamos deixar arrefecer um pouquinho. Hummmm, mas sabe bem! Tem o azedinho do trevo...

– Percebes ao menos como a Bibiana me fazia bem indo comigo?
– E tu, não percebes quanto bem ela já me faz?
– Estás a ser muito egoísta. Minha vida lá no Brasil é dura. Está certo que se ganha muito bom dinheiro por lá.
– E não vês que a miúda até atrapalhava-te? Não podias cuidar dela, com tanto afazer.
– O pior cego é o que não quer enxergar: tu é que não vês que ela atrapalha é a ti.
– Não, não é verdade, não percebo o que dizes...
– Tu e teu marido não tendes onde caírem mortos. Comigo a miúda não passa necessidade e é uma boca menos cá na terra. Olha que Ruge-Água é quase tão fim de mundo quanto o sítio em que vivo no Brasil. Nem padre há nesta terra, é preciso fazer caminhada de meia légua para assistir à missa no domingo.

– Não passamos necessidade alguma. Somos pobres, é certo, mas não somos miseráveis!

– Mas eu lá no Brasil já tenho um bom pedaço de terra. Levo a miúda comigo e a faço minha herdeira. O que ela teria aqui?

– Teria a mim, teria aos irmãos.

– Olha que ela volta logo. Vai comigo e só fica dois anos. Lembras-te de que eu havia partido há dois anos e já cá estou a visitar-te? Prometo fazer o mesmo. Levo a miúda, faço-a minha herdeira universal e a trago de volta. Ajudo-lhe a ela e ajudo-te a ti.

– Não posso concordar...

– Não tens que concordar. Já está tudo certo com teu marido. Dei-lhe dinheiro para remediar os problemas que tem agora e levo a miúda comigo, está acertado. Vim cá conversar contigo por consideração. Não há por que continuar esta conversa. Conforma-te que em pouco tempo cá a tens de volta.

Agora, minha linda Maricotinha, vamos dormir. Já brincaste muito, a mamãe fica preocupada de não te cansares demais. Embalo-te sem pressa. "Dorme, dorme, meu bebé, Dorme, dorme meu amor, Solta o braço, solta o pé, Solta o corpo, por favor. Não podem as duas conversar mais baixo? Não vêem que a minha filhinha dorme?"

– Sim, minha Bibiana, vejo que tua filhinha dorme. Vem cá ao pé da mãe, vem.

71

São José dos Campos, 22/11/938

Prezado Carlos

Não sei exatamente como posso responder a sua carta, que acaba de chegar e que acabo de ler. Senti a necessidade de respondê-la de imediato, fazendo uso da mesma sinceridade que usou. Não devo esperar porque meu ânimo com certeza vai esfriar e não se responde a um amigo como você de cabeça fria.

Em primeiro lugar, preciso dizer que concordo com você. Sou mesmo fraco. Fraco do peito, fraco do coração, fraco das pernas. Mas não sou fraco da cabeça. Sei que não sou brilhante como você, mas isso não me desconsola: quem é? Você é o camarada mais inteligente que conheço, e conheço gente muito inteligente. Perto de você somente mesmo o Moacyr. Mas o Moacyr leva uma vantagem sobre você, uma vantagem enorme. Ele guarda dentro dele o direito de duvidar. Você não. Você é um homem investido sempre de certezas firmes que ninguém seria capaz de abalar, mesmo que alguém se abalançasse a essa tentativa e desenvolvesse um raciocínio lógico que provasse seu engano.

Você é daquelas pessoas que querem dominar todos em torno de você. Não se conforma de sermos todos diferentes de você. É o tipo de camarada que briga mais com os amigos do que com os inimigos. E olha que você briga pra chuchu com os inimigos. Usa da mesma virulência com os fascistas e comigo.

Eu estou desde janeiro afastado do Rio. Já escrevi algumas cartas para você neste período. Você nunca me mandou uma palavra de consolo ou de encorajamento – coisas que você não é capaz de compreender, mas de que os fracos necessitam. A primeira carta que me escreve é uma porrada! E rápida. A única conta possível é que você escreveu no mesmo dia em que a minha carta para o Murilo chegou ao Rio.

Sim, a culpa foi minha. Contei naturalmente, nas minhas cartas cada vez mais raras, o que acontece comigo por aqui. Todos aí poderiam compreender o que estou passando, o Moacyr, o Lúcio, o Murilo. Menos você. Porque você é o militante 100% que acha que todos deveriam ser militantes 100%. Mas o pior não é isso. O pior é que o militante 100% para você é o militante 100% que você é. O militante 100% que outros são – e veja que não falo de mim, que sou no máximo o militante 70% – não é suficiente porque os 100% dele não são iguais aos 100% seus.

Não vejo qualquer necessidade de perder seu tempo com pregações inúteis – e pregar a convertidos é inútil. Eu já sei da gravidade do presente e, como você, já escuto os canhões da guerra que está por vir. Você leu aquele artigo na *Vamos Ler* do mês passado, em que um americano louco de pedra tenta mostrar que não há perigo de guerra porque a Alemanha não tem condição financeira de entrar numa guerra agora? Eu não entendo abacate de economia europeia, mas sei tanto quanto você que os fascistas não quedarão quietinhos. A guerra vem e vem terrível. Há poucos dias, você bem viu o que aconteceu na Áustria. No começo do ano a Alemanha anexou a Áustria. Agora acontece isso: matam os judeus, incendeiam as suas sinagogas. Pelo visto, devemos nos solidarizar apenas com aqueles que não são os lacaios da burguesia. Para você só existe uma coisa. Mas isso definitivamente não é assim. Mas não é a guerra – que já vem, que está aí, diante da qual nós devíamos nos unir para podermos ser duros com quem realmente precisa – o meu assunto aqui.

O que interessa é que, apesar de você ser o mais brilhante de nós, ainda assim há coisas que eu sei e que você não sabe. É delas que preciso falar com você. Eu vivo há alguns meses num lugar estranho do mundo, na fronteira do fim do mundo na verdade, na fronteira da morte. Eu e meus companheiros. Aqui sim somos companheiros, humanamente companheiros, sabemos que a morte pode acontecer a qualquer momento, da mesma maneira que a próxima hemoptise. Só nós sabemos o que é sentir a vida inteira gastar-se num ataque de tosse que parece que nunca vai acabar. Num acesso de febre que resume todo o sentido do mundo, do gênese ao apocalipse, nas nossas têmporas que latejam e na testa e no rosto que reverberam, vermelhos. Mas não digo isso por uma questão sentimental. Digo porque essa camaradagem me fez conhecer pessoas que não conheceria em outras situações. Aqui não há tempo a perder com formalidades. Saio de manhã, caminho, vou a uma praça. Lá encontro um rapaz, meio amarelo, magro. Pronto, encontrei um companheiro. E sabe o que aconteceu comigo? Conheci gente pobre, gente pobre de verdade. Gente pobre que nem sequer conheceu as possibilidades da militância. Gente pobre que vive uma vida de merda e que quer continuar vivendo essa vida de merda. Ninguém deseja a morte – e isso nos aproxima. Conheci meninos pobres que amam a literatura tanto quanto nós, meninos ricos. Porque é isso que somos, meninos ricos. Esses meninos amam a literatura e não têm o que ler. E a falta de livros é tão trágica quanto a falta de pão, compreende? A literatura não transformou nenhum daqueles meninos em burguês. E eles se interessaram por vidas muito diferentes das deles. Interessaram-se pelo destino da Aurélia, do José de Alencar, que foi pobre e ficou rica, como se interessaram pelo idiota do Brás Cubas, que sempre foi rico e covarde. E nisso eles são diferentes de você.

Eu comecei a perceber, conversando com esses meninos, que as coisas são muito mais complicadas do que a gente sempre achou que elas fossem. Que a gente não os entende. A gente faz com eles uma operação mental ridícula. Reduzimos o que eles são à imagem que tínhamos do proletário antes de conhecer aquelas pessoas propriamente ditas. Isso não é tão diferente assim do que faz o fascismo. Só que a imagem anterior que eles têm do operário, do pobre, é diferente da nossa. E isso não é pensar, isso não é viver. Isso é desejar que a vida tenha uma superficialidade que ela, definitivamente, não tem.

Eu me lembro quando, ainda em 1936, nós lemos o "Retour de l'U.R.S.S". Eu nem tive a coragem de dar minha opinião sobre o livro depois de sua reação passional, de chamar o homem de traidor e tal. Quando o livro saiu no Brasil no ano passado, eu o li de novo, agora na tradução do Álvaro Moreyra. No final, a passagem sobre a arte, a literatura e a liberdade de pensamento me preocuparam muito. Tenho o livro aqui comigo e vou copiar uma frase dele para você, quando o Gide fala da forma como a arte é tratada lá, e como certas obras e artistas são simplesmente proscritos, em nome da formação da juventude: "Se tem que responder a uma palavra de ordem, o espírito há de sentir, pelo menos, que não é livre. Mas se já foi moldado de maneira que nem espere sequer a palavra de ordem para responder, o espírito perde até a consciência da sua submissão. Creio que se surpreenderiam os soviéticos, e que protestariam, se lhes disséssemos que não pensam livremente" (se quiser conferir, está nas páginas 81 e 82 da edição brasileira).

Isso me assusta tremendamente. Me assustou há dois anos atrás porque eu sempre achei que não faz sentido construir uma revolução que conduza a uma situação pior do que a supressão forçada da liberdade de pensamento, constituindo-se numa supressão voluntária e, por isso, irremediável, dessa mesma liberdade. Entendo o que assustou o André Gide. E é surpreendente que o mais inteligente de todos nós – mas que também é o militante 100% – escolha o caminho mental mais fácil. "É um traidor!", grita. E encerra a discussão. Não seria mais digno do espírito crítico do grande intelectual e militante 100% pensar dialeticamente sobre o problema?

Para mim, o caminho mais simples é o seguinte: sem a revolução, não vejo como será possível a felicidade humana, não vejo como o proletariado poderá viver em plenitude. Já que é hora de dizer tudo, quero confessar também minha grande admiração pelo texto de um dândi pederasta que falou fora de tempo sobre o socialismo porque seria incapaz de compreendê-lo: Oscar Wilde. O texto é "The Soul of Man under Socialism", que uma vez quis introduzir numa conversa nossa e você cortou a conversa dizendo que a palavra "alma" e a palavra "socialismo" jamais poderiam estar juntas numa mesma frase num texto que realmente tivesse importância para nós. E é aí que você mais se engana. O Wilde não fala da alma imortal, fala do espírito do homem, de seu intelecto, de seu sentimento. Coisas que acabam com a morte, mas que têm toda importância do mundo para quem está vivo. Você tem muita coisa a aprender com esse dândi fresco. Tem que aprender que a felicidade do homem é o objetivo de toda a revolução. A sociedade que a gente imagina é uma sociedade mais justa e, nessa sociedade, todos podem se desenvolver intelectualmente. E não há desenvolvimento intelectual sem liberdade de pensamento.

E não me interessa o argumento de que é preciso construir hoje alguma coisa, do jeito que for possível, em nome do futuro. Aí sim, com o regime consolidado, podemos pensar nessas outras coisas. Lacerdinha querido, nessas coisas, temos que ser tudo ou nada. Quarenta anos de conformismo intelectual em proletários bem alimentados gerarão uma situação irreversível de infelicidade. Gerará um modo de pensar. Ou um modo de não pensar. Por isso que o André Gide está certo. O mesmo homem que se encanta com os avanços, que se sente mais humano ao caminhar ao lado daquelas pessoas que vivem esse momento único da história do homem, precisa estar atento para que essa humanidade não se desumanize. Querido Carlos, os poetas estão se suicidando na União Soviética. Será que você, ao defender esse modelo sob qualquer condição, não está vendo que isso está muito errado?

Eu quero mais. Eu vi nos olhos dos meninos que não quiseram me aceitar como companheiro de militância uma aceitação profunda. E quando nos aceitam, é porque nos entendem, é porque vivemos no mesmo mundo. O Hag morreu, o Paulo morreu, o Jair ainda vai, uma vez por semana, à barbearia do seu Tico. A revolução só faz sentido se for pelo Jair, compreende? Não, você não compreende. Eu individualizo e aburgueso a revolução, já sei. Talvez movido por uma deturpação de caráter, que aprendeu a enxergar no proletariado o proletário. E os operários querem ler a literatura revolucionária, a literatura proletária e a literatura burguesa. Querem ser eles a decidir quem é desprezível, quem é o inimigo. Nenhum deles parece querer passar uma procuração vitalícia para o camarada Estaline. Não deixam de estimar o camarada Estaline, mas estão somente agora podendo pensar livremente, é muito cedo para abrir mão disso.

É claro que o mais provável é que você esteja certo e eu, errado. É bem possível que o Hag não tenha querido minha aproximação política por localizar em mim o inimigo do proletariado. Pode ser, embora eu tenha sentido algo muito diferente disso quando falei que o poema que ele me deu para ler tinha me comovido profundamente, mas que ele ainda não era um poeta. Que ele tinha que ler outros poetas e encontrar o jeito de dizer aquelas coisas em versos mais bonitos. Consegui fazer aqueles versos saírem numa revista de São Paulo. Porque achava que mereciam ser lidos. Mas o menino pode ser grande. Quer dizer, podia. De toda forma, mesmo que você esteja certo, cheguei num ponto do qual não consigo me afastar mais. O proletariado para mim tem a cara do Hag, do Paulo, do Deolindo, do Jair e de tantos outros homens e mulheres que eu conheci e com quem convivo, na camaradagem possível.

Além disso, sinceramente, não é da sua conta se eu escrevo para esta ou para aquela pessoa. Sim, escrevi para o Octavio de Faria, perigoso fascista! Acho que isso faz de mim também um perigoso fascista, além do traidor que eu sempre fui. O fascista filho da puta me escreveu, deu-se ao trabalho e perdeu seu tempo comigo. Ao contrário de você. Eu o conheci antes de conhecer a você mesmo, e ele me escreveu em nome desses velhos tempos. Eu respondi. Desconfio que tenha sido desagradável com ele. Pelo que você diz, ele não se importou com minha grosseria e comentou minha carta com vocês. Está certo, nunca pedi segredo a ninguém. E não interessa o que eu disse a ele. Não fiz declarações de amor nem aderi ao partido dele. Aliás, ele não é homem de partido, é essa coisa esquisita: um fascista solitário. Nem integralista ele conseguiu ser. Não sei por que, talvez nem ele saiba. Se eu o reduzo a fascista, transformo-o no que ele não é. Uma cadeira é uma cadeira, mas uma pessoa é muitas coisas. E isso acontece com o Octavio de Faria, nosso inimigo, mas também meu amigo. Ao mesmo tempo. E, repito, você não tem nada a ver com isso. O mesmo no que diz respeito ao Newton Sampaio. Sim, ele era amigo do Tasso da Silveira, e eu fico muito feliz que o Tasso esteja publicando um livro póstumo dele, de que tive notícia pela coluna do Marques Rebelo no "D. Casmurro". Leia primeiro o que o rapaz escreveu, e depois olhe os amigos dele. Julgue, que isso é importante, mas julgue com um mínimo de conhecimento de causa.

Antes de terminar esta carta, Carlos, só gostaria de reafirmar minha amizade, meu respeito e minha admiração por você. Por isso, diga ao Murilo que jogue fora o meu texto sobre o livro da Lúcia Miguel (o que já devia ter feito com o sobre João Alphonsus e minha "análise equivocada que coloca um ponto final precoce no romance proletário", segundo você). Talvez meu desvio burguês tenha me feito admirar mais do que o conveniente o livro de um inimigo. Talvez isso seja péssimo para a revista. Muito pior para a revista é criar-se uma questão entre você e o Murilo por causa do meu texto. Senti que o Murilo só insiste em publicar o texto por consideração especial a mim, pela amizade e pelo fato de eu ser um moribundo. Diga a ele que aprecio e aceito a consideração, mas que ela não deve estar acima dos interesses da "Acadêmica". E é claro como o dia que a sua colaboração é mais importante para a revista do que a minha, que nem estou no Rio e nada posso fazer por ela. O Murilo em primeiro lugar, você em segundo, o Moacyr e o Lúcio empatados em terceiro são (vá lá a palavra) a alma da "Acadêmica". Eu fui um companheiro de parte da jornada, que deve continuar sem mim. E quanto ao meu caráter de moribundo, diga ao Murilo que há muito boas chances de ele ser suspenso por algum tempo – digo por algum tempo porque o estado de moribundo sempre chega, cedo ou tarde. Tenho boas notícias do médico. É possível que o tratamento se encerre, e eu possa retomar minha vida normal.

Tenho pensado muito e não sei bem o que vai ser uma vida normal para mim daqui para a frente. Não sei nem se é no Rio que tenho de ir buscá-la.

Mesmo que você me exclua da lista dos seus amigos, saiba que continuarei acompanhando com o máximo interesse tudo o que faz. Compreendo perfeitamente mesmo que não queira mais me ver. De toda forma, não deixe de me fazer um último favor: mande meu forte abraço para todos aí.

    E um grande abraço em especial para você

    Pedro

72

O telefone toca. Às seis e meia da manhã de um sábado, toca mais alto do que o habitual. Já aconteceu isso antes à pessoa que vai atender esse telefonema neste sábado.

Uma vez, eram três e meia da manhã, de um dia de semana – imaginemos uma terça-feira –, quando acordou com o telefone gritando. O coração aos saltos, saltaram também as pernas:

– Alô.

– Alô.

– Com quem você quer falar?

– Com qualquer um, tanto faz.

– Como assim, moça? Você deve ter se enganado de número.

– Não, não me enganei.

– Mas você me conhece? Eu não tô conhecendo sua voz. Aqui é o Aluísio que fala.

– Oi, Aluísio. Eu não te conheço, não. Pra te dizer bem a verdade, eu liguei um número qualquer porque eu precisava falar com alguém, com qualquer um.

– E do que você precisa tanto falar?

– De nada, só falar.

– Como assim?

– É que eu tô tão sozinha, há tanto tempo, e resolvi que não vou deixar isso acontecer mais.

– E você vai fazer isso ligando pra qualquer pessoa no meio da noite?

– Não. Só queria conversar com uma pessoa antes de resolver o meu problema de vez – e a voz, que era calma, começa a ficar levemente chorosa.

– Mas o que você vai fazer, então, pra resolver o seu problema?

– Olha, Aluísio – e aqui o choro fica mais claro –, pra te dizer a verdade, eu queira falar com alguém antes de me matar. Eu moro no décimo andar e vou pular. A menos que, falando com alguém, eu mudasse de ideia.

– Puxa, eu não sei se sou capaz de fazer você mudar de ideia. Posso te perguntar uma coisa?

– Pode.

– Será que você não vai ver as coisas de outro jeito amanhã cedo, com o dia claro?

– Não sei, pode ser, quem sabe? Mas não vai dar, eu não vou aguentar até de manhã.

– Mas por que não? Às vezes a gente acha que não tem saída de uma situação e, depois, percebe que o que acontecia é que a gente não via a saída. Só que ela tava ali o tempo todo.

– Isso é verdade, já aconteceu muito comigo. Mas agora não. Eu já esperei muito.

– Olha, como é o seu nome?

– Se você não se chatear, Aluísio, eu não vou dizer, não.

– Tudo bem, não vou me chatear. E será que você podia me fazer um favor?

– Claro, diga.

– Desculpa a grosseria, mas eu tava dormindo quando você ligou e assim que eu acordo, não interessa a que horas, eu preciso ir no banheiro. Será que você podia me esperar?

– Acho que não vai dar. Eu prometi que, assim que eu parasse de falar com você eu ia pular.

— Mas, veja, você não vai parar de falar comigo, a gente não vai desligar o telefone. Se eu tivesse um desses telefones sem fio, eu já tinha ido lá e a gente nem parava de conversar. Veja, eu posso te dar o meu número e se acontecer alguma coisa, a linha cair, sei lá, você pode me ligar pra gente continuar.

— Tudo bem, Aluísio. Você pode ir no banheiro, eu te espero. Mas não quero seu número não.

— Tá bem. Então me espera só um pouqinho.

— Combinado.

Ele saiu correndo, mas não na direção do banheiro. Onde é que eu fui enfiar a lista telefônica, preciso achar rápido! Achou a lista e voltou correndo pro telefone.

— Alô, você tá aí?

— Claro — ela disse chorando — eu prometi.

Ele virava as páginas da lista como um louco, lembrando da velha propaganda "CVV, boa noite". Lembrou-se daquele amigo dos tempos de colégio. Ele passava um cheque e sempre pediam pra colocar o telefone no verso. E ele, prontamente, colocava o telefone do CVV, afinal, o comerciante podia levar um prejuízo, mas pelo menos não se matava. Aquele colega sabia o telefone de cor, mas ele não, tinha que encontrar. Enquanto isso, precisava ficar calmo, que já estava tremendo, e falar alguma coisa.

— Ótimo! Então, você precisava de alguém que te ajudasse, não é mesmo?

— É.

— Olha, eu não sei se sou capaz de te ajudar. Você acha que eu tô ajudando?

— Pra ser honesta, Aluísio, não muito. Mas um pouco sim. Você tá conversando comigo numa boa, sem neura. Isso já é bom. Eu morro com a cabeça melhor.

Ele continuava procurando o número:

— Mas é isso que eu quero dizer. Eu não quero ajudar você a morrer de cabeça boa. Quero ajudar você a não morrer. A vida é um negócio engraçado: a gente nunca sabe o que vem depois.
— Pra mim, depois vem sempre o mesmo, Aluísio, pode crer. Achou o número, atéquenfim!
— Olha, talvez eu não te ajude muito, mas sei de quem pode te ajudar de verdade.
Silêncio do outro lado.
— Alô? — ele insistiu.
— Tô aqui, desculpe. Você conhece alguém que pode me ajudar agora?
— Conheço.
— E por que não falou antes?
— Eu tô nervoso, né?
— Eu tô mais.
— Eu imagino, eu sei.
— Não, você não sabe.
— É verdade, a gente nunca pode saber o que acontece dentro dos outros...
— Mas a culpa não é sua, você tá sendo legal, a esta hora da noite...
— Não tem importância, tá tudo certo. Você pode anotar um número de telefone?
— Eu não disse.... — aí começou a chorar mesmo. — Eu não disse que não quero o seu telefone.
— Não, não é o meu telefone. É de alguém que pode te ajudar de verdade.
— Não sei, eu tinha prometido que ia fazer uma ligação e depois ia pular.
— Mas e daí? Você imaginou que podia ser alguém que ajudasse, não é? E se essa ajuda fosse a de te dar um número que ajudasse mesmo?

— Pode ser.
— Tem uma caneta?
— Tenho — chorando — pode dizer.
— Olha, presta atenção — e disse o número.
— Tá bom, brigado.
— Peraí! Não desliga. Repete o número pra mim.
— Repetir pra quê? — choro alto.
— Eu tô nervoso, você tá nervosa, tá todo mundo nervoso. Eu posso ter ditado um número errado, você pode ter anotado alguma coisa errada, a gente fala um três o outro escuta um seis e pronto! Ninguém vai te ajudar.
— Tá bom — e repete o número, já chorando mais baixo.
— É isso mesmo, tá certinho. Você vai ligar mesmo?
— Não sei.
— Por favor, liga, vai.
— E por quê?
— Por mim. Eu não vou conseguir dormir e nem vou desligar o telefone se você não me prometer que vai ligar.
— Você nem me conhece, Aluísio, por que esse interesse todo?
— Porque você me ligou às três e tanto da manhã, conversou comigo e está desesperada. Isso cria uma ligação, você não acha?
— Não, só cria pena.
— Não é verdade, cria uma ligação. Quando você me ligou, você me colocou na sua história. E eu queria mesmo que um dia, quando você tiver superado tudo, fosse contar pra alguém e dissesse que um cara, um tal de Aluísio, não foi capaz de te ajudar diretamente, mas conseguiu dar o telefone de alguém que ajudou. Ia ser uma homenagem que você ia fazer pra mim. Olha que este pode ser o momento mais importante da minha vida se o telefone que eu te dei ajudar você a viver. Além do mais, eu nem posso ter pena de você porque você não me contou sua história.

– Isso é verdade. Olha, eu concordo então. Eu ligo.
– Você promete que liga?
– Por quê? Não confia em mim?
– Não, porque você está desesperada, chorando. Como eu vou confiar? Depois que você desligar eu nunca mais vou saber quem é você, eu não posso ter certeza de nada.
– Pode ter certeza. Eu vou ligar, prometo.
– Posso dormir tranquilo?
– Pode sim, eu prometo que ligo. Pra dizer a verdade, eu também tô preocupada com você.
– Não precisa ficar.
– Poxa, é um peso esse que eu te pus nas costas.
– Talvez seja só a chance de ajudar alguém que eu não conheço. Se você ligar pra essa pessoa que pode te ajudar, eu fiz alguma coisa na vida.
– Pois então pode deixar. Eu prometo que vou ligar em seguida. Olha, o número não é este? – E repetiu o número.
– É esse mesmo.
– Pode desligar, então.
– Eu desligo. Olha, eu confio em você.
– Pode deixar que eu telefono.
– Tchau.
– Tchau.

E desligou. No silêncio da madrugada escutava todos os barulhos do corpo, vivendo. O sangue que batia nas têmporas ritmado. É claro que não conseguiu mais dormir naquela noite. É claro também que acordar num sábado às seis da manhã com um telefone tocando é bem menos assustador do que às três e pico da manhã de, digamos, uma terça-feira. Mas o susto, a ideia de que é má notícia, foi suficiente pra acelerar o coração um pouquinho.

– Pronto.

– Pronto.

Reconheceu a voz do pai.

– Oi, pai, tá tudo bem?

– Olha, filho, eu tô ligando pra te falar uma coisa muito chata – disse o pai numa voz tranquila, mas só pra quem não soubesse que ele era alguém que tinha grande apreço pelo controle das emoções.

– O que aconteceu, pai?

– É a sua mãe, filho. Ela desapareceu.

– Desapareceu? Como assim? Desde ontem?

– Não, filho, desde quinta-feira.

– O quê? Desde quinta-feira?

– É.

– E o senhor não avisou nada?

– Você não ia poder fazer nada. Era capaz de pegar o carro e vir pra cá nervoso, se arriscando a um acidente na estrada.

– Pai, mas a mãe sumiu?

– É, eu já avisei a polícia, já fui nos hospitais e tudo. Não achamos.

– Mas na quinta?

– É. Eu cheguei do trabalho lá pelas sete e encontrei a porta de casa aberta. Estranhei porque, você sabe, a sua mãe tem mania de trancar tudo, tem medo de tudo.

– E daí?

– Tudo escuro dentro de casa, nenhuma luz acesa. Fui até o quarto, achando que ela podia ter se sentido mal e estivesse deitada. Não. A cama arrumada, a casa toda arrumada e vazia.

– E o que o senhor fez?

– Primeiro eu esperei um pouco. Ela deve ter ido em algum lugar perto, num vizinho, na padaria, na igreja, sei lá, e deve ter se distraído e deixado a porta aberta. Acontece.

— É difícil acontecer com ela.
— Eu sei. Por isso desci e fui ver se o carro tava lá embaixo.
— E tava?
— Tava. Eu subi de novo, fiquei sentado no sofá, esperando, nem tive ânimo de acender a luz. Esperei até umas nove e meia. Só pensando no pior. Sequestro, essas coisas. Desci porque às dez troca de porteiro, e perguntei pro porteiro da tarde se ele tinha visto alguma coisa estranha. Ele disse que não, que sua mãe tinha saído sozinha lá pelas três da tarde. Ele me disse até a roupa que ela tava vestindo: uma camisa vermelha, uma calça azul marinho, uma blusa nas costas.
— E daí?
— Daí eu liguei pra polícia, avisei o que tinha acontecido. Eles disseram que tinham que esperar mais algumas horas pra ser considerado desaparecimento. Mas eu sabia que ela tinha sumido, ido embora, eu conheço sua mãe.
— E o que o senhor fez?
— Telefonei prumas pessoas. Falei com as tias da sua mãe, com algumas amigas dela. Ninguém tinha falado com ela naquele dia. Daí eu peguei o carro e fui em todos os hospitais que tem aqui em São José. Não achei nada. Cheguei de volta de madrugada e fiquei sentado no sofá, esperando o telefone tocar.
— E ele não tocou.
— Não. Eu não consegui dormir quase nada nesses dois dias. Hoje, como é sábado, eu resolvi ligar pra você. Seu irmão chega daqui a pouco e vai ter que saber. Queria contar antes pra você.
— Devia ter ligado antes. Eu ia acompanhando. Agora eu tô desesperado, nem sei o que fazer.
— Não faz nada. Fica aí esperando que eu te mando notícias.
— Como não faz nada? A gente tem que fazer alguma coisa, se mexer.

— Não tem o que fazer. A polícia já tá procurando.
— O senhor acha que eu vou conseguir ficar sossegado, que eu vou conseguir ficar aqui parado?
— Acho que é a melhor coisa que você tem pra fazer. Seu irmão chega daqui a pouco e fica aqui comigo.
— Eu vou ver o que faço. Daqui a pouco eu ligo, tá bom?
— Tá bom. Mas pensa bem. Não pega o carro assim de cabeça quente. São 500 quilômetros, você vai chegar só à tarde e já tem que voltar amanhã, pra trabalhar na segunda. É perigoso. Fica por aí que é melhor. A gente nem sabe o que tá acontecendo.
—Tudo bem, pai, eu vou ver e daqui um tempo eu te ligo.
— Tá certo, então. Tchau.
— Tchau.

Desligou o telefone e virou-se. Atrás dele, com a cara numa mistura de sono e preocupação, estava a mulher, sem entender nada:

— O que aconteceu?
— Você não vai acreditar. Minha mãe sumiu, está desaparecida...
— Como assim? Desde ontem?
— Não. Desde quinta. Você acredita que o meu pai esperou dois dias pra avisar que a minha mãe sumiu?
— Não é possível...
— E o que eu faço agora?
— Acho que a gente devia ir pra lá, ver como estão as coisas de verdade.
— Eu também acho. Eu só preciso pensar um pouco. Vamos acordar as crianças, tomar um café, arrumar uma malinha. Lá pelas nove a gente saindo tá bom, chegamos ainda de dia lá. Meu irmão deve chegar lá antes das nove, eu saio daqui sabendo que já tem mais alguém por lá.

– Vamos fazer isso. Vamos dar um tempinho pra não acordar as crianças com cara de susto.

– Caramba! Minha mãe sumiu! O que tá acontecendo?

E fizeram mais ou menos isso. Passaram o café, puseram a mesa, chamaram as crianças, arrumaram uma malinha, escovaram os dentes. Já estava quase na hora de ligar pra avisar que tinham resolvido ir.

73

tenho que aproveitar que hoje acordei com minha idade oitenta e um anos não seis não treze não trinta e sete não sessenta e cinco sei que fui trazida contra a vontade para o brasil sei que aqui também fui obrigada a casar-me e fui obrigada a ver meu filho morrer sozinha e fui obrigada a tantas coisas que nem vale a pena agora lembrar porque aprendi tarde que não se pode fazer tudo o que querem que façamos que as pessoas que nos obrigam a fazer coisas um pouco nos obrigam um pouco contam com a nossa colaboração porque eu é que tinha que dar um passo e dizer não e perder o medo e repetir e fazer o que queria o que quero muito embora o que eu quis nem sempre foi assim tão bom também muitas vezes fiz as escolhas erradas e me arrependi e algumas vezes me arrependi amargamente mas só podia culpar a mim mesma mas até o arrependimento pode ser doce comparado com a sensação de que minha vontade não valia que eu tinha que fazer tudo só porque tinha que fazer sem qualquer objetivo ora agora eu sei muito bem que a vida não faz sentido a gente nasce vive uns anos alguns mais outros menos e um pouco tanto faz o que se faz porque tudo dá na mesma a grande diferença é que quando a gente faz o que a gente quer vive-se a ilusão como se fosse certeza de que aquilo vai fazer um bem qualquer não sei as coisas são todas iguais no fundo o que muda é o que a gente acha que elas significam ou o que elas valem ou o bem que elas podem vir a fazer a alguém respira-se enfim a vida quando alguém pensa que faz o que é melhor para si mesmo mesmo que não seja e só seja possível saber isso mais tarde quantas vezes fiquei feliz com alguma coisa que algum tempo depois só me daria dor de cabeça e doutro lado coisas que me deixaram tristíssima e depois acabaram tendo um valor de coisa boa mas não tem importância porque tudo muda todo dia e é exatamente o que eu descobri nada tem sentido ou talvez tudo tenha muitos sentidos é por isso que cada um deve fazer as coisas que quer sem obrigar os outros a fazerem o que ele quer porque aí tudo o que ele quer vai perder o sentido para a outra pessoa mesmo que haja algum sentido válido naquilo que ele quer que o outro faça é por isso mesmo que eu tenho que aproveitar hoje que eu sei de tudo isso sei meu nome e sei que se encontrar alguém vou saber quem essa pessoa é minha filha minha neta mais velha meu genro minha neta mais nova algum vizinho saber que a cara no espelho é a minha mesma não a duma velha estranha eu tenho que dar o passo agora já não há o que fazer no estado em que estou nenhum papel que eu assine vai ter valor mesmo e o que eu não resolvi fica assim sem resolver só não posso continuar assim sem saber quem é quem vendo o mundo de uma janela que abre de não sei quantos em não sei quantos dias hoje neste dia sei que cada vez demoro mais para ser essa pessoa que eu sou a que nasceu em ruge água e veio contra a vontade para o brasil que se casou duas vezes e duas vezes se viu sozinha que perdeu dois filhos tem piada porque não me lembro de quando sou a outra pessoa a que nasceu no dia da morte do antónio a que vive cada dia sem saber dos outros a que talvez seja mais feliz mas que é o vazio absoluto dias de morte para a pessoa que é a soma de todas essas pessoas e o pior todos estão vivendo em torno de mim obrigados a me vigiar noite e dia obrigados a organizar tudo em função de mim com certeza tenho arteriosclerose e fico fora do mundo de vez em quando e faço coisas que não devia fazer ninguém sabe o quanto uma pessoa deve viver quanto mais melhor se tem saúde o suficiente para resolver os problemas que precisam estar resolvidos isso para mim já não é possível se eu estou doente o que eu fizer agora não resolverá nada nada nada o erro está para sempre cometido e quem fala a verdade não merece castigo e a verdade é que eu fiz o que era certo passei a chácara para o meu filho não queria que o homem que me abandonou exatamente quando esse filho nasceu viesse pedir sua parte de uma herança que eu nunca quis mas queria ainda menos que ele ganhasse algo mas não pensei que os meus outros filhos ficariam sem ter direito a nada deixei os anos passarem e nunca acertei a papelada para tudo ficar justo e certo uma mãe nunca espera morrer antes do próprio filho é uma coisa que acontece mas parece errada contra a natureza e quando isso aconteceu ela não quis saber do que era justo e certo e acertado e combinado ainda antes de ela nos conhecer e tive de aceitar a morte do meu filho e a verdade maior de que o meu erro deixou em situação pior por quem eu mais me preocupo o pior é que eu já sabia há mais de trinta anos que um filho pode morrer e sei não posso mentir que naquele dia pensei que se um mais novo podia morrer o mais velho também podia mas não queria acreditar que isso podia acontecer então joguei tudo para um canto do esquecimento muito embora às vezes anos a fio eu sentisse um incômodo por dentro como aquele que a gente sente quando é miúda e faz alguma coisa que sabe que é errada e assim foi deixei o problema que eu ao mesmo tempo sabia e não sabia que precisava ser resolvido ficar como estava e o que eu sabia que algum dia aconteceria finalmente aconteceu uma voz dizia que não se deve deixar para amanhã o que se pode fazer hoje mas pulei muitos hojes e nada fiz e tenho de me lembrar disso de vez em quando justo nos dias como hoje em que me lembro de tudo e me sinto viva e sei que o meu destino é vacilar entre a lembrança de um tempo e o esquecimento do outro hoje mesmo não me lembro do que aconteceu ontem não tenho ideia de que dia da semana é porque eu sei que por alguns dias fiquei presa num tempo já vivido abandonando o presente e é por isso que se fala de coisas que aconteceram com alguém que eu sei que sou eu fui eu que quis sair para a festa de santo antónio no frio pensando que estava calor fui eu que acalentei meu filho pequeno minha filha miúda quando ele já estava morto e ela já estava grande dando-me a sopa ao invés de recebê-la de mim e agora já não sou obrigada a nada por isso faço o que quero está tudo quieto até que enfim alguém se distraiu há debaixo da pia alguma coisa que eu possa beber e acabar logo com isso porque sei que para todos estou parva louca maluca biruta tantan mal da bola gagá arteriosclerótica e mesmo hoje em que sei tudo sei inclusive que todos acham impossível que eu saiba e mesmo que eu assine algum papel ele valerá como papel higiênico usado além do mais o mal está feito e não pode ser remediado meu filho meu outro filho o mais velho morreu e os papéis dizem que tudo é dele e minha nora vai ficar com essa terra de merda que agora vale um dinheiro que daria sossego aos meus filhos que ainda estão vivos e são os vivos que contam são eles que me preocupam meu filho desajuizado que perdeu mil vezes tudo o que tinha que imagina que num golpe de sorte poderia acertar sua vida ficar rico que por isso até chegou a ser preso que foi artista de rádio que foi tanta coisa ora nem este golpe de sorte de uma herança gorda terá não há dessas coisas mas há sempre quem ache que sim só porque uma vez na vida outra na morte acontece com alguém minha filha que está a perder tudo que conseguiu por causa da confusão que eu criei por pagar advogados e por ser perseguida pelo prefeito irmão da minha nora e meu outro filho que sempre se recusou a viver plenamente nem teve coragem de comprar sequer uma casa para si sei que é uma espécie de culpa o que ele sente por minha culpa e a culpa é a pior coisa que existe envenena tudo e eu não posso ficar mais assim sei que não posso dar mais jeito em nada e minha culpa só aumenta se ficar assim como estou a desgraçar tudo este removedor deve servir para o que eu quero a garrafa está quase cheia isto sabe a banheiro mas pelo menos banheiro limpo queima a garganta dizem que quem se mata vai para o inferno não há inferno o inferno é aqui dentro da cabeça da gente a culpa a aceitação de que a vida é assim mesmo a vida não é nem assim nem assada é a vida e o melhor é que tem fim

74

São José dos Campos, 28/11/938

Mãe

Antes mesmo de começar, quero agradecer a sua paciência e a de todos aí em casa. Sei que o meu pedido pode ter parecido estranho – e de filho desnaturado. Mas eu precisava mesmo receber as boas ou más novas do dr. Nélson sozinho. E precisava mesmo de um tempo só comigo para decidir o que vou fazer da minha vida. Mas acho que consigo explicar tudo.

Preferi fazer a radiografia do pulmão aqui mesmo. Definitivamente, de tísico eles entendem muito mais aqui do que aí em São Paulo. Não queria sair daqui. No caso de más notícias, seria muito melhor simplesmente manter a vida como estava nos últimos tempos.

O mais importante primeiro: o dr. Nélson, como é de hábito, estava certo. Examinou-me de novo, olhou com cuidado a chapa e declarou-me curado! Agora sim, podemos soltar os foguetes, antecipar São João e comemorar! Parece que, desta vez, escapei mesmo!

É claro que fiquei contentíssimo, vim saltitando pela rua até chegar à pensão. Decidi ficar calmo. Ficaria ali por uns dias e não queria abater ninguém com a minha felicidade.

Conversei apenas com o Manuel. Pedi a ele segredo e contei. Confessei que pensava muito na Laís. Recebi três cartas dela e não

tive coragem de responder porque estava tuberculoso e não era justo dizer para uma moça tudo o que eu desejava dizer a ela sem ter a menor certeza de que poderia comprometer-me com o que quer que fosse. Ele comentou que ela havia perguntado se eu havia ficado irritado com ela. Tem a certeza de que ela também se interessou por mim. Em seguida, contei a ele sobre a minha cura e perguntei se eu poderia ir até Bananal conversar com a Laís e, se ela concordasse, começarmos um namoro. É claro que não nos conhecemos quase nada e seria prematuro um noivado. Mas gostaria de pelo menos tentar começar as coisas, namorando.

Eu sei que isso deve ser uma surpresa para a senhora. E não deixa de ser para mim também. Nos últimos tempos tenho pensado muito e tomei uma série de decisões. Desde que se criou a perspectiva de cura em minha cabeça, parei de pensar no que não seria – e que vinha me ocupando demais, como era inevitável – e passei a pensar no que eu seria.

A primeira decisão foi a de que eu gostaria de conversar com a Laís. Mas não vamos bagunçar a ordem das coisas. O Manuel propôs que fôssemos a Bananal no dia seguinte. A viagem de trem não era longa, e poderíamos aproveitar que era sábado, bom dia para sair da pensão com as bênçãos dos médicos e do sr. Ovalle. Iríamos num dia e voltaríamos no outro. Chegando com ele, eu poderia conversar com a Laís e depois falar com o pai dele se fosse mesmo o caso. Foi melhor do que a encomenda porque eu ia pedir exatamente isso a ele. Não queria demorar para resolver tudo e escrever para a senhora.

Fizemos isso então. Pegamos um trem logo cedo e fomos a Bananal. A senhora não acreditaria na estação de trem de Bananal. É uma coisa original, toda de ferro, mas não aquele ferro vazado. São umas placas cor de cobre, não sei explicar. Me disseram que foi importada da Bélgica. Seja como for, é realmente bela e com aspecto moderníssimo. Aliás, é a única coisa de aspecto moderno por ali. A cidade parou no tempo e eu pude ver exatamente o que o Monteiro Lobato chamou de cidade morta. Parece que ele morou numa cidade vizinha, Areias, e foi ali que pensou naqueles contos. Pois eu acredito. Fomos direto para a casa do Manuel, de charrete. É um pouco longe porque fica numa antiga fazenda de café, daquelas que quase cem anos atrás eram responsáveis pela riqueza do Brasil, mas que hoje estão decadentes. Bem, a casa do Manuel não está decadente. É uma casa antiga, mas muito bonita. Para encurtar a conversa: fui muito bem recebido. Falei com a Laís e em seguida conversei com o pai dela. Garanti a honestidade de minhas intenções e disse que no momento fui considerado curado e que vou começar minha vida de advogado agora. Que falaria em casamento quando fosse possível. Comemos a melhor comida de fazenda, uma carne de porco realmente deliciosa. Ontem, antes de sairmos, tomamos um café com leite do outro mundo, um leite gostoso e um café que não sei descrever.

Mas, deixando de lado a gula, comunico então, oficialmente, à senhora minha mãe, que o seu filho mais velho, depois de enganar a morte, começa a tomar um rumo na vida. Pode se tornar um senhor muito sério, em breve.

Chegamos de volta à tarde, nos encaminhamos à pensão. Dormi o sono dos justos.

E, durante o dia de hoje, vivi a vigília dos justos. Como a senhora já sabe, comecei a fazer uns trabalhos informais como advogado aqui em São José. Não sei como seria minha vida como advogado aqui, mas tenho a impressão de que conseguiria viver. E estamos a pouca distância de São Paulo. E há outras cidades aqui por perto. Com certeza haverá clientes. Enfim, pensei muito e vi que o que eu queria mesmo era isso. No início do ano, quando cheguei, uma ideia dessas soaria como a mais esdrúxula do mundo. Agora não.

Não tenho vontade de voltar para o Rio. Fiz amizades aqui. Comecei uma nova vida aqui. Desconfio que serei mais útil aqui do que no Rio, ou mesmo em São Paulo. Sei também que não quero suceder meu pai como industrial. Não quero ser patrão, não dessa forma pelo menos. Sei que ele sabe disso. Vou mesmo tentar minha sorte aqui. O clima há de continuar a me fazer bem, não é?

É engraçado. São José dos Campos era um lugar de morrer. Agora me parece um lugar para viver. É um lugar para viver. Vou procurar casa, vou procurar escritório e vou me assentar por aqui mesmo.

Mãe, agora, se alguém quiser saber onde estou, por favor informe que São José dos Campos é o meu paradeiro. O lugar onde vim parar é aquele em que eu pararia de vez. Mas não parei, e por isso parei por aqui.

Um grande beijo à senhora e a todos aí.

Pedrinho

75

Que bom que aquela moça me deu este cigarro. Ainda é cedo, ela ia pras obrigações dela numa manhã de sábado deste ano 2000 que eu menina imaginava tão longe sem saber que estava tão perto, perto demais, tão perto que já chegou e não sei mais se um outro ano chegará. A cara dela, de nojo e pena ao mesmo tempo, parecida com a cara da enfermeira que veio me acordar querendo me mandar embora pro meio da rua em plena madrugada, não deixa dúvida: não é mais possível ignorar o cheiro que vem de mim, esse cheiro que ninguém sentia, só mesmo eu, mas que agora todos sentem, menos eu. É o costume. Vou fumar este cigarro como se fosse o último na face da terra. Tudo agora, para valer o sofrimento de ser a coitada, a que estava enterrada viva e depois disso morreu por dois dias para voltar, meio morta, pro mundo dos vivos, a que vai morrer sofrendo à base de analgésicos e fazendo todo mundo sofrer, a que perde os cabelos, a vontade, o apetite, para valer tudo o que eu não tive coragem, covarde que sou, de evitar, tudo agora tem que ser sentido como se fosse pela última vez. Porque logo cada uma dessas coisas, cada cigarro, cada copo d'água, será pela última vez. E a gente fica se perguntando se no fundo isso tudo não é uma espécie horrorosa de sorte. Quem morre de repente não sabe qual foi a sua última refeição deliciosa, qual foi sua última palavra com alguém. Eu vou saber. O cigarro acabou, vou esticar as pernas, já que não estiquei as canelas, e esperar dar pelo menos umas sete da manhã. Esperar que o dia esquente nem que seja só um bocadinho. Andar por esta cidade estranha antes de voltar pra cidade conhecida, pra onde eu fui pra viver, com meu pai, com minha mãe, com meu irmão, com minha avó, com minhas tias, e que, como é normal, vai ser o lugar em que eu vou morrer. Não, vamos em frente. É preciso ter coragem até para ser definitivamente covarde.

– Após o sinal, diga o seu nome e a cidade de onde está falando.
– Alô, sou eu... Eu tô bem sim... Tô aqui em Jacareí, no centro da cidade, perto do pronto-socorro. Olha, tá tudo bem, só vem me buscar, por favor.

NOTA DO AUTOR

O poema de Ascânio Lopes (1907-1928) transcrito à página 165 tem o título de "Sanatório" e foi publicado no primeiro número da segunda fase da célebre revista *Verde*, de Cataguases, em maio de 1929.

Em 1935, a revista *Movimento*, de São Paulo, publicou o poema "Trecho de Vida", de um certo Hag Reindrahr. Alguns meses depois, Paulo Emílio Salles Gomes publicou um artigo sobre o desconhecido operário e poeta, dando conta de sua morte aos dezoito anos em São José dos Campos. Esse operário era uma criação do futuro crítico de cinema e escritor. O Hag Reindrahr deste livro é inspirado nele, e o poema transcrito na página 194 é mesmo de Hag Reindrahr, ou seja, de Paulo Emílio Salles Gomes.

Curitiba, junho de 2008.

Título	Paradeiro
Autor	Luís Bueno
Editor	Plinio Martins Filho
Produção editorial	Aline Sato
Imagem da capa	Rodovia Presidente Dutra, 1958.
	(Domínio público / Acervo Arquivo Nacional)
Editoração eletrônica e capa	Camyle Cosentino
Revisão	Ateliê Editorial
Formato	14 x 21 cm
Tipologia	Adobe Caslon Pro
Papel	Cartão Supremo 250 g/m² (capa)
	Chambril Avena 80 g/m² (miolo)
Número de páginas	304
Impressão e acabamento	Graphium